库切文集

The Childhood of Jesus

耶稣的童年

〔南非〕
J.M. 库切
J.M. Coetzee

著

文敏 译

人民文学出版社

图书在版编目(CIP)数据

耶稣的童年/(南非)J. M. 库切著;文敏译. —北京:人民文学出版社,2018
(库切文集)
ISBN 978-7-02-014605-5

Ⅰ.①耶… Ⅱ.①J…②文… Ⅲ.①长篇小说—南非共和国—现代 Ⅳ.①I478.45

中国版本图书馆 CIP 数据核字(2018)第 224205 号

责任编辑　马　博
装帧设计　陶　雷
责任校对　杨益民
责任印制　苏文强

出版发行　人民文学出版社
社　　址　北京市朝内大街 166 号
邮政编码　100705
网　　址　http://www.rw-cn.com

印　　刷　三河市中晟雅豪印务有限公司
经　　销　全国新华书店等

字　　数　219 千字
开　　本　850 毫米×1168 毫米　1/32
印　　张　11　插页 1
印　　数　1—10000
版　　次　2019 年 7 月北京第 1 版
印　　次　2019 年 7 月第 1 次印刷

书　　号　978-7-02-014605-5
定　　价　52.00 元

如有印装质量问题,请与本社图书销售中心调换。电话:010-65233595

新移民故事

（代中译本序）

一

库切新作《耶稣的童年》讲述了这样一个故事：一个难民的孩子，名叫大卫，他和家人失散了，不知道他母亲的名字；上船时他带着一封能够说明情况的信件，但是信件弄丢了；于是，一个名叫西蒙的老人带他去寻找母亲，在他们移居的那个新国家里，这一老一少相依为命，开始新生活……

故事主角有一个身世不明的背景，不知从何而来，也不知其父母和亲友。男孩的身世只剩下一个浮现在背景中的画面：上船时他带了那封信，信塞在一个小袋子里，用绳子挂在他脖子上。

读者可以从这个画面猜测，男孩的母亲把那封信塞在小袋子里，用绳子挂在他脖子上，这么做是否已经别有打算了？换句话说，男孩在船上即便没有把信弄丢，其实也是找不到母亲的？这种事情发生在难民船上并不稀奇，他

1

的亲人也许无力抚养他。因此，他是个弃儿；没有过去（不知道母亲名字），也没有未来（被孤零零扔在难民船上），甚至没有姓名（他的名字"大卫"是难民营里的编号）；在这个必须有所归属的世界上，他像滚落在缝隙里的一枚硬币。

读小说开头几章，并不清楚它要讲一个什么样的故事。也不清楚书名"耶稣的童年"是什么意思，具体喻指什么，和故事里的男孩有何关联。但是，这个书名也给人的想象带来某种张力。

男孩大卫半闭着眼，吮吸手指头，跟着老人西蒙在诺维拉市流浪，在该市的难民安置中心觅得栖身之所。他是个有趣的孩子，智力上甚至有某种天赋。码头工人下棋输给他，对他说："你里面真的有一个魔鬼哩。"

体内有个魔鬼的小孩也需要父亲和母亲，尤其是身在异国他乡，需要有人给他喝水、吃饭，需要游戏和玩伴，需要上学念书……尤其是当黑夜出现魔鬼般的声音时，更需要有人安抚这颗瑟瑟发抖的幼小灵魂。

小说第九章，大卫唱了一首刚刚学到的德语歌谣（歌词大意是：谁这么晚了还在夜里徜徉，是风吗？/那是肩上背着孩子的父亲；/他搂着男孩的手臂，/给他安全，让他温暖。），他不明白歌词的含意，却唱出了老人西蒙和孩子大卫之间相依为命的情感。西蒙替孩子寻找母亲，在这个过程中既当爹又当妈，充当孩子保护人，正如歌中所唱——"给他安全，让他温暖"。他们那种称不上是父子的父子关系，其柔情和依恋，絮语和关怀，是小说叙述中非常动人的部分。

孩子用清澈童音唱的那首德语歌，是来自歌德的叙事诗《魔王》。库切在一篇评论波兰作家布鲁诺·舒尔茨的文章中提到过它，说的是舒尔茨本人讲述的一个童年画面："父亲在黑暗中大踏步走着，给搂在怀中的孩子说着安慰话，但孩子听到的却全是黑夜的不祥召唤。"舒尔茨八岁时，母亲给他读歌德的《魔王》，给他留下神秘恐惧的印象；它构成了作家生命早期的想象，那个"神话学的童年"，他的艺术创作的秘密和本源。

库切新作是否源自这个父子穿越黑夜的神秘画面，我们不得而知。从歌德的叙事诗片段（及其隐含的舒尔茨典故），也许可以看到其灵感的部分来源。

大卫的故事逐渐闪烁奇异的成分，某种说不清是神性还是魔性的孩童意味，隐隐透露这个画面所昭示的神话学渊源。故事单纯的形式蕴含着普洛透斯（Proteus）变幻不定的形相，亦即童年舒尔茨聆听《魔王》时为之感到惊恐又迷恋的东西——"黑夜的不祥召唤"，它被坚固的成人世界驱逐，被教育和理性一再否决，却对孩童和艺术家的耳朵构成诱惑。库切在这篇小说中引用《魔王》片段，看来并非偶然，和舒尔茨的思想多少有点关联；也就是说，每一次艺术创作都是对成人世界的解构和逆反，试图返回那个支配我们想象力的源头，我们"神话学的童年"，正如大卫的故事是以魔术般的大逃亡结束，透射一道机灵的荧光；主角身披隐形人斗篷，带着他的养父、养母和爱犬，还有途中遇到的朋友，进入前方没有边界的新生活……

《耶稣的童年》写一个孩子的故事，写移民的童年，写童年生活的奇异和现实。这是作者以前没有写到过的。老人西蒙是这个故事的头脑和骨骼，孩子大卫是这个故事的灵性和血液。这一老一少是作为流浪的难民，也是作为"大城市里的公民"在读者的视线里活动；而"大城市里的公民"身份在故事叙述中凸显出来，显然被赋予人文主义的寓意；也就是说，在人的觉醒和机遇、交往和沟通中，寄托某种改善世界的努力。

库切的作品可以用克莱斯特的句子描述——"我的灵魂深受重创，当我把鼻子贴向窗户时，几乎连一缕阳光也会刺伤我"。《耶稣的童年》仍是以往那种专注的近景叙事，却不乏喜剧性元素，不乏生动的祈愿：让顽石般的消沉溶解于公民生活的点点滴滴；这里的生活不止是一两个人，还有其他男女加入进来，像一个寻寻觅觅的派对。

读到第二十七章，医院欢聚那一幕，觉得这部小说也像电影剧本。不仅是指它的场景和对话，也是指它的镜头感十足的喜剧风味。库切的作品一向富于画面感，注重叙事场景的切换和剪辑。《耶稣的童年》拍成一部低成本电影，或许和阿巴斯的影像一样质朴、诗性，富于人道的寓意？

二

二十一世纪初年，库切加入澳大利亚国籍，身份由

"南非作家"变成"澳大利亚作家",似乎要在那个和平富庶的国家度过功成名就的晚年。种种迹象表明,和大多数进入晚年的作家一样,他在逐渐接近创作生涯的休止符。期望作家再写出《耻》那样的作品,是一种奢望。他已经写得够多,也写得够好了。只不过作为一名深受读者喜爱的作家,他还不能停止写作,不能完全从读者视线中淡出。

当库切在《凶年纪事》中宣布封笔,近来又屡有传言说他健康状况不佳时,读者似乎失去读他新作的希望。《夏日》的总结也印证《八堂课》中的说法:"写作是终其一生的劳作,现在这劳作结束了,可以对过去的写作进行冷静的回顾。"因此,每一部新作也都有可能是终结之作,进行力所能及的补充和交代。

牛津大学教授艾勒克·博埃默(Elleke Boehmer)的论文《库切的澳大利亚现实主义》(2010 年),勾勒一幅作家晚期创作的图景,让我们看到事情的另一面。

文章指出,库切加入澳大利亚国籍,这个决定是意味着他要"公然承担澳大利亚的公民身份,要公开表明澳大利亚性(Australianness),要寻求一种全心全意的投入";他"也关注澳大利亚的现实如何在他的创作中'真正'表现出来",即"澳大利亚的现实特质如何得以体验和表现",这是库切加入澳大利亚国籍的抱负和追求。

这一点很有意思。我们认为作家与衰老和病魔做斗争,逐渐接近创作的休止符,而事实上库切是在开始一项新工程,以"现实主义"原则探索澳大利亚的文化和经验，像《八堂课》的伊丽莎白·科斯特洛关注和表示的那样。这幅晚期创作的图景——孜孜不倦，勉力营构，让读者或许有些意外。

伊丽莎白·科斯特洛是作家代言人，在《慢人》中也出现。《八堂课》和《慢人》正是库切澳大利亚阶段的起点，通过伊丽莎白·科斯特洛这个虚构的澳大利亚作家描写澳大利亚，通过保罗·雷蒙特这个富于澳大利亚文学特色的人物探讨移民生活。这些作品并未脱离后现代创作意识，但是以公民身份关注澳大利亚现实，表现"新移民"的情感和社会关系，这是库切创作中未曾出现过的，跟他描写南非的那个"局外人"阶段判然有别。

"新移民"是指二战后移居澳大利亚的外国人（相对于十九世纪移民）。二战后的数十年里，这个国家卷入更多国际事务和洲际接触，新移民随之大量涌入，构成澳大利亚社会新景观。艾勒克·博埃默的文章列举一些移民背景的澳大利亚作家，他们给当代澳大利亚文学注入活力，库切作为白人移民作家是其中一员。《慢人》的乔希奇一家，从克罗地亚转道德国移居南澳大利亚，是这股移民潮的小小组成部分；《凶年纪事》是由两个移民——JC 和安雅——讲述的故事，JC 提到他过去的身份是南非作家，而安雅尽管在澳大利亚过得舒适自在，也自认"只是个菲律宾小打字员"。这些从克罗地亚、南非和菲律宾来的移民，并不认为自己是该国的边缘人；他们从移民视角看待澳大利亚的"零历史"（zero history），——既然澳大利亚没有历史，那么"所有的人都是新人"，可以在此"尽心尽力奉献于新国家";这些拥有悠久文化传统的移民,在一个历史意识并不深刻的环境,试图重铸自己的身份和体验,投入公民生活。

艾勒克·博埃默认为,从库切第一部充分描写澳大利亚的小说《慢人》中可以看到,"移民故事""伤残白人男性""伪造与欺诈"是从澳大利亚文学传统借来的三种套路,借此探讨现实与虚构、现实与历史的关系。此类借鉴和套用,也是作家打造文学新工程的组成部分。库切抵达澳大利亚,携带着澳大利亚殖民文学传统的知识储备,在他此后创作中体现出来;作家对澳大利亚的投入首先仍是一种智性介入,是以他对澳大利亚文学手法的预先学习为起点。要理解库切新世纪创作美学,这是不能忽略的一点。

库切新世纪创作美学的特质,是艾勒克·博埃默定义的"现实主义"。除了上面所指出的那些特点,也可以从某些对比看到他创作的变化。跟他早先描写南非的"农庄小说"相比,他对澳大利亚地理和文化的指涉显然是更直接也更确定。作家表明国家归属感,无论是批评还是赞扬,他都是站在澳大利亚作家立场,在作品里公开谈论这个国家的政治、历史和文化(《凶年纪事》),而他身为南非作家的显著特点是对归属感问题讳莫如深。尽管库切主要还是从哲学层面探讨社会,他的近期创作试图拥抱澳大利亚现实却是显而易见。

艾勒克·博埃默对"现实主义"的界定尚有可充实之处。认为库切的现实主义倾向是从澳大利亚阶段开始,这个划分也不是没有问题（该把《耻》的创作划入哪个阶段呢？）。她的文章对我们理解库切晚期创作还是很有帮助。库切以公民身份积极关注澳大利亚现实，借鉴澳大利亚传统文学模式，表现"新移民"的情感和社会关系，这些特点在晚期创作中出现，以此考察库切新世纪创作美学的变化，给人带来启发。

国家归属感并不是决定现实主义文学的必要条件，这方面哈金的创作就是一个例子。国家归属感更不是构成现实主义创作质量的要素，不过是一种倾向或起点而已；以此回顾和观察库切的后殖民背景，却不失为有意义的参照。

库切的"澳大利亚现实主义"作为一项新工程，说明作家于迟暮之年仍扬帆远航，岂不令人感佩？《耶稣的童年》无疑是这项新工程的产物，喷吐着远航的白浪和一缕黑烟。

三

《耶稣的童年》是近景单线叙事。文字朴实洗练，显得耐心而专注。它的日常气息，富于人情味的派对场景，透出库切作品难得的一抹亮色，而它的叙事织体仍是库切式的稠密，包含"新生活"所指涉的形而上学、伦理学、社会学、教育学等多个母题。

西蒙的"新生活"是在形而上学讨论中展开，他和监工阿尔瓦罗的码头对话。

西蒙说："……对我来说，最好还是留在这儿，在这个码头，在这个港口，在这个城市，在这片土地上。所有这一切，在这个可能是最好的世界里是最好的。"而阿尔瓦罗驳斥道："这不是一个可能的世界，这是唯一的世界。不管这个世界是不是最好，这都不由你也不由我来决定。"

西蒙的宣言是出自莱布尼茨的论调："我们这个可能的世界中最好的世界。"这是十八世纪欧洲流行的一种"前定和谐说"，认为世界诸事的安排都是合理的，一切都和谐完美。伏尔泰的《老实人》中的庞格罗斯就信奉这种哲学。工头阿尔瓦罗对西蒙的驳斥，也可视为伏尔泰对莱布尼茨的反驳。西蒙接着思忖："……在这个被称作是唯一的世界里，收起你的冷嘲热讽是明智之举。"那么，这句话又可看作是对伏尔泰讽刺习性的反思。

菲利普·罗斯在评论索尔·贝娄时说，他的小说里总是活跃着一个"小教授"的影子。这一点库切的小说也是，就连那些未必受过正规教育的码头工人身上，也带着学究的影子。把莱布尼茨的"前定和谐说"仅仅理解为一种诗人的心绪，亦未尝不可；没有必要过多展开，在此钩沉索稽。但西蒙和阿尔瓦罗的对话，对我们理解作家的创作思想是一条有价值的线索；换言之，要理解这部小说的创作，有必要从它的哲学谈起。所谓形而上学、伦理学、社会学的思考，在库切笔下是交织在一起，与其创作美学密切关联。

从莱布尼茨的"第四条形而上学论证"出发，西蒙表达对新国度的观感，他的哲学并无莱布尼茨式的论证，不过是一些片段而纠结的思考，是面对新生活的焦虑。这个人物时而显示本能和直觉，时而显示良知和理智，倒也符合生活自身的形态，它错杂的头绪，它需要点化的浓度。西蒙的思考（或焦虑）体现一个移民的自我质询："还需要多长时间才能成为一个新人，一个完善的人？"

也就是说，这里的哲学探讨并非出于"小教授"卖弄学问，而是出于自我定义的需要。西蒙乘坐难民船进入陌生国度，"渴望过上另一种生活"；他的头脑和性欲却变得难堪，他的自我认知陷入分裂和纠结；他不得不成为"新人"，学习如何生活。这个过程虽说未见有多大奥妙，真要重新获取生活的常识和理性却也是艰难的。人物这种自我定义的需要，也出现在奈保尔的《魔种》和萨尔曼·拉什迪的《撒旦诗篇》中，这是后殖民文学常见的叙事主题，以其思考所追求的"照明"（illumination）性质而不可避免地与启蒙哲学挂钩。

萨尔曼·拉什迪指出："传统上，一位充分意义上的移民要遭受三重分裂：他丧失他的地方，他进入一种陌生的语言，他发现自己处身于社会行为和准则与他自身不同甚至构成伤害的人群之中。而移民之所以重要，也见之于此：因为根、语言和社会规范一直都是界定何谓人类的三个重要元素。移民否决所有三种元素，也就必须寻找描述他自身的新途径，寻找成为人类的新途径。"（《论君特·格拉斯》）

西蒙（或库切）的问题是，他"丧失他的地方"，

10

"进入一种陌生的语言"，身上还夹带历史的记忆。西蒙说："我把历史抛在身后了。我只不过是一个踏入新的家园的新人，……但是，我不能丢弃历史的观念。"因为，身体自有其往日归属感的记忆，这种记忆是固执的。

码头装卸工的机智驳论是——"我们有谁曾被历史吹落过帽子？……历史不是真实的……只不过是人们编造的故事"。西蒙女友埃琳娜的观点则显示女性的常识："新生活就是新生命……孩子们生活在当下，不是过去。"

抛开这些议题和讨论，我们难以理解这部小说，因为它们是在主题层面上形成聚焦。但我们也无法重视其形而上学的结论，因为这些结论是零碎的，小说化的，也是自相矛盾的。阿尔瓦罗的哲学断言："这儿没有聪明机灵的地盘，只有事物本身。"西蒙的反驳是——这是"反启蒙反开化的胡言乱语"。到了小说后半部分，西蒙对大卫说："对你所有的为什么……答案就是：因为世界就是这样。"这是阿尔瓦罗的观点，西蒙却用它来对付小孩子了。

观点的自相矛盾不完全是出于形而上学的片面，也不完全是基于小说化表述的需要，而是缘于移民身份的暧昧属性。库切对移民身份的表征与奈保尔、拉什迪如出一辙；"移民"这个词在文化意义上是一种翻译行为，意味着自我的置换和调解、启蒙和更新。任何移民都是活在两种文化、两个国度和两种语言之间，活在历史的记忆和他乡的现实之间；换言之，是活在一个暧昧的边界地带。这就是为什么西蒙的头脑和性欲会变得难堪，甚至陷入哲学上的焦虑和压力。但是移民身份也包含自由，包含政治和伦理上更新的可能。所谓公共空间和公民观念，都是在理论的探讨和界定中形成的，我们必须承认近代启蒙文化所造就的价值观和普世意义。西蒙（或库切）说，"异乡人的新生活"意味着"协作和规则"。作为"大城市里的公民"，这种社会学的也是伦理学的表述，已经形成对自身现实及其可能性的积极认知，也隐含着对历史记忆的某种否定。

乔苏埃·卡尔杜奇（G. Carducci）把但丁誉为"大城市里的公民"，是在赞誉这位"觉醒的公民"克服历史消极情绪，努力革新和改善世界的行为。也许，卡尔杜奇多少是把他自己的世俗人文主义观念加诸但丁，正如库切在小说中把相似的观念加诸西蒙。

四

如上所述，要探究库切的"现实主义"，他从哲学层面拥抱现实的倾向，不能脱离他的后殖民文化背景。库切新世纪创作美学的变化，他对公民身份的认知和投入，也只有在这个背景中才能得到更好的理解。

西蒙说："在这个被称作是唯一的世界里，收起你的冷嘲热讽是明智之举。"这是对伏尔泰讽刺习性的一种反拨；似乎也能听到《凶年纪事》中那位"悲观主义、无政府主义、寂静主义"作家伦理思考的一种变化。

作家的伦理思考总是与其美学思考互为表里。克服历史消极情绪，经历自我的启蒙和更新，这也意味着艺术"照明"（illumination）性质的某种凸显：客体世界作为被给予之物进入明视距离，使得精神内在性的关联获取更多的感性特征，获取更明晰的交会关系和现实属性；也就是说，获取一个被照亮的空间，在此过程中进入敞开的形式和意义。

我用列维纳斯的这种话语方式，而不是用艾勒克·博埃默所说的"现实主义"，来看待库切的这部新作。对客体世界保持距离和克制的苦行主义意向，在库切新阶段的创作中未必已经消除，但我们看到，那种世间的交会关系和现实属性确实是变得更明晰也更丰富了。

围绕孤儿大卫所组建的"偶合家庭"，是形成该篇人际交会关系的一个枢纽。它的组建过程正如小说叙述所示，带有喜剧性的惊奇和震动，——西蒙以出人意料的方式替大卫找到母亲，让那位名字叫伊内斯的网球少女未经出嫁、怀孕就做了母亲。《福音书》里的马利亚对天使说："我没有出嫁，怎么有这种事呢？"但是天使预告说她要做耶稣的母亲，还安排老约瑟"从加利利的拿撒勒城上犹太去，到了大卫的城，名叫伯利恒，因他本人是大卫一族一家的人"，这就交代了耶稣的谱系，让这两个人抚育男孩的童年。总之，经书里就是这样记载的。我们感到喜剧性的惊讶和冲击，是因为库切笔下的大卫虽说是在一种类似于信念的唐突安排中找到归宿，却只能用纯世俗的逻辑来理解这种奇遇，而他那个古怪的"偶合家庭"，说来也不过是现代都市和移民生活的产物。

这种构思倒能显示作家宝刀不老的创作灵感，正如西蒙为伊内斯修理抽水马桶一节写得精彩，显示作家开掘细节的功力。西蒙和伊内斯未经肉体结合就做了大卫的父母亲，担负起孩子的成长和教育，这种结合的喜剧性隐含《福音书》典故，也透露"耶稣的童年"这个书名的由来，但是这个方面不宜做过多比附，未必有多少象征或反讽的意义。大卫用他自己的方式阅读《堂吉诃德》，他掉落在数字序列的神秘缝隙里钻不出来，也未必是在渲染神童的特异功能，倒是能让我们去思考理性主义弊端以及当代教育学的一些问题。我们把大卫的家庭说成是"偶合家庭"，不过是为了说明其组建有很大的偶然性，缺乏血缘关系，含有不乏奇趣的派对性质，并不是按照陀思妥耶夫斯基发明这个语汇的原有意思来定义的。

陀思妥耶夫斯基认为，"偶合家庭"是现代资本主义都市家庭模式，呈现为一种虚伪的无根状态；它没有家族公共价值为依托，更没有古老信仰为依据。《卡拉马佐夫兄弟》中的卡拉马佐夫一家便是典型的"偶合家庭"。陀思妥耶夫斯基所忧虑的是古老宗法家庭解体，贵族道德意识消亡，个人私欲将挤占信仰的位置，家族共同体的纽带将失去约束力；换言之，他忧虑的是现代虚无主义泛滥……一个没有上帝的世界。

在此意义上讲，今天的都市人是生活在陀思妥耶夫斯基定义中的"无根状态"。我们的孩童或孩童般的成人常常就像库切笔下那位越来越任性的大卫，虽也让人"都稀奇他的聪明和应对"，却不会像那位十二岁的男孩坐在圣殿里说——"为什么找我呢？岂不知我应当以我父的事为念吗？"我们渴望大卫那件隐形人斗篷，从无名的城市驶向无羁绊的逃亡；我们争当主角，学会咧嘴而笑，懂得如何抗辩和争吵；没有体内那个小魔鬼的愤怒和驱使，或许就会失去欲望，失去奇幻的动力与愿景……

细读《凶年纪事》"危言"第三十一篇"身后之事"，大体能够懂得库切的宗教观念，他对生命本体去留问题的理解是一个怀疑论者的理解。读《耶稣的童年》，则能够看到世俗人文主义思想的特性，其显著特性是在于它的摇摆，在于它的自相矛盾，在于它的反对禁欲主义的感性之光，一如它在小说化表述中变幻不定的形相；因为它要求自我的启蒙和开化，克服历史记忆的阻碍，寻求作为难民——移民——公民的权利；也就是说，应当承认它的政治文化诉求，承认我们不断迁移和更新的欲求。

西蒙和大卫乘坐难民船来到一个陌生的国度。小说没有交代这个说西班牙语的国家是在什么地方，是属于欧洲还是南美；它的细节是具体的，背景是抽象的。西蒙谈到历史记忆，身体对往日归属感的记忆，这个方面的叙述也是抽象的，正如脖子上挂着信件的大卫，他的来源不过是一个孤零零的画面。我们从小说叙述语言中更是找不到民族归属性，因为库切的英语是一种规范的国际英语，与地域和方言保持距离。置身于这个虚构的"异乡人的国度"，读者或许会对移民身份有一种隐喻意义上的理解。

我们是这个全球化时代的移民。所谓"新移民"不只是一个历史性概念（相对于十九世纪移民），也是对当代文化身份的一种隐喻。不以家族公共价值为依托，不以古老信仰为依据，事实上也不信赖民族文化残余的庇护和遗赠。在这个全球化时代，民族文化的特殊性仍是一种现实，而民族文化的独立性不过是一个幻觉。我们不必自欺欺人。我们需要在文化翻译过程中重新定义自己。

许志强

2013 年 2 月 14 日，写于杭州城西

第 一 章

站在门口那人指指不近不远处一幢不规则的低矮建筑物。"如果你们着急的话,"他说,"不妨赶在他们今天关门前去登记一下。"

他们着急的。Centro de Reubicación Novilla①,标牌上是这样写的。Reubicación,什么意思?这个词他不认识。

办公室很大,空荡荡的。还很闷热——比外面热。最里头是横列整个屋子的木制柜式台面,用磨砂玻璃隔成一个一个的小隔间。靠墙一溜排列着上过清漆的木制文件柜。

柜台上,其中一个窗口上挂着这样的标牌:Noevos Llegados②,那块长方形纸板上的黑色字样是用模板刷出来的。柜台后面的年轻女子对他们笑脸相迎。

"你好,"他说,"我们是新来的。"他有意说得很慢,每个音节都咬得清清楚楚,他学西班牙语可是花了功夫的,"我想找份工作,还想找个住的地方。"他夹住男孩的

---

① Centro de Reubicación Novilla,西班牙语:诺维拉重新安置中心。(本书注释均为译者所加)

② Noevos Llegados,西班牙语:新来港定居人士。

1

胳肢窝，把他托起来，好让她看得清楚些，"我还带个孩子。"

那姑娘伸手拉住男孩的手。"嗨，小伙子！"她问，"他是你孙子吗？"

"不是我孙子，也不是我儿子，可我是他的监护人。"

"住的地方。"她朝手边的文件上瞥了一眼，"我们中心还有一间空房，在你们找到更合适的住处之前可以住到那儿。不会很讲究，不过你们也许不介意。至于工作嘛，我们明早再看看吧——你们看上去挺累的，我敢肯定你们都想歇着了。你们是远道而来？"

"我们这一周都在路上。我们从贝尔斯塔来，就是那个营地。你知道贝尔斯塔吗？"

"我知道，我很熟悉那儿。我自己就是从贝尔斯塔过来的。你是在那儿学的西班牙语？"

"我们每天都上课，上了六个星期。"

"六个星期？你真幸运。我在贝尔斯塔待了三个月，差点无聊死。我坚持下去的唯一原因就是西班牙语课。你听过皮涅拉太太的课吗？"

"没有，我们的老师是个男的。"他犹豫着，"我能再麻烦你一下吗？我这个男孩——"他朝男孩瞟一眼，"身体不太好。部分原因是因为他害怕，犯迷糊，又胆小，所以不好好吃东西。他觉得营地里的食物不合口味，吃不下去。我们能在这儿找个好好吃饭的地方吗？"

"他几岁了？"

"五岁。是他自己听说的。"

"你说他不是你孙子。"

"不是我孙子，也不是我儿子。我们没有亲属关系。瞧这个——"他从口袋里掏出两张身份证①给她看。

她检查着那两张身份证，"这是在贝尔斯塔签发的？"

"是的，他们还给我们取了名字，西班牙名字。"

她从柜台俯身过来。"大卫——这个名字挺不错啊，"她说，"你喜欢你的名字吗，小伙子？"

男孩瞪着眼睛朝她看，却不说话。她看见了什么？一个瘦瘦的、面色苍白的孩子，穿一件呢绒外套，扣子一直扣到颈部，灰短裤遮住了膝盖，黑色系带靴子里面是羊毛袜子，脑袋上斜扣一顶布帽子。

"你穿这些衣服难道不热吗？你想脱掉外衣吗？"

男孩摇摇头。

他插嘴说："衣服是贝尔斯塔那儿给的。是他自己从人家发给的衣服里挑出来的。他穿上就不肯脱了。"

"我明白。我这么说，是因为今天这天气，看他这么穿好像是太热了。听我说：我们这个中心有个仓库，里面都是别人捐赠的衣服，是他们自己的孩子长大了穿不上的。星期一到星期五的早上都开放。你们可以自己去挑些衣服。你们能找到比贝尔斯塔更多的衣服。"

"谢谢你。"

"还有，这都是一些必须填写的表格，你填写之后，

―――――――――

① 原文 passbook，指南非种族隔离时期有色人种的身份证。但小说的背景不是南非，是一个虚构的地方。

你们的身份证上就会有钱打进来。你有四百雷埃尔①的安置费。这男孩也有。你们每人四百。"

"谢谢你。"

"好了，我把你们的房间给你们看看。"她向旁边的隔间探过身子，跟那边的女人悄语了几句，那柜台前挂的牌子是 Trabajos②。那女人拉开抽屉摸索了几下，摇摇头。

"有点儿小麻烦，"那姑娘说，"我们这里似乎没有你们房间的钥匙。肯定是在大楼管理员那儿。管理员是魏兹太太。你到 C 楼找她，我会给你画张图。你找魏兹太太要 C-55 房间的钥匙，就跟她说是大办公室的安娜让你们去找她的。"

"不能另外给我们找个房间吗？"

"没办法，C-55 是我们这里唯一的空房。"

"那吃的呢？"

"吃的？"

"是啊，我们上哪儿去吃饭？"

"也找魏兹太太。她应该会有办法。"

"谢谢你。最后再问个问题：这里有没有那种专门帮人团聚的机构？"

"帮人团聚？"

"喏，肯定有许多人在寻找他们失散的家人。有没有那种能够帮助人们——家人、朋友、恋人团聚的机构？"

---

① 雷埃尔(Real)，旧时西班牙及其南美属地的货币。

② Trabajos，西班牙语：招聘信息。

"没有，我从没听说过有这种机构。"

部分原因是他太累了，部分原因是那姑娘给他画的地图不怎么精确，还有部分原因是这地方没什么指示标记，他折腾了好一阵才找到 C 楼魏兹太太的办公室。门关着。他敲敲门。没人应答。

他拦住一个路过的小个子女人，她脸庞尖尖的，那模样活像老鼠，穿着中心工作人员的巧克力色制服。"我找魏兹太太。"他说。

"她走了。"年轻女人说，看他似乎不明白的样子，"下班了。明天早上再来。"

"那也许你可以帮帮我们。我们要找 C-55 房间的钥匙。"

年轻女人摇摇头，"对不起，我不管钥匙。"

他们只好折回诺维拉重新安置中心。那儿的门也锁了。他敲敲门上的玻璃。里面没人。他又敲了敲。

"我渴死了。"男孩抱怨道。

"再忍一会儿。"他说，"我去找找水龙头。"

那姑娘，安娜，在楼房另一边出现了。"是你在敲门吗？"她问。他再一次被击中：她是那么年轻，身上满是健康而生气勃勃的劲儿。

"魏兹人人好像回家去了，"他说，"你看能不能再想想办法？你有没有一种——你们叫什么来着？——llave universal①，能打开房门？"

---

① llave universal，西班牙语：万能钥匙。

"是 llave maestra，总钥匙。没有所谓的万能钥匙。如果我们有这玩意儿，所有的麻烦都解决了。我们没有。只有魏兹太太有 C 楼的总钥匙。你们有没有什么朋友，晚上能来接你们去过一夜，然后明天早上再来找魏兹太太？"

"能来接我们的朋友？我们六个星期前才在这儿上岸，后来就一直在荒漠地的营地里，住在帐篷里。怎么会有朋友来接我们去过夜？"

安娜皱皱眉头。"去大门口。"她吩咐说，"在门外等我。我想想办法吧。"

他们走出大门，穿过马路，坐在树荫下面。男孩脑袋耷拉在肩膀上。"我渴死了。"他抱怨道，"你什么时候去找水龙头啊？"

"嘘，"他说，"听，鸟儿在叫。"

他们聆听着陌生的鸟鸣，感受着异乡的风儿吹在皮肤上。

安娜出现了。他站起来朝她挥手。男孩也勉强起身，胳膊僵直地垂在两边，大拇指握在拳头里。

"我给你儿子带了水来。"她说，"给，大卫，喝吧。"

男孩喝了水，把杯子递还她。她放回自己的包里。"好喝吗？"她问。

"好喝。"

"好，现在跟我来。得走一段路，不过你们不妨把这当作一种锻炼。"

她沿着那条穿过一片开阔地的小路大步疾行。不能否

6

认，这是一个挺漂亮的年轻女人，尽管身上的衣服跟她一点都不相配：一件毫无款型的深色裙子，一件纽子扣到领口的白上衣，脚下是一双平底鞋。

他自己倒是能够跟得上她的脚步，可他手里还牵着个孩子呢。他喊道："请等等——别走这么快！"她不理会。他和她总隔着那么一段距离，跟在她身后走过公园，穿过一条街道，又穿过一条街道。

走到一幢不起眼的狭小的房子前边，她停下脚步等他们。"这是我住的地方。"她打开前门，"跟我来。"

她带他们走过昏暗的过道，穿过后门，走下一段摇摇晃晃的木头台阶，走进一个杂草丛生的小院。院子两边是木栅栏，另一面围着铁丝网。

"坐下吧。"她说，指着杂草丛中露出的一把生锈的铸铁椅子，"我去给你们拿点儿吃的来。"

他不想坐下。他和男孩等在门口。

那姑娘再次出现时拿着一个盘子和一个罐子。罐子里有水。盘子里是四片抹了人造黄油的面包。这跟他们在慈善救济站吃的早餐一模一样。

"作为新来者，照理你们应该住在规定的住处，或者住在中心。"她说，"不过，第一个晚上住在这儿也没关系。既然我在中心工作，我家院子也可以算是规定住处。"

"你真是太好心，太慷慨了。"他说。

"那个角落里有些材料，是盖房子时剩下的。"她指着那边说，"如果你愿意，你们可以给自己搭一个住的地

7

方。你们自己动手应该没问题吧？"

他神色困惑地看着她。"我不能肯定自己是不是明白了你的意思，"他问，"我们今晚具体在什么地方过夜？"

"这儿。"她指着这个院子，"我一会儿再回来，看看你们搞得怎么样。"

那堆所说的盖房子的材料，只是五六张镀锌铁片，有些地方都生锈了——肯定是旧屋顶上拆下来的，还有几段木料截头。这是测试吗？她真的想让他和这孩子在露天里过夜？她说过她会再来，于是他等着，可她没有回来。他试着推了推后门：锁上了。他敲了几下，没人应答。

怎么回事？难道她躲在窗帘后面，在观察他有何反应？

他们不是囚犯。翻过铁丝网跑掉不是什么难事。他们该这么逃走呢，还是等着看，看接下来会怎么样？

他等着。等到她再次出现，已是日落时分了。

"你没干多少嘛。"她说着皱起了眉头，"给。"她递给他一瓶水，一条毛巾和一卷手纸。然后，看到他询问的目光，便说："没人会看见你们。"

"我改变主意了，"他说，"我们想回到中心去。那儿肯定有公用房间能让我们睡一夜。"

"你不能这样。中心已经关门了。他们六点钟关门。"

他有些恼怒地跨过那堆来自屋顶的材料，从中抽出两块铁皮，靠着木栅栏搭成三角状。再又搭上第三块、第四块，搭出一个单坡屋顶式的简陋窝棚。"这就是你想要我们住的地儿？"他询问道，向她转过身去。可她已经走了。

"这就是我们今晚要睡的地方，"他对男孩说，"大概挺刺激的。"

"我饿了。"男孩说。

"你还没吃面包呢。"

"我不喜欢面包。"

"没办法，你得习惯，因为就只有这个。明天我们再想办法找更好的。"

男孩怀疑明天会不会有更好的，但还是拿起一片面包，一点点地啃着。他注意到，男孩手指甲里全是黑黢黢的泥土。

最后一线白昼之光收尽后，他们在那个窝棚里安顿下来，他以杂草为床躺了上去，男孩躺在他的肘弯里。男孩很快睡着了，大拇指含在嘴里。可他自己的睡意却迟迟不肯来临。他没有外套，过了一阵，冷风渐渐渗进他的身体，他打起寒战。

这没什么大不了的，不过就是冷点儿，又不会要了你的命，他对自己说。夜晚会过去，太阳会升起，白天会到来。只是别有爬来爬去的小虫就好了。有虫子就太过分了。

他睡着了。

凌晨时分，他醒了，浑身酸痛，冻得发僵。一阵愤怒涌上心头。这么遭罪究竟算是怎么回事啊？他爬出窝棚，摸索着走向后门，敲起门来，第一下有些试探，接着越敲越响。

头顶上的窗子开了，月光中，他蒙蒙眬眬地辨认出姑娘的脸庞。"怎么啦？"她问，"又怎么不行了？"

　　"什么都不行，"他回答，"这儿太冷了。你能让我们进屋去吗？"

　　一阵长长的沉默。然后，她说了一声："等着。"

　　他等着。然后，又是一声："给。"是那姑娘的声音。

　　一样东西落到他脚下：一条毯子，不大，叠成四折，粗线织的，一股樟脑味儿。

　　"你怎么这样对待我们？"他喊道，"就像垃圾似的？"

　　窗子砰地关上了。

　　他摸回窝棚里，摊开毯子盖在自己和熟睡的男孩身上。

　　他被啁啾不已的鸟鸣闹醒了。男孩还在熟睡，背对着他，帽子压在脸蛋下面。他自己的衣服都被露水打湿了。他又打了个盹。再睁开眼睛时，姑娘站在那儿低头看着他。"早上好。"她说，"我给你们带来了早餐。我马上就得走。你准备一下，我带你们出去。"

　　"带我们出去？"

　　"带你们离开这房子。请动作快点儿。别忘了带上毯子和毛巾。"

　　他摇醒男孩。"快，"他说，"该起来了。吃早饭了。"

　　他们并排在院子角落里撒尿。

　　早餐只不过是更多的面包和水。男孩满脸不高兴，而他自己并不饿。他把没动过的那盘面包搁在台阶上。"我们准备走了。"他说。

姑娘领着他们走出房子，来到空荡荡的街上。"再见，"她说，"如果你们需要的话，今晚还可以回这儿过夜。"

"你在中心答应给我们的房间呢?"

"如果钥匙找不到，或者那间屋子有人住了，你们可以再到这里来。再见。"

"就耽搁你一分钟。你能给我们一点钱吗?"到目前为止他从未乞讨过，但他现在不知道在这儿还有什么办法。

"我说过我会帮你们，但我没说我会给你们钱。想要钱，你得去社会救济办公室。你可以坐公交车去城里。一定得带上你的身份证和你的居住证明。然后你可以拿到一笔安置费。或者你也可以找一份工作，预支一些工资。我今天上午不在中心，我有个会议，你要是去中心找工作，你得告诉他们你要 un vale,① 他们会明白你的意思的。凭证。现在我得赶紧走了。"

他和男孩沿着小路穿过那片空荡荡的开阔地，后来才发现走错了，他们走到中心的时候，太阳已经升起老高了。招聘信息柜台上是一个神情严峻的中年女人，那一头褐发在耳朵上方整整齐齐地往后梳去。

"早上好。"他说，"我们是昨晚进来登记的。我们是新来的，我想找一份工作。我知道你可以给我们一个凭证。"

———————————

① un vale, 西班牙语: 凭证。

"是工作凭证①，"那女人说，"给我看看你的身份证。"

他把身份证递给她。她仔细看了看，还给了他，说："我会给你写一份凭证，至于什么样的工作，那得看你自己了。"

"你不能给我一个具体一点的建议吗？对我来说这是一个陌生的领域。"

"去码头那儿试试吧。"那女人说，"他们通常会需要人手的。你可以搭乘29路公交车过去。车站就在大门外，半小时一班。"

"我没钱坐公交车。我一分钱都没有。"

"公交车是免费的。所有的公交车都免费。"

"那，住的地方呢？我可否问一下，让我住什么地方呢？昨天值班的那个年轻姑娘，叫安娜，她说有一个房间能给我们住的，可我们没能住进去。"

"这儿没有免费住房。"

"昨天有一间免费住房，C-55号房间，但钥匙找不到了。钥匙在魏兹太太那儿。"

"这事情我一点都不知道。你今天下午再过来吧。"

"我不能和魏兹太太说句话吗？"

"今天上午全体工作人员开会。魏兹太太在会上。她下午过来。"

---

① 原文为西班牙语，vale de trabajo。

12

第 二 章

在 29 路公交车上，他仔细察看着自己拿到的工作凭证。这只是从笔记本上撕下的一页纸，上面潦草地写道："持此凭证人为新抵达者，请为他考虑一份工作。"没有官方图章，没有签名，只有首字母缩写 P. X. ，看上去很不正式的样子。就凭这个能让他得到工作？

他们是最后下车的乘客。看到这个港区是如此之大——往上游看去，一眼望不到头——他们两个显得格外孤零零。似乎只有一个码头上有人在忙活：一艘货轮不知是在装货还是卸货，人们上上下下地在跳板上过往。

他向一个监工模样的高个儿男人走去，那人穿一身连体工作服。"你好，"他说，"我是来找工作的。安置中心那边的人说我应该来这儿找。我是不是该找你？我有一张凭证。"

"你找我没错。"那男人说，"不过，你做 estibador①不觉得年纪大了点？"

Estibador？他看上去肯定是一脸困惑，因为那男人

---

① estibador，西班牙语：码头工人。

13

（工头吗？）身子一扭，表演哑剧似的拎起一袋东西甩到背上，脚步蹒跚地做出一副像是不堪重负的样子。

"哦，码头工人！"他喊道，"对不起，我的西班牙语不好。不过我一点都不老。"

是吗？他听到自己说的话是真的吗？难道他干重体力活儿还不算太老？他倒不觉得自己老，可也不觉得自己年轻。他没有什么特定的年龄概念。他觉得自己没有年龄，如果这可能的话。

"让我试试吧，"他提议说，"如果你觉得我不行，我就马上走人，不会有什么为难的。"

"好吧。"工头答应了，他把那张凭证揉成一团扔进水里，"你现在就可以开始。这孩子是跟你一起来的？如果你觉得放心，他可以跟我一起在这儿等你，我会留心照看他的。至于你的西班牙语，这倒不必担心，只要坚持说下去，总有一天你就不再把它当成一门语言，而是世界存在的方式了。"

他转向男孩："我去帮忙扛包的时候，你跟这位先生在一起好吗？"

男孩点点头，又把大拇指含在嘴里。

跳板的宽度正好可以走一个人。他等着那边的装卸工过来，那人背上扛着鼓鼓囊囊的麻袋，从跳板上下来了。随后他登上甲板，沿着粗重的木梯下到货舱。他过了一会儿才适应里面半明半暗的光线。货舱里堆着一模一样的麻袋，都撑得很鼓，有好几百包，也许有几千包。

"麻袋里是什么？"他问旁边一个工人。

那人很奇怪地看了他一眼。"Granos①。"人家说。

他想问这袋子有多重，可根本没时间问，因为轮到他背了。

麻袋垛顶上是一个上臂粗壮、咧嘴笑着的大汉，他的工作显然就是把麻袋搁到一个个排队过来的装卸工人的肩上。他把背脊转过去，麻袋就落下来了，他一个趔趄，接着，就像其他工人那样拽住麻袋一角，迈出第一步、第二步。他真的能像别人那样，扛着这般沉重的东西爬上梯子？他有这份能耐吗？

"站稳了，viejo②，"一个声音在他后面喊道，"不用忙。"

他左脚踏上梯子最下面一级。最重要的是平衡，他告诉自己，要稳住脚步，以防麻袋滑落或是袋子里的东西左右晃动。一旦里面的东西晃动起来或是麻袋滑落下来，你就玩完。你就做不成装卸工了，只能做一个乞丐，在陌生人后院搭起的铁皮窝棚里瑟瑟发抖。

他伸出右脚。他开始熟悉这梯子的特性：如果你将胸膛贴在梯子上，背上麻袋的重量不但不会让你失去平衡摔下去，反倒起了稳定身体的作用。他左脚探到梯子的第二级。下面传来一阵轻轻的欢呼。他咬了咬牙。要攀上十八级阶梯（他数过）。他不会失败的。

慢慢地，他一次攀一级，每一级都歇一下，一边倾听

①　Granos，西班牙语：粮食。
②　viejo，西班牙语：老人。

着自己心脏的狂跳（如果他突然心脏病发作可怎么办？那该有多丢人！）一边往上攀爬。爬到最顶端时，他身子摇摇晃晃，然后向前扑去，麻袋滑落到甲板上。

他站起来，指着袋子。"有人能帮我一把吗？"他喊着，竭力控制着喘息，让自己的声音听上去正常一些。有人帮着将麻袋举上他肩膀。

跳板本来看上去就挺可怕：随着船身颤动，它轻轻地左右摇晃着，而且这玩意儿不像梯子那样能有支撑的地方。他尽了最大努力稳住自己，走上跳板时直起了身子，可这样一来，他就看不见自己脚步的挪动了。他把目光盯在男孩身上，男孩一动不动地站在工头旁边看着他。我不能给他丢脸！他对自己说。

这回他没打一个趔趄就到了码头上。"左边来！"工头喊道。他吃力地转过身。一辆运货马车正慢慢停下，是那种低矮的平板车，拉车的是两匹蹄后丛毛蓬乱的大马。佩什尔马吗①？他还从来没见过一匹活生生的佩什尔马。它们身上的恶臭和尿臊味几乎将他全身裹了起来。

他转过身，让谷物包落进车斗里。一个头戴破帽的小伙子轻轻一跃跳上车，把麻袋拽到前边，有匹马拉出一堆冒着热气的粪便。"别挡路！"他身后一个声音在喊。是他身后的装卸工，他的工友，扛着麻袋跟在他后面。

他折回货舱又去扛第二个麻袋，接着是第三个。他比

---

① 佩什尔马（Percheron），原产于法国北部的一种重型挽马。

16

别的工友动作慢（他们有时要等他），但也不算慢得太多，一旦习惯了，身体强壮了，他会做得更好。毕竟，还不算太老。

虽然他总是碍着别人，但他不觉得人家对他有什么敌意。相反，他们总会说几句给他打气的话，或是往他后背上亲热地拍一下。如果这就是码头工的活儿，那也不算太坏。至少让人有些成就感。至少你是在搬动谷物，谷物将变成面包，那是生命的支柱。

哨音响了。"休息了，"他身边的一个人对他说，"你可以去——你知道。"

他们两个在货棚后边撒了尿，凑着水龙头洗了手。"有什么地方能喝杯茶吗？"他问，"或者有什么吃的吗？"

"茶？"那人似乎感到有些好笑，"我不知道哪儿有这东西。如果你口渴，可以用我的杯子，不过记得明天把你自己的杯子带来。"他把马克杯凑到水龙头下，接满了水递给他，"还得带一条或是半条面包来。空肚子干一整天活可吃不消。"

休息时间只有十分钟，接着继续卸货作业。到工头吹哨宣布一天作业结束时，他已将三十一袋货物从货舱扛到了码头上。也许按一整天计算，他能扛五十袋。一天五十袋：大约两吨的样子。不算太了不起。吊车能把两吨东西一下子搬走。为什么他们不用吊车？

"真是个好小伙子，你的儿子，"那工头说，"一点都不调皮捣蛋。"他称他为小伙子，un jovencito①，无疑是为了让他感觉好。一个好小伙子将来也会成为码头工人。

"如果你们用吊车干这活儿，"他建议道，"效率可以提高十倍，就算是一台小吊车也行。"

"你说得没错，"工头说，"可那有什么意义？效率提高十倍有什么意义？又不是说有什么紧急的情况，比如需要紧急调运食物。"

可那有什么意义？这话听上去是一个真挚的提问，而不是扇在脸上的一个巴掌。"那样的话，我们就可以把精力用在更好的地方了。"他说。

"更好的什么地方？还有什么比供给人们面包更有价值的事儿吗？"

他耸耸肩。他本不该多嘴。他当然不会说：总比让人像负重的牲口那样扛东西要好。

"我和这男孩得赶快走了，"他说，"我们得在六点钟之前赶回安置中心，否则就得露天睡了。我明早可以再回这里来吗？"

"当然，当然，你干得挺不错。"

"这么说，我可以预支一些工钱吗？"

"恐怕不行。工薪出纳星期五才来。不过，如果你手头紧的话——"他去掏口袋，掏出了一把硬币，"给，你需要多少就拿多少吧。"

"我不知道究竟需要多少。我是新来的，我一点都不

---

① un jovencito，西班牙语：年轻人。

知道这儿东西的价格。"

"那就全拿去吧，星期五还我好了。"

"谢谢你。你真太好了。"

这是真心话。你干活的时候帮你照看年轻人，还把钱借给你：这可不是一个工头该做的事情。

"没什么。你也会这样做的。再见，小伙子，"他转向男孩说，"明儿一早见。"

他们赶到办事处，一个神色严厉的女人正要关门。安娜那个柜台里没有人。

"我们的房间有着落了吗？"他问，"你们找到那把钥匙了？"

那女人皱起眉头，"顺着这条路，第一个路口向右拐，那排长长的平房就是 C 幢。去找魏兹太太。她会带你们去看房间。再问一下魏兹太太，你们是否可以使用公共盥洗间洗衣服。"

他不禁红了脸，从这话里听出了某种暗示。他和男孩有一个星期没洗澡了，孩子身上都有股味儿了，他自己身上的味儿更糟。

他掏出那些钱给她看，"你能不能告诉我，这里有多少钱？"

"你不会数数吗？"

"我是说这些钱能买些什么？够吃一顿饭吗？"

"这里不供应饭食，只有一顿早餐。不过，你可以跟魏兹太太说这事儿，把你们的情况告诉她。也许她会帮你们的。"

C-41，魏兹太太的办公室，门紧闭着，和之前一样关门落锁了。不过，通往地下室的台阶拐角处有亮光，那儿孤零零地点着一盏不带灯罩的电灯泡，他迎面撞见一个小伙子，叉开两腿坐在椅子上看杂志。这人也穿着安置中心的巧克力色制服，不过头上还戴一顶小圆帽，脖子上箍着一条带子，像是街头耍猴戴的那种。

"晚上好，"他招呼说，"我在找那位实在难找的魏兹太太。你知不知道她在哪儿？这幢房子里有一个房间是分配给我们的，房间钥匙在她那儿，至少她管着总钥匙。"

小伙子站起来，清清嗓子回答他的问题。他回答得彬彬有礼，却毫无帮助。如果魏兹太太的办公室锁着，那就是说她可能回家去了。至于钥匙嘛，如果有钥匙的话，那也可能锁在办公室里了。公共盥洗间的钥匙同样也锁在办公室里。

"那么，你总能够带我们去找 C-55 房间吧？"他说，"C-55 是分配给我们的。"

小伙子二话没说，带着他们沿着长长的走廊一路走过去，走过 C-49，C-50……C-54，他们走到 C-55 了。他推了一下门。居然没锁。"你们的麻烦结束了。"他微笑着说了一句，就离开了。

C-55 房间很小，没有窗子，只是布置了极少的几件家具：一张单人床，一个抽屉柜，一个洗脸盆。抽屉柜上面有一个碟子，里面搁着两块半方糖。他拿了一块给男孩。

"我们只能住这儿？"男孩问。

"是的，我们只能住这儿。不过就住一小段时间，等找到更好的地方就走。"

在走廊尽头，他找到一个淋浴间。里面没有肥皂。他把男孩脱光了，自己也脱光了。他们一起站到水龙头下，在不冷不热的细细的水流中，他尽可能把两人洗干净。然后，在男孩的等待中，他凑着细细的水流搓洗两人的内衣（水流变凉了，接着就变冷了），洗完后绞干。然后坦然地裸着身子，领着男孩啪嗒啪嗒穿过走廊回到房间，闩上门。他用唯一的一条毛巾把男孩擦干。"赶快上床去。"他说。

"我饿了。"男孩抱怨道。

"忍忍吧。我们明早能美美地吃上一顿早餐，我保证。想着那顿早餐吧。"他自己也缩到床上，吻了男孩向他道晚安。

可是男孩不肯睡。"我们为什么要来这儿，西蒙？"他轻声问道。

"我跟你说过了：我们只是在这儿住上一两个晚上，等找到更好的地方就走。"

"不，我是说，我们为什么要来这个地方？"他做了个绕圈的手势，指这个屋子，指这个安置中心，指这个诺维拉市，指所有的一切。

"你来这儿是要找你母亲，我是帮你来找母亲的。"

"找到她以后呢，我们来这儿是为了什么？"

"我不知道怎么说了。我们到这儿来，理由跟别人一样。我们有机会活着，于是我们接受了这个机会。这是一件大事，活着。这是最重要的事情。"

"可是，我们非得在这儿生活吗？"

"还有什么地方可以跟这儿相比呢？除了这儿没有别的地方了。快闭上眼睛，该睡了。"

第 三 章

醒来时他心情不错，感到精力充沛。他们有了一个住处，他有了一份工作。现在可以着手那项至关重要的工作了：寻找男孩的母亲。

他没有惊动男孩，自己悄悄溜出了房间。安置中心办公室刚上班。安娜坐在柜台后面，微笑着迎候他。"你们昨晚上过得好吗？"她问，"你们安顿下来了？"

"谢谢你，我们安顿下来了。不过现在我有一件事想求你帮忙。你也许还记得，我曾问过你关于家人失散的事儿。我想寻找大卫的母亲。但麻烦的是，我不知道从什么地方开始查起。你们这儿是否存有抵达诺维拉人员的登记档案？如果没有，是否有类似的登记机构能让我去咨询一下？"

"我们保留着从中心进入的每一个人的人员名单。但是，如果你不知道名字，那就不好办了。大卫的母亲肯定有了一个新名字。新的人生，新的名字。她知道你们在找她吗？"

"她可从没听说过我这个人，所以她没有理由知道我在找她。但我肯定，孩子只要见到她，一定能认出的。"

"他们失散多久了？"

"这事儿说来话长，我不想打扰你太久。简单说，就是我向大卫保证过，我会帮他找到母亲。我向他做过保证。我能看一下你们的档案吗？"

"可是你不知道名字，看了又有什么用呢？"

"你们这儿肯定存有身份证复印件。那孩子看着照片就能认出来。或者我也能认出。我看到照片也能认出她。"

"你从来没见过她，却能认出来？"

"没错。不管是分头认还是一起认，我和他都能认出她来。我敢保证。"

"这位不知姓名的母亲自己怎么想？你肯定她愿意和儿子重新团聚？这话说起来好像没心没肺，可是大部分来这儿的人，都没有兴趣找回过去的情感。"

"这回的情况不一样，真的。我也说不上为什么。好了，我能看看你们的档案吗？"

她摇摇头，"不行。我不能让你看。如果你有那位母亲的名字，那就另当别论。但我不能让你随便翻看我们的档案。这不仅仅是违反规定的问题，这太荒唐了。我们这儿有成千上万的人员档案，多得你无法想象。再说，你怎么知道她到过诺维拉安置中心？这一带每个城市都有安置中心。"

"我承认，这样做是不合常理。不过我还是想求你帮个忙。这孩子没了母亲。他跟母亲失散了。你一定看到过他那种落寞的样子。他现在悬在中间了。"

“悬在中间。我不明白这是什么意思。我不懂。我是不会让步的，所以别再逼我了。对这孩子的事儿我很难过，但行事的规矩不是这样的。”

一阵长长的沉默。

“我可以夜里很晚的时候来查阅档案，”他说，“没人会知道的。我不会说出去，我一定非常小心。”

可她没理会他的话。“嗨！”她朝着他身后招呼道，“你刚起来？”

他转过身。男孩就站在门口。乱蓬蓬的头发，赤裸着双脚，身上只穿了内衣，大拇指含在嘴里，半睡半醒的。

“过来！”他说，“跟安娜打声招呼。安娜会帮助我们的。”

男孩慢慢走向他们。

“我会帮你们的。”安娜说，“但不是用你说的那种方式。来这儿的人都洗掉了自己身上与过去联系的痕迹。你们要做的也一样：跟过去告别，不再有什么纠缠。”她弯下身，捋着男孩的头发，“你好啊，小瞌睡虫！”她说，“你是不是都洗干净了？告诉你爸爸你洗干净了。”

男孩看看她，又看看他，再把目光转向她。“我洗干净了。”他喃喃地说。

“瞧！”安娜说，“我不是跟你说过？”

他们坐在驶往码头的公交车上。一顿丰盛的早餐之后，男孩显然比昨天活跃多了。

“我们还会见到阿尔瓦罗，是吗？”他说，“阿尔瓦罗

25

喜欢我。他让我吹他的哨子。"

"太好了。他说过你可以叫他阿尔瓦罗吗?"

"是的,那是他的名字。阿尔瓦罗·阿伏卡多。"

"阿尔瓦罗·阿伏卡多? 好的,记住,阿尔瓦罗是个忙人。除了看管孩子之外,他还有许多事情要做。你得留心别总是打扰他。"

"他不忙,"男孩说,"他就是站在那儿看来看去。"

"在你看来他只是站在那儿看,但事实上,他是在管理我们,要看着大家是否能按时卸完船上的货,还要看着每个人是不是做对了自己的事情。他做的工作可重要了。"

"他说他要教我下棋。"

"那好啊。你会喜欢下棋的。"

"我会一直跟着阿尔瓦罗吗?"

"不会的,你很快会找到别的男孩跟你一起玩。"

"我不想跟别的男孩一起玩。我想跟你和阿尔瓦罗在一起。"

"可是不能一直这样。一直和大人在一起的话对你没好处。"

"我不想让你掉进海里。我不想让你淹死。"

"别担心,我会留意的,不会掉进海里,我向你保证。你可以把那些倒霉念头嘘地吹走,让它们像小鸟一样飞走。你能做到吗?"

男孩没回答。"我们什么时候回去?"他问。

"漂洋过海返回那儿? 我们不回去了。我们现在就住在这儿。这就是我们生活的地方。"

"一直在这儿?"

"永远在这儿。我们这就要开始去寻找你妈妈。安娜会帮我们。一旦我们找到了你妈妈,你就不会再有回去的想法了。"

"我妈妈在这儿?"

"她在附近的某个地方等着你。她等了好长时间了。只要你见了她的面,一切都清楚了。你会记住她,她也会记住你。你也许会觉得自己把以前的事都忘记了,但其实没有。你还是有记忆,那些记忆只是暂时被埋葬了。现在,我们得下车了。我们到站了。"

男孩和一匹拉车的大马交上了朋友,他给它起了个名字,叫国王。虽然站在国王身边他自己显得很小,可他一点都不怕。他踮起脚尖给它喂一把干草,那头大牲畜懒洋洋地低头吃了。

阿尔瓦罗将他们卸下的一只麻袋割开一个口子,里面的谷物流了出来。"给,拿这去喂国王和它的伙伴们。"他对男孩说,"可你得注意,别喂太多了,别让它们的胃鼓胀得像气球似的,那样咱们就不得不拿针把它挑破了。"

事实上国王和它的伙伴都是骡子,可他注意到,阿尔瓦罗没有去纠正男孩的叫法。

码头上的工友们都挺友善,可很奇怪的是他们一点都没有好奇心。没人问他们是从哪里来,住在什么地方。他估计他们认为他是男孩的父亲——或者，就像那个安置中心的安娜说的，是他的祖父。一个老人。没有人问起那男孩的母亲，也不问为什么这男孩整天在码头上转悠。

作业区边上有一个小小的木头棚屋，工人们用作更衣室。尽管门不上锁，但他们似乎都喜欢把自己的连体工作服和工装靴存放在那儿。他问其中一个工人，他在哪儿能买到连体工作服和工装靴。那人在一张纸上写了个地址给他。

他问，买一双工装靴大约需要多少钱？

"两三个雷埃尔吧。"那人说。

"那倒还不贵。"他说，"顺便说一声，我叫西蒙。"

"我叫欧亨尼奥。"那人说。

"我能不能问个问题，欧亨尼奥，你结婚了吗？有孩子吗？"

欧亨尼奥摇摇头。

"噢，你还年轻嘛。"他说。

"是吧。"欧亨尼奥不置可否地回答。

他等着人家问男孩的事儿——这孩子是他儿子还是他孙子，当然事实上什么都不是。他等着对方问男孩的名字，他的年纪，为什么不上学。他没等到一句问话。

"大卫，就是我在照看的那个男孩，上学还太小，"他说，"你知不知道这附近有什么学校吗？"——他搜寻着词汇——"un jardin por los niños①？"

---

① un jardin por los niños，西班牙语：儿童乐园。

“你是说游乐场吗？”

“不是，是学龄前儿童待的地方，正式上学之前的学校。”

“对不起，我帮不了你。”欧亨尼奥站起身，“该回去干活了。”

第二天，午餐结束的哨音刚落，一个陌生人骑着自行车过来了。那人身着帽子、黑制服和领带，往码头边一站非常显眼。他下了车，很熟络地跟阿尔瓦罗打了个招呼。他骑车时裤脚用夹子夹住，下了车也没取下来。

“他是工薪出纳。”他身边有人在说。是欧亨尼奥。

工薪出纳松开车架上的带子，揭开油布，里面是一个漆成绿色的钱箱，他把钱箱搁在一只倒放的加仑桶上。阿尔瓦罗招呼大家过来。人们一个接一个走过来，报出自己的名字，然后领取自己那份工钱。他排在队伍末尾，耐心地等候。“我叫西蒙，”他对工薪出纳说，“我是新来的，也许发薪名单上还没有我的名字。”

“有的，你拿好。”出纳员说着勾了他的名字。他数出一大把硬币，还真不少，沉甸甸的，使得衣服兜直往下坠。

“谢谢你。”他说。

“不客气。这是你应得的。”

阿尔瓦罗挪开了加仑桶。工薪出纳把钱箱绑到自行车上，向阿尔瓦罗挥挥手，戴上帽子，一蹬脚踏，离开了码头。

"你今天下午有什么打算？"阿尔瓦罗问。

"没什么打算。也许会带孩子去逛逛，如果这儿有动物园的话，也许带他去看看动物。"

这天是星期六，中午，是工作日结束的时候。

"你想去足球场吗？"阿尔瓦罗问，"你那小伙子喜欢足球吗？"

"他玩足球还太小。"

"他早晚得开始学。比赛三点开始。到大门口等我吧，我看看，两点三刻在那儿碰头。"

"好的，不过，哪个大门？在哪儿？"

"足球场的大门。那里只有一个门。"

"足球场又在哪儿？"

"你们沿着河边那条路走一定能看见的。让我说，从这里走过去大概二十分钟吧。如果你们不愿意走路，就坐7路车去。"

足球场比阿尔瓦罗说的要远，男孩走累了，脚步有些蹒跚。他们到得晚了，阿尔瓦罗站在门口等他们。"快，"他说，"马上就要开始了。"

他们走进足球场。

"我们不需要买票吗？"他问。

阿尔瓦罗奇怪地瞅了他一眼。"这是足球啊，"他说，"只不过是游戏。看游戏不需要买票。"

球场比他想象的更简陋。比赛场地与观众席之间只用绳子隔开，整个观众席至多能容纳一千人。他们没怎么费劲就找到了座位。球员已经上场了，他们正在场地上互相传球，做热身运动。

"比赛双方是什么队？"他问。

"蓝色球衣的是道克兰队，红色球衣的是北山队。这是联赛。星期天上午有锦标赛，如果星期天上午你听到鸣笛声，那就是锦标赛正在进行。"

"你支持哪个队？"

"当然是道克兰队。还有哪个队？"

阿尔瓦罗看起来心情不错，他非常兴奋，甚至有些兴高采烈。他很高兴看到他这样，也很高兴来陪他看比赛。他感到阿尔瓦罗是个好人，事实上，他觉得所有码头的同事都是好人：勤奋、友好、乐于助人。

比赛刚开始，红队就因防守失误让道克兰队进了一个球。阿尔瓦罗高举手臂欢呼起来，接着转向男孩，"看见了吗，小伙子？你看得见吗？"

小伙子没看见。他没注意足球，小伙子与其说在观看球场上前后跑动的球员，不如说在专心致志地察看周围陌生人的海洋。

他把男孩举起，让他坐在自己膝盖上。"瞧，"他指着说，"他们要把那只球踢进网里。站在那边戴手套的那人是守门员。他要把住球门别让球钻进去。两边各有一个守门员。他们把那只球朝网里踢，就叫射门。穿蓝衣服的队刚刚射进一个球。"

男孩点点头，但他的思绪显然在别处。

他压低了声音，"你想上厕所是吗？"

"我饿了。"男孩悄声说。

"我知道。我也饿了。我们得习惯一下。等到中场休息的时候，我看看能不能搞点薯片或者花生来。你喜欢花生吗?"

男孩点点头。"什么时候中场休息?"他问。

"快了。但首先那些球员要踢得更卖力，会有更多的射门。快看。"

第 四 章

当晚他们回到房间时，发现房门下面塞进了一张纸条。是安娜的留言：你和大卫愿意来参加新来者的野餐活动吗？明天中午，在公园喷泉旁边。安。

他们中午来到喷泉旁。天气很热——鸟儿看上去都无精打采的。他们避开公路上传来的车辆噪音，坐到亭亭如盖的树荫底下。过了一会儿，安娜来了，挎着一个篮子。"对不起，"她说，"手头有事耽搁了。"

"你觉得今天能来多少人？"他问。

"不知道。也许会有五六个。我们等会儿看吧。"

他们等着。再也没人过来。"好像就我们几个，"安娜说，"我们开始好吗？"

篮子里拿出来的只是一盒饼干，一罐没有咸味的豆瓣酱，还有一瓶水。但是孩子没抱怨什么，狼吞虎咽地吃着自己那份。

安娜打了个哈欠，在草地上舒展开身子躺下，闭上眼睛。

"那天，你用洗干净那说法是什么意思？"他问她，"你说我和大卫应该把身上的旧痕迹都洗干净。"

安娜懒洋洋地摇摇头。"以后有时间再说。"她说，"现在不行。"

听她的语调，在她朝他瞥来的暧昧不明的目光中，他觉出这是对他的邀约。今儿那五六个并未出现的人——那些人是否根本就是子虚乌有？如果这孩子不在旁边，他没准会在她身旁草地上躺下来，然后，甚至没准会让自己的手轻轻地放在她手上。

"不，"她喃喃地说，好像看透了他的心思，微微皱一下眉头，"不是这回事。"

不是这回事。他该怎么理解这个忽冷忽热的年轻女人？在这个新地方，两性间或两代人间是否有什么他没能理解的行事规矩？

男孩捅捅他，指着快要空了的饼干盒。他把豆瓣酱抹到一块饼干上，递了过去。

"他食欲挺旺盛嘛。"那姑娘没睁开眼睛。

"他总是感到饿。"

"别担心，他会习惯的。孩子们习惯得很快。"

"习惯饿着？食物并不短缺，他为什么要习惯饿着？"

"我的意思是，习惯于有节制的饮食。饥饿就像你肚子里的一条狗：你越是喂它，它就要得越多。"她突然坐起来，跟男孩说话，"我听说你在找你妈妈，"她说，"你想念你的妈妈吗？"

男孩点点头。

"你妈妈叫什么名字？"

男孩朝他投来询问的目光。

"他不知道她的名字。"他说,"上船时他带了一封信,可那封信丢了。"

"绳子断了。"男孩说。

"那封信塞在一个小袋子里,"他解释说,"系上绳子挂在他的脖子上。绳子断了,信就丢失了。整条船都找遍了也没找到。大卫和我就是这样遇上的。那封信再也找不到了。"

"掉进海里了,"男孩说,"被鱼吃了。"

安娜皱起眉头,"如果你不记得妈妈的名字,那么你是否能告诉我们她长什么样?你能画出她的模样吗?"

男孩摇摇头。

"那就是说,你妈妈和你走散了。你不知道上哪儿去找她。"安娜停顿一下,想想又说,"如果你的 padrino①为你找一个新妈妈,她也会爱你,照顾你,你觉得怎么样?"

"padrino 是什么?"男孩问。

"你总是把我扯进来。"他插进来说,"我不是大卫的父亲,我也不是他的教父。我只是在帮他找到他自己的妈妈。"

她没理会他的责怪。"如果你给自己找个妻子,"她说,"她也许就是他的母亲了。"

他爆发出一阵大笑。"什么样的女人会嫁给我这样的人呢?一个甚至连换洗衣服都找不出一件的人?"他等着

_____

① padrino,西班牙语:教父。

姑娘的反驳，可她没吱声，"再说，就算我找了个妻子，谁知道她肯不肯——你知道的——带一个养子？或者我们这位年轻朋友肯不肯接受这样的事情？"

"你根本不知道，孩子适应性很强的。"

"只是你总这么说。"他突然发怒了。这过分自信的年轻女人对孩子知道些什么？她有什么资格来对他说教？这时候，一些画面突然都拼凑到一起了。她身上朴素的衣服，令人困惑的严厉，关于教父的言谈——"你是修女吗，安娜？你是不是？"

她笑笑，"你怎么冒出这种话来？"

"你难道不是那种从修道院出来的入世修女？做一份别人不愿做的工作——在监狱、孤儿院或是避难所？在难民安置中心？"

"太荒唐了，当然不是。安置中心难道是监狱？它也不是慈善机构，它只是社会福利的一部分。"

"就算这样，谁会受得了像我们这些络绎不绝的抵达者？我们这样一些无依无靠、懵里懵懂、一无所有的人，如果不是信仰作为力量支撑，她怎么可能？"

"信仰？信仰跟这半点关系都没有。信仰意味着你相信自己在做的事情，即使看不见成果。但安置中心却并非如此。到这儿来的人需要帮助，我们就帮助他们。由于我们出手相助，他们的处境得到了改善。一切成果都是可见的。所以不需要盲目的信仰。我们做着自己的工作，让一切都变得好起来。就这么简单。"

"一切成果都是可见的？"

"一切成果都是可见的。两个星期前你们还在贝尔斯塔。上星期我们看到你在码头找到一份工作。今天你们来公园野餐。这些有什么是看不见的？这就是进步，看得见的进步。好吧，再回到你的问题，不，我不是修女。"

"那么，你为什么拿出一种禁欲主义的口吻来对我们说教？你告诉我们要压抑自己的饥饿感，让身体里面那只狗饿死。为什么？饥饿有什么不对？如果不说出我们需要什么，那欲望如何表达？如果我们没有食欲，没有欲望，那我们还怎么活着？"

他觉得自己提出了一个好问题，一个需要认真思考的问题，可能会让这个受过良好教育的修女感到困惑。

她回答得很快，反应快，话音却很轻，好像不想那孩子听到，片刻之间他还差点误解了她的意思："那么，对你来说，你的欲望把你引向何处？"

"我自己的欲望？我可以坦率地说出来吗？"

"可以啊。"

"对于你或是你的款待，我没有不尊重的意思，欲望向我指引的却远不止饼干和豆瓣酱。欲望把我引向了，比如说，引向牛排和土豆泥调制的卤汁。我肯定这个小伙子——"他伸手攥住男孩的胳膊，"也有同样的感觉，不是吗？"

男孩用力点点头。

"挂着肉酱的牛排。"他继续说，"你知道这地方给我最大的惊奇是什么？"他的声音里有一种毫无顾忌的鲁莽

37

劲儿，也许他应该就此打住，但他不肯闭嘴，"这儿太没血性了。我碰到的每一个人都彬彬有礼，都显得很和善，很乐于助人。没有咒骂也不会愤怒。没人会喝得酩酊大醉。甚至没人会大嗓门说话。在你们生活中，这点面包、水和豆瓣酱就是日常饮食，而你们声称这些就够了。这怎么可能呢，这是人类的语言吗？你们难道对自己还要撒谎？"

那姑娘抱着膝盖，一言不发地看着他，等着他说完这套长篇大论。

"我很饿，我和孩子都是饥肠辘辘。"他用力把孩子拽过来，"我们一直都感到饥饿。你告诉我们，饥饿是异国他乡的稀奇玩意儿，是我们自己带过来的，它不属于这地方，我们必须用饥饿疗法把它降服。当我们彻底摆平了饥饿感，按你说的，我们就能证明自己适应这儿了，从此以后就幸福了。但我不想让那只饿狗被饿死！我想喂饱它！你觉得不对吗？"他摇着男孩，男孩趴在他的腋窝下，微笑着点点头，"难道你不同意我说的，我的孩子？"

一阵沉默。

"你真的生气了。"安娜说。

"我没生气，我只是饿！告诉我，满足正常的食欲有什么不对？为什么我们正常的冲动、我们的饥饿感和欲望，都要被抹掉？"

"你在孩子面前总是带着这种腔调，你确信这样没问题吗？"

"我对自己所说的一点不觉得羞愧。这些话对孩子没有什么不好的影响。一个孩子，如果能够睡在户外没有床也没有被子的地方，那么两个成年人之间激烈的对话对他也没什么问题。"

"很好，我会给你一个激烈的回应。你想要我做的那种事，我是不会做的。"

他迷惑地瞪着她，"我让你做什么来着？"

"是啊，你想让我允许你拥抱我。我们彼此都明白这意思：拥抱。可我不允许。"

"我根本没说过想拥抱你的话。再说，如果你不是修女，拥抱又有什么错了？"

"拒绝欲望，这跟是不是修女毫无关系。我只是不想这样。我不允许。我不喜欢这样。我对这事情没有胃口。我就是对这事情本身没有胃口，我不希望看到人们受欲望驱使，尤其是男人。"

"你这是什么意思，尤其是男人。"

她的目光瞟向男孩，"你确定我可以再往下说？"

"说下去，对生活的学习永远不嫌太早。"

"很好。你发现我是一个蛮有吸引力的女人，我看得出来。也许你还觉得我很漂亮。因为你发现我漂亮，所以就勾起了你的欲望，勾起了你拥抱我的冲动。我对你所发出的'信号'理解得没错吧？但如果你不觉得我漂亮，你就不会有这种冲动了。"

他一声不吭。

"你越是觉得我漂亮，你的欲望就越强烈。就这样，你内心的欲望就成了一种导向，你不知不觉地循其而来。

好吧，你想想。那么——你跟我说说——由美貌到想让我顺从你的拥抱是怎么回事儿？两者之间到底是一种什么样的关系？请解释一下。"

他沉默着，不只是沉默，他简直惊呆了。

"说呀，你说过你不介意自己的教子听见这样的言谈。你说过你想让他学习生活。"

"男人和女人之间，"他终于开口了，"有时候会萌发某种天然的、不可预见和预知的吸引力，如果两人发现彼此有吸引力，或者换句话说，由美貌所吸引。通常来说，女性的容颜甚于男性。为什么一个人会去追求另一个人，为什么会由于美貌引起拥抱的欲望，产生那种吸引力，那是我无法解释的奥秘，我只能说，就我自己的肉身而言，被一个女人所吸引是我能想到的对其美貌的唯一奉献。我把这叫作奉献，是因为我觉得这是一种给予之物，而不是一种羞辱。"

他停下了。"接着说呀。"她说。

"我要说的就是这些。"

"就是这些。你要奉献给我的就是———种给予之物，而不是一种羞辱——就是你要把我夹得紧紧的，把你身上的某个东西塞进我的身体里。你声称这是一种奉献，这让我很困惑。对我来说，这整个事情看上去很荒唐——你的荒唐在于你要这样做，而我的荒唐在于提供了这种可能。"

"只是你用这种表述方式才显得荒唐，事情本身根本不荒唐。它不可能是荒唐的，因为这是正常身体的一种正常情欲。这是我们天性的流露。这就是事情本来的样子。事情是本来的样子，那就不可能是荒唐的。"

"是吗？如果我说，对我而言，这种事儿似乎不仅是荒唐而且是丑陋的呢？"

他不相信地摇摇头，"你不会是这个意思。我也许又老又丑——我，还有我的欲望。但你肯定不会相信那种天性本身是丑陋的。"

"不，我正是这个意思。天性可能有美的成分，也可能有丑的成分。我们身体的有些部位，你不想让你的教子听到而羞于出口的那些部位：你觉得它们是美的吗？"

"它们本身？不，它们本身并不美。整个身体是美的，美不在于局部。"

"而那些不美的部分——你却想把那玩意儿塞进我身子里！这种事儿我该怎么想？"

"我不知道，你怎么想就怎么说吧。"

"你那些关于美的全套颂辞，根本就是 una tonteria。一旦你发现我变成了善的化身，你就不会产生想对我动手动脚的念头了。好吧，为什么当我成为美的化身你就有欲望？美难道要比善次一等吗？说说看。"

"Una tonteria，什么意思？"

"胡说八道。荒谬之论。"

他站起来，"我不想继续向你解释自己的想法了，安娜。我没觉出这是一种有益的讨论。我觉得你可能都不明白自己在说什么。"

"真的吗？你觉得我是个无知的小孩？"

"你也许不是小孩子了，不过，我真的觉得你对生活很无知。来吧。"他对男孩说，拽起他的手，"野餐结束了，现在谢谢这位女士，和她说再见，我们再去给自己找些吃的。"

安娜欠欠身子，伸了伸腿，两手抱在膝盖上，嘲讽地抬头朝他微笑，"太坦率了，不是吗？"

在灼热的太阳底下，他大步走过空荡荡的草地，男孩一路小跑跟着他。

"教父是什么意思？"男孩问。

"教父就是你爸爸不在身边的时候，代替你爸爸给你做事情的那个人。"

"你是我的教父？"

"不，我不是。没人要我做你的教父。我只是你的朋友。"

"我想要你做我的教父。"

"这可由不得你，我的孩子。你不能为自己挑选教父，就像你不能挑选爸爸一样。爸爸不是一个合适的说法，就像对我来说，你也没有一个合适的称谓。不过，如果你喜欢的话，你可以叫我叔叔。如果有人问起，他是你的什么人？你可以说，他是我叔叔。他是我叔叔，他爱我。而我会说，他是我的孩子。"

"那位女士会做我妈妈吗？"

"安娜？不会。她对做妈妈没兴趣。"

"你会和她结婚吗？"

"当然不会。我不会在这儿找老婆，我在这儿只是为了帮你找到妈妈，你真正的妈妈。"

他竭力保持一种平静的语气，他的声音很微弱。而事实上，那个姑娘真的伤害到他了。

"你对她生气了，"男孩说，"你为什么要生气？"

他停下脚步，抱起男孩，在他的眉头吻了一下，"对不起，我生气了。我不是对你生气。"

"可你对那位女士生气了，她也在生你的气。"

"我对她生气是因为她对待我们的态度不好，我不明白为什么会这样。我们是争了几句，她和我争，我们争得很厉害。但现在都过去了。这没什么要紧的。"

"她说你想把什么东西塞进她里面去。"

他沉默了。

"她这是什么意思？你真的要把什么东西塞进她里面吗？"

"这只是一种说话的方式。她的意思是我想把自己的想法强加给她。她是对的。一个人不应该把自己的想法强加给别人。"

"我把我的想法强加给你了吗？"

"没有，当然没有。现在，我们去找吃的吧。"

他们在公园东面的街上找寻出售食物的地方。这一区域全是低调的花园住宅，时不时会闪出一幢低矮的公寓房。他们碰巧走到仅有的一家商店那儿。招牌上的大写字母是：NARANJAS①。钢制合页窗紧闭着，他无法看见里

---

① NARANJAS，西班牙语：橘子。

面是否真的卖橘子，没准橘子只是个店名。

他拦住了一个路人，一个在遛狗的老人。"对不起，"他说，"我和孩子想找家咖啡馆或是餐馆吃点东西，你知道上哪儿去找供应食品的地方？"

"星期天下午？"那人也疑惑道，那条狗嗅嗅男孩的鞋子，又去嗅他的裆部，"我不知道该怎么说，要不你们该进城去。"

"有公交车吗？"

"42 路，但星期天不开。"

"那我们事实上就没法进城了。这附近也没有供应食物的地方。所有的商店都关门了。你觉得我们该怎么办？"

那人板起了面孔。他拽紧牵狗的绳子。"过来，布鲁诺。"他喊道。

他怀着酸楚的心情回头朝安置中心走去。他们走得很慢，因为男孩总是犹犹豫豫地避开路面上的裂缝。

"快点，我们得赶快了。"他有些烦躁，"你留着这套把戏改天再玩吧。"

"不，我不想掉进这些裂缝里。"

"真是胡扯。你这么大个孩子，怎么会掉进这么细小的裂缝里？"

"不是这种裂缝。是另一种裂缝。"

"什么裂缝？你指给我看。"

"我不知道！我不知道是哪个裂缝。没人知道。"

"没人知道是因为没人会掉进路面上的裂缝里。赶快

44

走吧。"

　　"我会掉进去！你会掉进去！每个人都会掉进去！你不明白！"

第 五 章

第二天工间休息时，他把阿尔瓦罗拽到一边。"对不起，我想提一个私人问题，"他说，"我现在越来越担心这孩子的健康问题，特别是他的饮食，他只吃——你也看到——面包，除了面包，还是面包。"

其实男孩就在他们目光所及之处，坐在码头工棚背阴的一边，手里拿着半块面包，困难地咀嚼着，一边喝水润喉。

"我似乎觉得，"他继续说，"这般长身体的孩子，食物应该变变花样，要有更多的营养来源。人不能单靠面包过日子。这不是一种万能的食物。你知道什么地方能买到肉吗？不用大老远跑到市中心就能买到肉的地方？"

阿尔瓦罗挠起了头皮，"这附近好像没有，港区一带没有你说的那种地方。我听说，这儿有人逮老鼠。这一带老鼠挺多。不过，你要干这事儿就得做一个捕鼠器，我一时说不上可以上哪儿找人做个管用的捕鼠器。这事儿你可能得自己想办法。你得拿铁丝做，用金工锤头那类机械工具来加工。"

"老鼠?"

"是啊，难道你没看见？有商店的地方就有老鼠。"

"可是，谁吃老鼠呢？你吃吗？"

"不，做梦都不吃。可你不是问我哪儿能弄到肉吗？我给你的建议就是这个。"

他盯着阿尔瓦罗的眼睛看了半天。那里面没有一丝开玩笑的影儿。如果这是一个玩笑，那就是一个非常深奥的玩笑。

下班后，他和男孩直接回到上次没弄明白到底是卖什么东西的那个橘子商店。他们走到店门口时，店主正要拉下百叶窗。橘子确实是一家店铺，而且，还真是卖橘子的，不过也卖别的水果和蔬菜。在店主人不耐烦的等待中，他们一口气挑选了不少，只要两人能拿得动，就尽量多买些。他们买了一小袋橘子、半打苹果，还有一些胡萝卜和黄瓜。

回到安置中心的房间，他给男孩把苹果切成片，又剥了一只橘子。男孩吃水果那当儿，他开始切胡萝卜和黄瓜，切成薄薄的圆片，盛在盘子里。"来吃吧！"他说。

男孩疑疑惑惑地拈起一片黄瓜，闻了闻。"我不要这个，"他说，"气味不好。"

"胡说。黄瓜压根儿没有不好的气味。这绿色的是皮。尝尝看。这对你长身体有好处。"他自己吃了一半的黄瓜片，一整条胡萝卜，又吃了一个橘子。

第二天一早，他又到橘子商店买了一些水果：香蕉、梨和杏子——他把这些水果带回屋里。现在他们的储存相当丰富了。

那天他上班迟到了，但阿尔瓦罗没说什么。

虽然他们的饮食有了这些营养丰富的补充，但身体却总是感到精疲力竭。日常的装卸劳作非但没有使他身体强健起来，反而慢慢耗尽了他的精力似的。他开始感觉自己像是一具幽灵，他怕自己会晕倒在同伴面前使自己丢人现眼。

他又一次去找阿尔瓦罗。"我感觉不太好。"他说，"我身体不好已经有段时间了。你能不能帮我推荐个医生看看？"

"七号码头那儿有一个诊所，下午开门。你马上去那儿，告诉他们你是在这儿工作的，这样你就不用支付诊疗费了。"

他顺着指示牌找到七号码头，那儿确实有一个诊所，上面就写着"诊所"字样。门开着，前台没人。他按了一下蜂鸣器，那玩意儿是坏的。

"喂！"他喊道，"这儿有人吗？"

没声音。

他走到柜台后面，那儿一扇门上写着"外科"字样，他敲了敲。"喂！"他喊道。

门开了，一张红润的大脸膛与他迎面而视，那人穿着白大褂，衣领上是一圈看似巧克力色的污渍。这人出汗厉害。

"下午好。"他问，"你是医生吗？"

"进来。"那人说，"坐下。"他指着一把椅子，摘下眼镜，用一片纸巾仔细地揩拭着，"你在码头上班？"

"在二号码头。"

"噢，二号码头。有什么不舒服？"

"我感觉不大好，已经有一到两个星期了。也没什么特别的症状，就是很容易感到累，经常会晕眩。我想这也许是由于吃得不好，饮食缺乏营养的缘故。"

"你什么时候会感到晕眩？每天是否有某个特定时刻？"

"没什么特定时刻。一累就犯晕。我是在码头上干活的，装货和卸货，这我已经跟你说过了。我一直不能习惯这份工作。我每天都要从跳板上走过许多次，有时候，我踏上跳板，船在波浪中摇晃起来，我眼睛朝下看到船跟码头之间的空儿，就会感到晕眩。我觉得自己好像马上就要摔倒，一头栽进海里淹死了。"

"这似乎不像是营养不良啊。"

"也许吧。但如果我营养更好些，也许就不会这么犯晕了？"

"你以前是否有过这种恐惧？对摔倒和溺毙的恐惧？"

"医生，这不是一个心理问题。我是一个劳工。我干的是重体力活。我一个钟头接一个钟头地扛着沉重的大包。我的心怦怦直跳。我总是把自己的力气使到最大程度。我觉得自己要倒下的感觉肯定是身体的一种自然症状。"

"这当然是一种自然症状。可如果这是自然的，你为什么要来诊所呢？你想让我为你做些什么？"

"难道你不认为应该听听我的心脏吗？难道不能为我

49

查验一下是否患有贫血吗？难道你不能和我讨论一下日常饮食的欠缺吗？"

"你既然这样建议了，我会为你检查一下心脏。可我没法给你做贫血化验。因为这儿不是一个医疗机构，这只是一个诊所，只能为码头工人做一些急救处理。把衬衫脱下。"

他脱下衬衫。医生把听诊器按在他胸前，目光投向天花板，听着他的心音。这人的呼吸中有一股大蒜味儿。"你的心脏没问题。"他最后说，"心脏挺好的。还可以为你工作许多年。你可以回去工作了。"

他站起来，"你怎么能这样说呢？我感到很累。我都不是我自己了。我每天都感到自己身体在坏下去。这可不是我来这里就诊时能想象到的结论。疾病、疲惫、抑郁——但绝不是这些。我有一种预感——不仅仅是意识上的预感，而是身体上确确实实的预感——我就要垮了。我的身体向我发出这样的警示，以各种方式向我警示，这就是垮下去的征兆。你怎么能说我一点事儿都没有？"

一时沉默无语。医生小心翼翼折起听诊器，搁在黑色袋子里塞进抽屉。他胳膊肘撑在桌上，用双手支着下颏。"好，先生，"他说，"我敢说你走进这小诊所时并不希冀出现什么奇迹。如果你期望出现奇迹，就应该去那种配有正规化验室的正规医院。我所能做的就是给你劝告。我的劝告很简单：别朝下看。你这些晕眩的毛病就是因为你朝下看的缘故。晕眩是一种心理问题，不是药物可以治的。朝下看就会导致晕眩。"

"你的建议就这些：不要朝下看？"

"就是这样了。除非你还能告诉我其他实质性的症状。"

"没有，没有症状。别的症状一点都没有。"

"怎么样？"他回来后，阿尔瓦罗问他，"你找到诊所了吗？"

"找到了，我跟医生谈过了。他说我应该朝上看。只要我朝上看，一切毛病都会好的。如果我朝下看，也许会跌倒。"

"听起来很有道理，很符合常识的一个建议嘛。"阿尔瓦罗说，"虽然很简单。现在，今天干吗不休息一天呢？"

虽然有了从橘子商店买来的新鲜水果，虽然医生向他保证他的心脏很健康，没有理由不再活许多年，他还是感到精疲力竭。晕眩的毛病也依然照旧。尽管过跳板时他遵照医生的嘱咐不朝下看，可他无法屏蔽浪涛拍打滑溜溜的码头堤岸那让他心惊胆战的声音。

"只是头晕罢了，"阿尔瓦罗安慰他，在他后背拍一下，"许多人都经历过这种事儿。幸运的是，这只是一种心理作用。并不是真要晕过去。别理睬它，那感觉很快就会过去的。"

这话没能说服他。他不相信那些压迫他的东西会消失。

"不管怎么说，"阿尔瓦罗劝慰道，"万一你真的跌落海里了，你也不会淹死的。一定有人来救你。我会来救你的。否则要同伴做什么？"

"你会跳下海来救我？"

"如果有必要。或者抛根绳子给你。"

"是啊，抛根绳子可能更有实效。"

阿尔瓦罗没有理会这话里的锋芒，或者是没有听出来。"更管用。"他说。

"我们一直在卸运的货物——是麦子？"他在另一个场合向阿尔瓦罗问起。

"小麦和黑麦。"阿尔瓦罗回答。

"我们码头一直在进口，粮食？"

"这要取决于你说的'我们'指什么。二号码头是粮食专用泊位。如果你在七号码头干活，可能就会遇上各种不同的船货，如果在九号码头，你卸下的货物可能就是钢材或水泥。你还没在港区转过吧？没有四处都看看？"

"我转过了。可别的码头一直都是空荡荡的。现在也是这样。"

"嗯，这也很说得通嘛，不是吗？你不会每天都需要新的自行车。你不会每天都需要新鞋或新衣服。可你每天都得吃饭。所以我们需要许多粮食。"

"所以，如果调到七号码头或是九号码头，我也许会轻松些。可能连着好几个星期没活可干。"

"没错。如果在七号或九号码头，你会轻松些。但你不会有这样一份全职工作了。所以，总的来说，你还是待在二号码头更好。"

"我明白。所以，对我来说，最好还是留在这儿，在这个码头，在这个港口，在这个城市，在这片土地上。所有这一切，在这个可能是最好的世界里是最好的。"

　　阿尔瓦罗皱起眉头。"这不是一个可能的世界，"他说，"这是唯一的世界。不管这个世界是不是最好，这都不由你也不由我来决定。"

　　他想到几种回答，但开口之前都咽了回去。也许，在这个被称作是唯一的世界里，收起你的冷嘲热讽是明智之举。

第 六 章

阿尔瓦罗征得他同意后，开始教男孩下棋。工休的空闲里，人们常常可以看到他俩弓着背在树荫下对着棋盘摆开阵势。

"他刚胜了我一盘。"阿尔瓦罗向他报告，"这才两个星期，他就下得比我好了。"

欧亨尼奥是码头工人里边最好学的一个，他想跟男孩搏一下。"来一盘快棋，"他说，"五秒钟走一步。一、二、三、四、五。"

旁边围了一群人在观看，他们下起了快棋。不过几分钟光景，男孩就把欧亨尼奥逼到了绝境。欧亨尼奥敲敲自己的王，把它放倒了。"以后再向你叫板，我得好好掂量一下了。"他说，"你里面真的有一个魔鬼哩。"

那天晚上在公交车上，他试着想跟男孩聊聊下棋的事儿，还有欧亨尼奥那个怪怪的说法，可男孩闭口不谈。

"我给你买一副棋好吗？"他问，"这样你在屋里也能练练手了。"

男孩摇摇头，"我不想练习。我不喜欢下棋。"

"可你下得不错啊。"

男孩耸耸肩。

"如果有人生来具有某种天分，他就有责任把这种天分表现出来。"他固执地强调说。

"为什么？"

"为什么？因为，我想如果我们每个人都有某种特长，这个世界就会变得更好。"

男孩不高兴地凝视着车窗外面。

"欧亨尼奥的话惹你不高兴了？没必要这样。他不是那个意思。"

"我没不高兴。我只是不喜欢下棋。"

"唔，阿尔瓦罗会很失望的。"

第二天，码头上来了一个陌生人。一个身板结实的小个子，皮肤晒成了胡桃壳色，这人眼窝深凹，鼻子像鹰喙似的钩着。他穿一身褪色的牛仔服，上面带着条纹状的机油污渍，脚下是一双磨损的靴子。

他从胸前口袋里掏出一张纸条交给阿尔瓦罗，然后不出声地瞪眼朝远处看。

"好吧，"阿尔瓦罗说，"我们正要卸今天剩下的货物，明天还有更多的。如果你准备好了，就一起来吧。"

陌生人从刚才掏纸条的胸袋里掏出一盒烟。他没向周围的人分发一圈，而是自己点上一支，深吸了一口。

"记住，"阿尔瓦罗说，"货舱里不准吸烟。"

那人没有做出听见了的表示，只是平静地打量着四周。袅袅升腾的烟雾弥散在平静的空气中。

阿尔瓦罗后来问了他的名字，叫达加。但没人叫他名字，只是叫他"那新来的""新来的家伙"。

达加虽然个子小，却相当强健。第一个货包落在他肩膀上，身子纹丝不动，他上梯子脚步稳健而迅速，随后毫不费力似的大步跨下跳板，把货包扛到等候在那儿的车上。可是接着他就进了树荫下的小棚里，蹲下来点了第二支烟。

阿尔瓦罗向他走去。"别歇着，达加。"他说，"接着干哪。"

"规定要扛多少？"达加问。

"没有额定的数字。我们是按天计酬的。"

"一天五十包行了。"达加说。

"我们不止这个数。"

"那是多少？"

"不止五十。没有额定的数字。各人尽力去扛。"

"五十，不能再多了。"

"起来，想抽烟等到休息的时候。"

星期五中午发工钱时，矛盾开始激化了。当达加走向那块权当桌子的木板时，阿尔瓦罗俯身向工薪出纳低声耳语了几句。工薪出纳点点头。他数出达加的工钱搁到木板上。

"这是什么？"达加问。

"这是你按天计酬的工钱。"阿尔瓦罗说。

达加一把抓起那些硬币，朝工薪出纳脸上轻蔑地扔了过去。

"你这是干什么？"阿尔瓦罗问。

“老鼠的工钱。”

“这就是工钱。是你挣到的工资。这就是我们大家挣的工资。你是说我们都是老鼠吗？”

人们围了上来。出纳谨慎地收起名单，盖上现金箱子。

他，西蒙，发觉男孩攥住了他的腿。“他们要干什么？”他悄声问，脸色苍白而焦虑，“他们要打架吗？”

“不会，当然不会。”

“告诉阿尔瓦罗不要打架，告诉他！”男孩一再拉扯着他的手指说。

“走吧，我们走开吧。”他拉着男孩走向防波堤，“瞧！你看见那些海豹了？那只大的，鼻子朝上的是公的，就是那只公海豹。别的那些，那些小个儿的，都是他的妻子。”

人群里传来一声尖叫。那儿一阵骚动。

“他们打起来了！”男孩嘟囔着，“我不想让他们打起来！”

达加身旁围了半圈人，他蹲在那儿，嘴角挂着一丝微笑，一只手向前伸着。他手上闪着刀刃的光芒。“来呀！”他说着把刀朝后一挥，“下一个是谁？”

阿尔瓦罗坐在地上，弓着身子，就像胸口被人攥住了。一道血痕从衬衫里流了出来。

“下一个是谁？”达加说。大家都站着不动。他站起身，把刀塞进裤子后兜，一把拎起现金箱子，扣在木板上。硬币撒得到处都是。“一群娘儿们！”说着，他数出自己觉得应得的那份儿，嘲弄地踹了一脚加仑桶，"你们自己收拾吧。"他扔下这句话，从大家身边转出去，不慌不忙地骑上工薪出纳的自行车走了。

阿尔瓦罗直起身子。血从划破的手心里往外渗出，从手上沾到了衬衫上。

他，西蒙，是这里的长者，至少是最年长的：他应该带头招呼大家。"你得去看医生。"他对阿尔瓦罗说，"我们快走。"他对男孩做了个手势，"来啊——我们把阿尔瓦罗送到医生那儿去。"

男孩一动不动。

"怎么啦？"

男孩嘴唇翕动着，可他一个字都听不见。他身子凑过去。"你怎么啦？"他问。

"阿尔瓦罗要死了吗？"男孩悄声问。他全身僵直。他在发抖。

"当然不会。他手上被划了一刀，就是这样。他需要包扎止血。来吧。我们送他去医生那儿，医生会治好他的。"

事实上阿尔瓦罗已经在其他人陪伴下去医院了。

"他打架了。"男孩说，"他打架了，现在医生要割掉他的手了。"

"胡说。医生不会把手割掉的。医生会把伤口洗干净，包扎好，可能还要用针线缝一下伤口。阿尔瓦罗明天就会回来上班，我们会把这一切都忘掉。"

男孩明锐的目光瞪着他。

"我不撒谎，"他说，"我不会骗你的。阿尔瓦罗伤得不严重。那个人，达加先生或是不管那人叫什么名字，不是有意要伤害他。这是一个意外。那把刀滑了一下。尖刀很危险。要记住这个教训：不能玩刀子。如果你玩刀子，你就会受伤。阿尔瓦罗受伤了，幸运的是他的伤势不严重。达加先生离开了我们，拿上他的钱走了。他不会回来了。他不属于这儿，他明白这一点。"

"你一定不能打架。"男孩说。

"我不会的，我向你保证。"

"你绝对不能打架。"

"我可没有打架的习惯。阿尔瓦罗也不想打架。他只是想保护自己。他想保护自己，所以被划伤了。"他伸出手，摆出自我保护的架势，模拟阿尔瓦罗怎样受伤的样子。

"阿尔瓦罗跟人打架了。"男孩说，那语气很庄重。

"自我保护并不是打架。保护自己是天然的本能。如果有人要伤害你，你就会保护自己。你不可能想了又想。瞧——"

他俩在一起的这些日子，他连一个小指头都没有动过这男孩。现在，他突然恐吓地扬起手。男孩眼皮都没眨一下。他做出要揍他的样子。他没有退缩。

"你做得没错。"他说，"我相信你。"他放下手，"你是对的。我错了。阿尔瓦罗不该摆出防御的架势。他应该像你一样。他应该坦然面对。现在，我们去诊所看看他怎么样了。"

阿尔瓦罗第二天来上班了，受伤的手吊在胸前。他不想谈这事儿。大家碍着他是头儿，也都不说起这事儿。只有男孩喋喋不休地追问。"达加先生会把自行车还回来吗?"男孩问,"他为什么叫达加先生?"

"不,他不会还回来。"他回答,"他不喜欢我们,他不喜欢我们做的这份工作,他没有理由回来。我不知道达加是不是他的真名。不过这不重要。名字叫什么不重要。他想让自己称作达加,那就让他这么叫好了。"

"可是,为什么他要偷钱?"

"他没有偷钱。他没有偷自行车。偷窃的意思是别人没看到的时候拿走了不属于自己的东西。他拿钱的时候我们都在场。我们可以阻拦他,但我们没拦着他。我们不想跟他打架。我们的选择是让他走。你当然也赞成。你说过我们不应该打架。"

"那人应该多给他一些钱。"

"你说那个工薪出纳?他想要多少,工薪出纳就得给多少?"

男孩点点头。

"他不能这么做。如果我们每个人想要多少,出纳就给多少,他就给不出钱了。"

"为什么?"

"为什么?因为我们都想得到比自己该得到的更多。这是人的天性。因为我们都想得到超过自己应得的份额。"

"什么是人的天性?"

"这意思就是，人之所以成为人的存在方式，你，我，阿尔瓦罗，达加先生，还有我们所有的人，都是这样。这意思就是，我们是以这样的方式来到世界上的。这意思就是，我们所有的人都一样。我们愿意相信自己与众不同，我的孩子，我们每个人，都愿意相信这一点。但是严格说来，这是不可能的。如果我们个个都与众不同，那就不存在与众不同这一说了。但我们还是相信自己。我们下到货舱里，迎着闷热和灰尘，把麻袋扛到肩上，扛到亮处，我们看见那些同伴也都跟自己一样在艰苦劳作，做着同样的工作，没什么与众不同的，我们为他们也为自己感到骄傲，大家为了一个目标而协同劳作，但是在我们内心深处一个小小的角落里，在我们一直隐而不露的那个角落里，我们时常悄悄地对自己说，不管怎样，不管怎样，你是与众不同的，你会看到的！有一天，在我们最不抱期待的时候，阿尔瓦罗一声哨响，我们都被召集到码头边上，那儿等着一大群人，有个身穿黑衣服头戴高帽子的人，那人会喊你出列上前，说，看看这位工人吧，我们都为他感到骄傲！他将握着你的手，把一枚奖章挂在你的胸前——奖章上刻着：杰出贡献者——所有的人都欢呼鼓掌。

"人的天性让人这样梦想，即便你聪明能干，也只是把这梦想留在自己心里。达加先生也和我们大家一样，觉得自己与众不同，可他没有把这念头藏在自己心里。他想出人头地。他想被人认可。"

他停下了。男孩脸上丝毫没有听明白的意思。今天是这孩子的愚蠢日呢，还是他太固执了？

"达加先生想要被赞扬，想得到一枚奖章。"他说，"我们没有给他梦想中的奖章，这时候他就拿钱来代替了。他拿了他认为跟他劳动价值相当的钱。就这样。"

　　"为什么他不能得到一枚奖章?"男孩问。

　　"因为，如果大家都得到了奖章，那奖章就一文不值了。因为，奖章是挣来的。就像钱一样。你不能因为想要奖章就去拿一块。"

　　"我想给达加先生一枚奖章。"

　　"好吧，也许我们应该请你来当出纳。这样一来我们大家都能拿到奖章，而且想要多少钱就能拿到多少钱，可是等到下个星期，钱箱里就什么钱也没有了。"

　　"钱箱里总会有钱的，"男孩说，"要不怎么叫钱箱呢。"

　　他挥挥手，"如果你还这样愚蠢下去，我就不跟你说了。"

第 七 章

几个星期来，他们第一次去了中心办公室，因为诺维拉重新安置中心来信通知他，他和他的家人分配到一套位于东村的公寓住房，他们必须在下星期一中午之前迁入，以使住房分配生效。

东村，通常被人们熟知为东区，是位于公共地带东侧的一个住宅区，那里的一片公寓楼组团四周都是宽阔的草坪。他和男孩去探访过了，同时也去察看了与东村位置对称的西村。那些街区都规划成统一的模式，全是四层高的楼房。每一层有六套公寓房，楼前都有一个小广场，其中建有一些居民公用设施：一个儿童游乐场，一个嬉水池，一个自行车棚，还有晾衣架什么的。总的说，东村的设施要比西村更让人称意。他们很庆幸自己被分到了东村。

搬离安置中心很简单，因为他们自己没有几样东西，也没什么朋友。他在那里的邻居，这边是一个喜欢自言自语的老头，总是裹着便袍踽踽独行，那边是一对神情冷漠的夫妇，还假装听不懂他说的西班牙语。

新公寓在二楼，条件还过得去，里面配了少量家具：

两张床，一张桌子和几把椅子，一个带抽屉的柜子，一个钢制杂物架。附带的小隔间里，灶台上有一只电炊具，还有一个带自来水的洗涤槽。移动门后边是淋浴龙头和坐便器。

因为是入住这个小区的第一顿晚餐，他做了男孩最爱吃的食物：抹了黄油和果酱的薄煎饼。"我们很快就会喜欢上这儿，不是吗？"他说，"这是我们生活中新的一章。"

他跟阿尔瓦罗说过自己身体不好，所以就坦然地歇了几天工。他赚的钱已大大超过他们生活需求，他没什么花钱的去处，自己也不明白为什么要拼上老命地耗尽体力。再说，不断有新来找工作的人，他们足以填补他的空缺。于是，这几天早晨，他一直就懒洋洋地躺在床上，时而打盹时而醒来，享受着从新家窗子里照进来的暖洋洋的阳光。

我得准备行动了，他对自己说，我要为这个计划的下一章做好准备。下一章的意思就是寻找男孩的母亲，可他现在还不知道从何着手。我要集中所有的精力，我要精心筹划。

他歇着的时候，男孩就在外面的沙坑里玩耍，或是荡秋千，或是围着晾衣架走来走去，一边哼哼着，一边像只蚕蛹似的把自己裹进晒干的床单里，转而又打着旋儿抖开床单露出身子。这个把戏他好像永远都玩不腻。

"你把人家刚洗好的东西这样玩弄，邻居看到会不高兴的。"他说，"这种把戏有什么好玩的？"

"这能让我闻到好闻的气味，我喜欢。"

下回他走过庭院时，偷偷地把脸凑到被单上，深吸了一口气。那是一种洁净的气味，闻上去温暖又舒适。

那天晚些时候，他朝窗外瞥了一眼，发现男孩和另一个男孩脑袋贴着脑袋蹲在草坪上，另一个男孩看上去年龄比他大。他们似乎聊得很亲热。

"我看到你有新朋友了。"吃午饭时，他问，"他是谁呀？"

"费德尔。他会拉小提琴。他给我看过他的小提琴。我也能有一把小提琴吗？"

"他也住这个小区？"

"是啊。我也能有一把小提琴吗？"

"我们到时候再看吧。小提琴要花不少钱，你需要请一个老师，你不可能拿到小提琴就会演奏。"

"费德尔是他妈妈教的。她说她可以教我们两个。"

"你交了个新朋友这挺好，我很为你高兴。至于小提琴课程嘛，也许我得先和费德尔的妈妈去谈一谈。"

"我们现在就去？"

"我们晚些时候再去，你午觉醒来后。"

费德尔家的房间在院子另一头。还没等他敲门，门就打开了，费德尔微笑着站在他们面前。这是一个身体结实、头发卷曲的男孩。

费德尔家的屋子并不比他们那间大，阳光也没有他们家的好，却有一股温馨的气息，也许是这家的窗帘色彩格外亮丽，那上边的樱桃花图案跟床罩的花饰一样。

费德尔的母亲上来招呼客人：这是一个瘦削的年轻妇

女，显得有些憔悴，生着一副龅牙，头发笔直地梳往耳后。不知怎么回事，他对这第一印象好像有些失望，虽然他也说不上为什么。

"是啊，"她确认道，"我告诉过你儿子，他可以和费德里多①一起上音乐课。过段时间我们再评估一下，看看他是否有这方面的天赋，是否需要继续下去。"

"你真是太好了。说实在的，大卫不是我儿子。我没有儿子。"

"那么他的父母呢？"

"他的父母……这事情很难解释。等有空的时候我再详细解释。关于这个课程我想问一下，他需要自备一把小提琴吗？"

"对于初学者，我一般是从录音教学开始的。费德尔——"她把儿子拉到身边，他亲昵地抱住她，"费德尔听了一年录音之后才开始拉小提琴。"

他转向大卫，"听见了吗，孩子？你首先要跟着录音机学，然后才是小提琴。同意吗？"

男孩做了个鬼脸，朝他的新朋友瞟了一眼，没有作声。

"要成为一个小提琴手，这可不是一桩简单的事儿。如果你不把心放进去，你就不会成功。"他转向费德尔的母亲，"我能不能问一声，你这儿的学费是多少？"

她向他做了个惊讶的表情。"我不收学费的。"她说，

---

① 费德里多（Fidelito），费德尔（Fidel）的全称。

"我这是为了音乐。"

她的名字叫埃琳娜。他没想到她会是这个名字。他原以为她会叫曼纽拉，甚至会是洛德丝。

他邀请费德尔和他母亲搭乘公交车一起出游，去一个叫"新森林"的地方玩，阿尔瓦罗向他推荐过（"那儿曾经是种植园，可后来就变成野生的了——你会喜欢的"）。出了公交终点站，两个男孩朝小路上奔去，他和埃琳娜在后面慢慢走着。

"你有许多学生吗？"他问她。

"哦，我不是那种正规的音乐教师。我只是收了少数几个孩子，教他们一些基础知识。"

"你不收学费，靠什么过日子？"

"我做一些缝纫活儿。我这样做做那样做做。援助中心给我一些生活补贴。这样就足够了。比钱更重要的事情还有很多。"

"你的意思是指音乐？"

"音乐，是啊，不过还有人生的命题。人怎样活着。"

回答得好，回答得很严肃，回答得很哲学。他，顿时默不作声了。

"你认识不少人吧？"他说，"我的意思是——"他赶紧解释，"你生活中有男人吗？"

她皱皱眉头，"我有那么一些朋友。有女的，也有男的。我不去区分他们是男的还是女的。"

小路很窄。她走在前头，他在后边跟着，眼睛盯着她的臀部。他更喜欢身体显得丰满的那种女人，不过，他还是挺喜欢埃琳娜的。

"对我来说，这种区分我可不能视而不见，"他说，"也不希望视而不见。"

她放慢脚步让他跟上来，直率地看着他。"对于自己来说是重要的东西，没人非要视而不见。"她说。

两个男孩回来了，他们跑得气喘吁吁，脸上泛着健康的光泽。"有什么能让我们喝的？"费德尔问。

直到他们坐上回家的公交车，他才逮着机会再次和埃琳娜说话。

"我不了解你，"他说，"只是在我心里，过去的生活并没有完全过去。许多细节也许会模模糊糊地冒出来，而过去生活中习惯了的感觉依然在心里闪动。比如男人女人的事儿：你说你已经超越了这种想法，可是我没有。我还是觉得自己是个男人，而你是个女人。"

"我同意。男人和女人是不同的。他们要承担不同的角色。"

两个男孩坐在他们前面的座位上，说着悄悄话，咯咯地笑着。他握起埃琳娜的手放在自己手上。她没有抽回。她的肢体语言没有做出明确表示，但手上还是给出了答案。在他的紧握中，她的手就像死鱼似的毫无感觉。

"我能不能问一下，"他说，"你对男人是不是已经没有感觉了？"

"我并非毫无感觉。"她字斟句酌地慢慢回答，"相反，我有友善的感觉，非常友善。跟你和你儿子在一起，感到温暖而友善。"

"你所谓友善的意思是，你希望我们好？我在竭力理解这意思。你对我们怀有这样一种善意的情感，是吗？"

"没错，正是这样。"

"善意，我得告诉你，这就是我们在这里一直碰上的好事儿。人人都希望我们好，人人都对我们露出亲切的笑脸。我们简直就是被友善一路裹挟而来。但是，它总是留下了一点难以理解的意思。善意本身能够满足我们的需求吗？追求某种更有实质意义的东西难道不是我们的天性？"

埃琳娜从容地把手抽出来。"也许你还需要比善意更多的东西，可是你想要的难道一定就比善意更有价值？你应该这样问问自己。"她停顿一下，"你总是把大卫称作'这孩子'。你为什么不叫他自己的名字？"

"大卫是在营地时他们给取的名字。他不喜欢这名字，他说这不是他真正的名字。我一般都不这么叫他，除非万不得已。"

"你知道，换个名字挺容易的。你只要去登记处填一份更改姓名表格，就能办成。不会有什么问题的。"她俯身向前探去，"你们在说什么悄悄话啊？"她对两个男孩说。

她儿子回头朝她笑笑，竖起手指贴在嘴唇上，装着他们之间有什么秘密的样子。

公交车在他们小区外面停下了。"我本想请你们进去喝杯茶，"埃琳娜说，"不过，这时候费德里多该洗澡和吃晚饭了。"

"没关系。"他说，"再见，费德尔。谢谢你们陪我们一起郊游。我们今天过得很开心。"

"你和费德尔好像处得挺不错嘛。"跟母子俩分手后，他对男孩说。

"他是我最好的朋友。"

"这样说来，费德尔对你很好，是吗？"

"好得不得了。"

"那你呢？你也对他很好吗？"

男孩用力地点点头。

"别的还有什么？"

男孩困惑地看着他，"没有了。"

如此说来，他算是从乳臭未干的黄口小儿嘴里得到了答案。由善意而来的是友情和快乐，会有草地野餐或是午后林中漫步的陪伴。然而，由爱意而来的结果，至少是那么急切地表现渴望的结果，却是失望、疑虑，还有心酸。就这么简单。

再说，他到底想怎么着呢？埃琳娜，一个只不过是他认识的女人，孩子新朋友的母亲。是因为在他的记忆中男女之事没有完全忘却，他就想去勾引她？是因为他非要将一己之愿（情欲与性爱）置于普世的习俗（友善与仁慈）之上？还有，为什么他总是在追问自己，而不是像别人那样就这么简单地活着？从旧日的心满意足（符合一己之愿）到如今的心神不安（面对普世的习俗），在这种极其不情愿的转变中，难道这是必不可少的一部分？莫非这一循环的自我审问没有任何意义，只不过是每一个新来者必然经历的一个过程？是否可以说，阿尔瓦罗、安娜和埃琳娜现在已顺利通过了这一过程？如果是这样，他还需要多长时间才能成为一个新人，一个完善的人？

第 八 章

"有一天你曾跟我聊到友善的话题,你把友善看作疗治我们疾病的良药," 他对埃琳娜说,"可是难道你没发现,有时候自己缺少的就是从前那种实质性的身体接触?"

他们坐在小区的公共场地,旁边是一个运动场,五六组足球赛在场内搅成了一团。费德尔和大卫被准许加入其中的一组比赛,他们毕竟年纪太小,在球场上虽然很卖力地跑前跑后,可那只球永远都不会传到他们脚下。

"任何一个要带大孩子的人,都不会缺乏身体接触。" 埃琳娜回答。

"我说的身体接触不是这个意思。我的意思是爱或是被爱。我的意思是每天晚上跟另外一个人同衾共枕。你没有这种怀念?"

"我有怀念吗? 我不是那种受苦受难于记忆的角色,西蒙。你说的事似乎很遥远了。而且——你说跟另外一个人同衾共枕,如果是指性爱——那也太奇怪了。总惦记着这事儿也太不可思议了。"

"可是,性爱自然会让人们更亲近。比如,性爱会让我们两个走到一起。”

埃琳娜转过身。“费德里多!”她喊道，一边挥着手，"快来，我们要走了!”

是他弄错了，还是她的脸颊上确实闪过一道红晕?

事实上，他发现埃琳娜只是有那么一点魅力而已。他并不喜欢她的骨感，还有她那线条刚直的下颏和龅突的牙齿。不过，他是一个男人，她是一个女人，两个孩子的友谊也让他们走得更近。所以，尽管一方总是对另一方爱理不理，他还是允许自己那种想入非非的念头信马由缰地转悠着，而这种想入非非通常是让她觉得好玩而不是惹她生气。不管事情如何，他总是经常陷入某种白日梦里，梦想着某个时候幸运来临，他将埃琳娜揽入怀中。

幸运终于来临了，那是以断电方式提供的机会。这个城市断电的事情并不常见。通常总会提前一天得到通告，双号或是单号住户断电。在这些小区里，通常会以整幢楼为单位轮流拉闸。

那天晚上的断电却没有事先通告，费德尔来敲门，问能不能进来做功课，因为他家没电了。

“你们吃过了吗?”他问那孩子。

费德尔摇摇头。

“马上跑回去，”他说，"跟你妈妈说，你和她上这儿来吃晚饭。”

他招待他们的晚餐不过是面包和汤（把大麦和某种瓜类煮开，加入一罐荷兰豆，他还没找到出售调味品的店铺），不过也还算差强人意。费德尔的家庭作业很快做完了。男孩们开始看图画书，接着，好像被什么东西砸晕了似的，费德尔突然睡着了。

"他从小就这样，"埃琳娜说，"怎么都弄不醒他了。我得把他抱回去搁到床上。谢谢你的晚餐。"

"你不能回到黑咕隆咚的屋子里。在这儿过夜好了。费德尔可以睡大卫床上。我睡在椅子上。我习惯这样睡了。"

这是撒谎，他从来没有睡过椅子，靠在厨房硬邦邦的椅子上，他觉得是个人就无法入睡。可他不能给埃琳娜拒绝的机会。"你知道卫生间在哪里。这是毛巾。"

他从卫生间出来时，她躺到他的床上，两个男孩并排躺着睡了。他裹上一条剩下的毯子，熄了灯。

有一刻，四周一片沉寂。接着，她在黑暗中说话了："如果你感到不舒服，我肯定你这样睡不好，我可以给你让点地方。"

他上床和她躺到了一起。他们悄悄地做了爱，小心翼翼地，尽量不去惊动一臂之外熟睡的两个男孩。

这不是他所期待的结果。这一次他觉得她完全心不在焉，而他自己，原以为幽闭已久的欲望可以借此重振雄风，结果却被证实为一种幻觉。

"你明白我的话了？"完事后她悄声问他，一边用手指轻轻揩拭他的嘴唇，"这并没有提升我们的关系。"

她说得对吗？他应该把这种经验藏在心里，跟性爱说再见，就像埃琳娜表现出来的那样？也许吧。可是，只要怀里搂着一个女人，就算她不像船儿颠动那般美妙，也足以让他心旌摇荡。

"我不同意。"他喃喃地回答，"事实上，我觉得你大错特错。"他停一下，"你是否问过自己，我们为这种新生活付出的代价是否太大了？忘却的代价是否太高了？"

她没有回答，整好内衣转过身背对着他。

虽然他们没有住到一起，可是自第一次同床后，他总是想象着自己和埃琳娜成了夫妻，或者就要成为两口子的情形。于是，两个男孩就成了兄弟或是异父母兄弟，他们四人越来越习惯于坐在一起共进晚餐。到了周末，他们一起去购物，或去乡野远足和野餐。尽管他和埃琳娜不能单独在一起消磨整个夜晚，但男孩们不在身边时，她会允许他和自己做爱。他开始熟悉她的身体，她那骨节突出的臀部和小小的乳房。很明显，她对他几乎没有性欲的感觉。但他喜欢想象着自己的做爱是一种坚韧而持久的复苏之旅，让女人的身体恢复到生命的原初状态，而并没有实际做爱的意图。

当她邀他与自己做爱时，可以说毫无风情可言。"如果你想要的话，我们现在就来吧。"她会这样说，然后关上门，脱掉衣服。

这种例行公事的做法很可能让他退避三舍，就像她毫无反应的身体只是在羞辱他似的。可他拿定主意，不退避也不怕被羞辱。凡是她所给予的，他都接受，尽可能怀着感激之心欣然接受。

通常说到这事儿，她总是说来做吧，不过有时候，她想取笑他，会用 descongelar，解冻这个词儿："如果你喜欢，那就再来解冻我呀。"解冻这说法他曾不经意间脱口而出："让我来解冻你！"这个说法确曾给她的生活带来了震动，现在却被用作无节制的搞笑。

他俩之间的关系，即使说不上亲密，也在逐渐发展中，这时候他感到那种友情已相当坚固，相当可靠。无论他俩的友情发展到什么程度，由于孩子们的原因，他们在一起的时间相当多，做这事儿对于友情是否有所促进，他实在说不上来。

他曾问过自己，在这个新世界，家庭的存在是否以友情为基础，而不是爱？跟同衾共枕的女人只是做朋友，这可不是他所熟悉的模式。不过他也看出其中的好处了。他甚至有些小心翼翼地享受这种好处。

"跟我说说费德尔的父亲吧。"他向埃琳娜问起。

"我记不太清楚了。"

"他肯定有个父亲嘛。"

"那当然。"

"他父亲各方面都像我吗？"

"我不知道。我说不上来。"

"只是假设一下，你想过没有，考虑找个男人，比如找个像我这样的丈夫？"

"找个像你这样的？像你这样的做什么呢？"

"你会找个像我这样的人结婚吗？"

"如果你是以这种方式在向我求婚，那我的回答是可以，我会的。这对费德尔和大卫两人也有好处。你想什么时候办理这事情？因为登记办公室只是工作日开门。你能在工作日出来吗？"

"我肯定可以。我们的领班很通情达理的。"

这是一次出乎意料的求婚，也被出乎意料地接受，此后（他对结婚这事情没有一点行动），他对埃琳娜那方面无疑有了一种警觉，他们的关系出现了一种新的紧张。但他并不后悔有此一问。他在寻找自己的方式。他在打造一种新的生活。

"你会怎么想，"有一天他这样问，"如果我去看另一个女人？"

"你的意思是跟她去做爱？"

"也许。"

"你心里中意的是谁？"

"没有明确的目标。我只是在试探一下有没有这种可能。"

"试探一下？你还剩多少时间能让自己折腾了？你不再是年轻人了。"

他不作声了。

"你问我的感受。你想要一个简短的回答，还是全面的回答？"

"全面的，最全面的。"

"很好，我们的友情一直庇护着两个孩子，在这一点上，我们可谓和衷共济。他们可以亲密地一起成长。在他们看来，我们就像是庇护他们的神灵，或者就是二位一体的保护神。所以，如果我们的友情走到头了——就因为你假设看上了另外一个女人，这显然对孩子们不利。我看没有理由为什么要这样做。

"不过，我很怀疑你在别的女人那儿会有和我在一起的体验，因为在你跟别的女人接触过程中，你会失去跟我和费德尔的接触。

"所以，我说这番话是希望你能够理解你自己。你想找别的女人，是因为我不能给予你需要的那种感觉，那就是所谓的狂野激情。友情对你来说不够理想。如果没有狂野激情相伴，你会觉得有所缺失。

"在我看来，这是一种陈旧的思维方法。按这种老套的思路，不管你得到了多少，总会有某种缺失。你把那种缺失的东西，那种额外需求，称作激情。可是我敢打赌，如果你得到了想要的所有的激情——盆满钵满的激情——你马上就会产生一种新的遗憾，感到一种新的缺失。这种欲壑难填的感觉，在我看来，这种对于额外需求的渴念就是缺憾，那是我们现在摒弃的思维方式。没有什么隐而不见的东西。你所缺失的不过是某种幻觉。你是生活在幻觉之中。

"好吧，你要一个全面的回答，我给你了。够了吧，或是你又想着更多的？"

这是暖洋洋的一天，是获得全面回应的一天。电台里是软绵绵的声调。他们躺在她家的床上，身上都穿着衣服。

"在我这边看来——"他刚要说下去，埃琳娜打断他。"嘘，"她说，"别说了，至少今天别再说了。"

"为什么？"

"因为接下来我们就该吵嘴了，我不想这样。"

于是他们都不作声了，沉默地并排躺着，一会儿听见院子里盘旋的鸥鸟叽呱乱叫，一会儿听见男孩们玩耍时的欢笑声，一会儿是电台里的音乐，那声音均衡悦耳，绵绵不绝，那是很容易让他镇定下来的声音，今天却让他心头冒火。

他想说的是，在他这边看来，这儿的生活对他来说过于平静、单调，也过于缺乏波澜起伏，实在是没有戏剧性和生活的张力——很像这电台里播放的乐曲。anodina①：西班牙语是这么说的吗？

他记得有一次问过阿尔瓦罗，为什么这里的电台从不播报新闻。"什么新闻？"阿尔瓦罗问。"世界上发生的那些事情啊。""哦，"阿尔瓦罗说，"发生了什么事儿？"要是搁在以前，他会怀疑这是一句冷嘲。可是不，这儿根本没有这种话语方式。

阿尔瓦罗对人从来不会冷嘲，埃琳娜也不会。埃琳娜是一个聪明女人，但她看不见这世界任何事物的两面性，她不理解各种事物呈现方式之间的微妙区别，也不理解事物的多样化。一个聪明的女人，也是一个令人赞赏的女人，一个具有最优秀品质的女人——缝纫、音乐课、家务活儿——井井有条地建立起新的生活，对于这种生活，她声称（出于某种正义观念？）是毫无缺憾的。阿尔瓦罗和那些码头工人也一样：他们没有什么秘而不宣的追求有待

---

① anodina，西班牙语：镇痛剂。

他去揭示，他们也不渴望过上另外一种生活。唯独他是另类，唯独他心怀不满，唯独他跟这一切格格不入。他这是出什么毛病了？难道像埃琳娜所说，就因为他心里还没有摒弃陈旧的思维方式和情感方式，还在做最后的折腾，最后的挣扎？

问题是，事情没有显示出它应有的分量：这是他最终想对埃琳娜说的。我们听到的音乐不带劲。我们的做爱缺乏力度。我们吃的食物，每天都是乏味的面包，缺乏质感——缺乏动物血肉那种实实在在的质感（内中隐藏着全套放血和献祭的庄严）。我们专用的言辞没有沉重感，那些西班牙语并非出自我们内心。

电台里的音乐进入了优雅的尾声。他从床上起身。"我得走了。"他说，"你记不记得有一天你跟我说过，你不曾因为记忆而痛苦。"

"我说过吗？"

"是啊，你说过。当时我们在公园里看足球赛。好吧，我不像你。我为记忆感到痛苦，或者说困于记忆的阴影之中。我知道，我们在这里都应该洗尽过去的痕迹，说实在的，我并没有什么大本事能召唤过去。可是那阴影就是徘徊不去。我就是为此而痛苦。不过我不想使用'痛苦'这字眼。是我攀住了它们，那些阴影。"

"很好，"埃琳娜说，"世界就是形形色色的人组成的。"

费德尔和大卫一阵风地冲进房间，两人满脸通红，浑身是汗，生气勃勃的样儿。"有饼干吗？"费德尔问。

“在碗橱的罐子里。”埃琳娜说。

两个男孩一溜烟进了厨房。“你们玩得开心吗?”埃琳娜大声喊问。

“嗯——”费德尔应道。

“那就好。”埃琳娜说。

第 九 章

"音乐课上得怎么样？"他问男孩，"你喜欢吗？"

"嗯。你知道吗？费德尔长大后要给自己买一把很小很小的小提琴——"他用手比画着琴身尺寸，只是两只手掌大小，"他还要穿一套小丑服去马戏团拉琴。我们能去马戏团吗？"

"等马戏团下次来镇上，我们就能去看了，我们大家都去。我们可以请阿尔瓦罗也一起去，也许还得喊上欧亨尼奥。"

男孩噘起嘴，"我不要欧亨尼奥。他有一次说我什么来着。"

"他只说过一次，说你里面有个魔鬼，那只是一种表达方式。他的意思是，你下棋下得好，那是头脑闪灵。一种比喻。"

"我不喜欢他。"

"好吧，我们不邀请欧亨尼奥。你的音乐课进展到哪一步了？"

"唱歌。你想听我唱歌吗？"

"喜欢听。我不知道埃琳娜还教唱歌啊。她真是多才多艺。"

他们坐在公交车上，出城去乡下游玩。虽然车里还有几个乘客，但男孩一点都不害羞地唱了起来。他用清澈的童音唱道：

Wer reitet so spät durch Dampf und Wind?

Er ist der Vater mit seinem Kind；

Er halt den Knaben in dem Arm，

Er fü ttert ihn Zucker，er küsst ihm warm. ①

"整首歌就这样。这是英语歌②。我能学英语吗？我不想再学西班牙语了，我讨厌西班牙语。"

"你西班牙语说得挺不错啊。你唱歌也唱得好听极了。将来长大后，你也许可以当个歌唱家。"

"不。我想在马戏团里当魔术师。Wer reitet so 是什么意思？"

"我不知道。我不会说英语。"

"我能上学了吗？"

"你还得再等等，要等你明年的生日过后。那时候你就可以和费德尔一块儿上学了。"

他们在立有"终点"标牌的车站下了车，公交车在那儿拐了个弯回去了。一张从公交车站拿来的地图上，标出了通往周边丘冈的步行小径。他的计划是沿着小径走到

---

① 歌词是德语，为德国作家歌德所作，与原文略有出入。大意是：谁这么晚了还在夜里徜徉，是风吗？/那是肩上背着孩子的父亲；/他搂着男孩的手臂，/给他安全，让他温暖。

② 原文如此，作者在这里让角色将德语理解为英语。

湖边去，地图上在那儿标出一个星射状记号，表明那是一处美丽的风景点。

他们是最后下车的乘客，也只有他俩踏入了那条步行小径。他们经过的乡野荒凉而空漠。虽说是一片葱茏的沃土，却四处不见村墟聚落。

"乡下怎么这般宁静！"他对男孩说，其实，这种空漠给他的印象，与其说是宁静，不如说是荒凉孤寂。如果他能找到几种牲畜就好了，牛、羊或者是猪，这样他们就可以从牲畜身上打主意。哪怕是兔子也行。

头顶上不时掠过几只飞鸟，但都太高太远，他没法确认那是一些什么鸟。

"我累了。"男孩说。

他查看一下地图，估计他们走到离湖边还有一半路的地方。"我来背你一会儿，"他说，"等你力气恢复了再自己走。"他把男孩甩到肩上，"你看见湖就大声唱歌。我们喝的水很可能就是从那儿过来的。看见湖你就唱。其实，只要看见有水的地方你就可以唱了。或者，看见了乡下人也行。"

他们继续往前走去。可是麻烦了，不是他弄错了就是地图本身有误，他们走上一处遽然上升的坡道，又从陡坡上下来，随后小路就断了，冷不丁一堵砖墙出现在他们面前，还有一扇锈迹斑斑的大铁门，门上爬满了常春藤。门旁有一块油漆剥落的牌子。他拨开藤蔓。那上面的字是"La Residencia①"，他念出声来。

---

① La Residencia，西班牙语：居留点。

"Residencia 是什么？"男孩问。

"就是居留点，是房子，一幢大房子。可这里的居留点也许什么都不是，只是一处废墟。"

"我们能去看一下吗？"

他们试着去推门，可是门扇纹丝不动。他们正要转身走开，微风中隐约传来一阵笑声。他们循着那声音，踏着枯枝败叶穿过密密的矮树丛，沿着砖墙走到一处围着高高的铁丝网栅栏的地方。栅栏那边是一个网球场，有三个人在打网球，两个男人和一个身穿白衣的女人，男人穿着衬衫和长裤，女人穿着伞裙和竖领衬衫，戴着绿色的遮阳帽。

两个男人都是高个子，肩膀很宽，胯部窄窄的。他们像是兄弟俩，没准还是双胞胎。那女的和其中一个男的搭档，跟另一个男的对阵。他马上看出，他们都是训练有素的网球手，脚步灵活敏捷。单打的那个男人球技尤其出色，一副从容应对的样子。

"他们在干什么？"男孩悄声问。

"这是一种运动，"他低声回答，"这叫网球。你要把球打到对手那边。就像足球比赛的射门一样。"

网球飞过来，卡在铁丝栅栏上。那女人过来捡球时看见了他们。"嗨！"她朝男孩露出了笑脸。

他心里不知被什么东西搅动了一下。这女人是谁？这微笑，这声音，这举止——很奇怪，所有这一切都让他觉得似曾相识。

"早上好。"他说，他嗓子有些干涩。

"来呀，伊内斯！"她的搭档在喊她，"这是决胜分！"

不用多费口舌，事实上，她的搭档过来拿球时朝他俩怒目而视的样子，已经清楚地表明不欢迎他们，甚至不想看到他们。

"我渴了。"男孩悄声说。

他把带来的一小瓶水递给他。

"我们就没有别的什么了？"

"你想要什么？——琼浆玉液？"他回以嘘声，随之就后悔自己的愠怒。他从背包里拿出一个橘子和一个外表带虫眼的梨子。男孩大口地吃了起来。

"这下不渴了吧？"他问。

男孩点点头，"我们要去看居留点吗？"

"这里肯定就是居留点了，这个网球场肯定是属于居留点的。"

"我们能进去吗？"

"试试看吧。"

他们离开那几个打网球的人，钻进矮树丛里，沿着砖墙一路走去，直到出现一条泥路，他们看见了前方两扇高大的铁门。透过树丛，在栅栏后边，一幢颇有气势的深色石头建筑影影绰绰跃入眼帘。

大门虽然关着，却没有锁。他们推门进去，车道上的落叶深至脚踝。一个箭头标记牌指向一个拱形门洞，从那儿可以看见里面的庭院，院子中间立着一座比真人还大的大理石雕像，这女人（也许是天使）雕像穿着飘垂的长袍，凝望着地平线，手里举着火炬。

"下午好，先生。"一个声音说，"有什么事吗？"

说话的是一个上了年纪的男人，满脸皱纹，身体有些佝偻。他身着褪色的黑制服。他是从拱门那儿一个小办公室或是哪个小屋子里钻出来的。

"是有点事儿。我们是从城里来的。我不知道我们是否可以和住在这儿的人说点事儿，就是在后面网球场上打球的那位女士。"

"那位女士愿意会见你们吗，先生？"

"我想是的。有一桩重要事情我想跟她说一下。涉及家庭事务。当然，我们可以等她打完球。"

"那位女士叫什么名字？"

"这我说不上来，因为我不知道她的名字。不过我可以告诉你她长什么样子。我想她大概三十岁左右，中等身材，一头黑发梳向脑后。她和两个年轻男士在打网球。穿着一身白色衣裙。"

"这儿有好几位女士都是这模样，先生，其中是有几个打网球的。网球在这儿挺受欢迎的。"

男孩扯扯他的袖子。"告诉他那条狗的事儿。"他悄声说。

"狗？"

男孩点点头，"他们跟那条狗在一起的。"

"我这小朋友说他们有一条狗。"他重复了男孩的话。他自己却完全不记得有什么狗的事儿。

"好吧！"门房说。他回到自己的小屋，关上身后的玻璃门。透过暗淡的光线，他们看见他在翻动一堆纸页。

然后他拿起电话听筒，拨了号码。听了一会儿，他放下听筒出来了，"对不起，先生，没人接电话。"

"这是因为她出去打网球了。我们是否可以去网球场找她？"

"对不起，这是不允许的。我们这些设施不对外来者开放。"

"那么，我们能不能在这儿等她打完网球？"

"好吧。"

"在这儿等的时候，我们可以去庭院里走走吗？"

"可以。"

他们走进杂草丛生的花园。

"那位女士是谁？"男孩问。

"难道你没认出她？"

男孩摇摇头。

"她跟我们说话时，朝我们打招呼时，难道你心里没有奇怪地咯噔一下——心里那根弦就没有被拨动的感觉？没觉得好像以前在什么地方见过她？"

男孩疑惑地摇摇头。

"我这样问是因为那位女士也许就是我们要找的人。至少我有这种感觉。"

"她会是我的母亲？"

"我不敢肯定。我们得问问她。"

他们在庭院里兜了一圈，回到门房小屋，他敲敲玻璃。"你能不能再帮我们给那位女士打个电话？"他问。

门房拨了号码。这一次有人接了。"门口有一位先生要见你，"他听见他在说，"好的……好……"他转向他们，"你说过是有关家里的事情，是吗，先生？"

"是的，有关家庭事务。"

"你的名字是？"

"不是名字的问题。"

门房关上门，又回去打电话。最后他出来了。"先生，那位女士同意见你。"他说，"不过，有一个小小的问题，孩子不许进去。恐怕你这个小男孩得留在这儿等你。"

"这太奇怪了。为什么孩子不许进去？"

"居留点没有孩子，先生。这是规定。这规定不是我定的，我只是告诉你们。他得留在这儿，你可以进去谈你的家庭事务。"

"你留在这里跟这位先生在一起，好吗？"他问男孩，"我会尽快回来的。"

"我不要，"男孩说，"我要跟你在一起。"

"我知道。但我肯定，一旦那位女士知道你在这里等着，她很快就会出来见你。所以，你干吗不忍一忍，跟这位先生在这里待一会儿呢？"

"你会回来的吧？你保证？"

"当然。"

男孩不作声，眼睛从他的视线里挪开了。

"难道不能网开一面？"他央求门房，"他挺安静的，他不会打扰别人。"

"对不起，先生，不能网开一面。如果我们破了例，以后怎么收拾呢？每个人都会要求破例，然后就再也没有规矩了，不是么？"

"你可以到花园里玩一会儿。"他对男孩说，又转向门房，"他可以到花园里玩一会儿，是吧？"

"当然。"

"去爬树吧。"他对男孩说，"这儿有许多树，挺好爬的。我很快就会回来。"

他顺着门房指示的路径，穿过方形庭院，穿过第二个门洞，来到一扇写着 Una① 字样的门前，敲了敲。没人应答。他进去了。

他进了一间客厅。四壁贴着白色墙纸，上面是淡绿色的七弦琴和百合花图案。隐匿的灯具朝上泛射着幽幽的白光。房间里有一张白色仿皮沙发，两张安乐椅。门边小桌上摆着五六个形状各异的玻璃酒瓶。

他坐下等着。几分钟过去了。他站起来向走廊里张望。没见人影。他百无聊赖地打量着那些酒瓶。嘉欢雪利酒、干雪利酒、苦艾酒。酒精含量百分之四。奥伯利维多产。奥伯利维多是什么地方？

这时候她突然出现了，仍然穿着网球服，看上去比球场上显得更结实，几乎可以说是体格粗壮。她拿着一个盘子，坐下时搁到桌子上。她没跟他打招呼，自己径直坐到沙发上，将两腿在裙摆下面叉到一起，"你要见我？"

"是的。"他心里狂跳不已，"谢谢你肯见我。我的名

----

① Una，西班牙语：一。

90

字叫西蒙。你不认识我，这并不重要。我来这儿是为了一个人，我带来一个建议。"

"你干吗不坐下？"她说，"吃点什么？来杯雪利酒？"

他用颤抖的手倒了一杯雪利酒，拿了一块小小的三角形三明治，还有黄瓜。他在她对面坐下，一口喝下甜酒，那股劲儿直冲脑门。紧张感消除了，话语很快冲口而出。

"我带来一个人。其实，就是你在网球场上见过的那个孩子。他在外面等着。门房不让他进来。因为他是个孩子。你能见见他吗？"

"你带个孩子来见我？"

"是啊。"他站起来，又给自己倒了一杯缓解压力的雪利酒，"对不起——这事情肯定很唐突，陌生人事先未经通告就登门造访。但我无法告诉你这有多么重要。我们一直在——"

没听见敲门声，门突然就打开了，男孩就站到了他们面前，大口喘着粗气。

"到这儿来。"他挥手招呼男孩，"你现在认出这位女士了吗？"他转向她，她脸上是一副惊讶的呆相，"他可以拉住你的手吗？"然后又对男孩说，"来吧，拉住这位女士的手。"

男孩呆呆地站在那儿。

门房出现了，显然是一脸愠怒。"对不起，先生，"他说，"这是违反规定的，我警告过你们。我必须请你们离开。"

他转向女人求援。她显然无需听从门房和他的规定。

可她却一个字都没说。

"行行好。"他对门房说，"我们走了好长的路才来到这儿。我们大家都退一步，去花园里怎么样？这不违反你们的规定吧？"

"这样可以。不过请注意，大门五点准时关闭。"

他对女人说："我们到花园里去好吗？拜托！请给我一个解释的机会。"

男孩默不作声地拽起他的手，他们三个穿过方庭走进荒草杂乱的花园。

"以前这儿肯定是一个相当壮观的宅子。"他说，他想尽量缓和一下气氛，试图让自己显得像个理性的长者，"只是很遗憾，园丁没有很好地打理。"

"我们只有一个全职园丁。这已经很难为他了。"

"那你呢？你在这儿住了好长时间了吧？"

"住了一段时间。如果我们顺着这条路走下去，就会看到一个有金鱼的池塘。你儿子也许会喜欢。"

"事实上，我不是他父亲。我只是照看他的人。我只是类似监护人的角色，暂时的。"

"他父母呢？"

"他的父母……这就是我们今天来这儿的原因。这孩子没有父母，不是通常说的没有父母。只是来这儿的旅行途中，船上出了一点意外，一封本来可以解释一切的信给弄丢了。这样一来，他就找不到父母了，或者更准确说，他被弄丢了。他和他母亲离散了，我们想方设法在找她。至于他的父亲，那又是另外一回事。"

他们走到池塘那儿，里面果然有金鱼，有大的也有小的。男孩在池边跪下来，用一把莎草逗弄着金鱼。

"让我说得更准确一些吧，"他说话的语调温和，却说得很快，"这孩子找不到母亲。我们下船后就一直在找她。你愿意带他吗？"

"带他？"

"是啊，做他的母亲。做他的母亲。你愿意把他当自己的儿子吗？"

"我不明白。事实上，我一点都没听懂。你建议我收养你的儿子？"

"不是收养。是做他的母亲，他的真正的母亲。我们都只有一个母亲，我们每个人。你愿意成为他唯一的母亲吗？"

在这番话之前，她还一直注意地听着。可是这会儿，她的眼神开始狂乱地四处张望，好像盼着什么人——门房，或是她的网球搭档，任何人——来搭救她一把。

"他的亲生母亲呢？"她问，"她在哪儿？她还活着吗？"

他原以为孩子一个劲儿地耍弄金鱼，没在听他们说话。这会儿他却突然嚷出声了："她没死。"

"那她在哪儿？"

孩子不作声了。有一会儿，他也一声不吭。然后他又开口说："请相信我——请慎重考虑一下——这不是一桩简单的事情。这孩子没有母亲。我无法向你解释，因为我也无法向自己解释。但我向你保证，如果你一口答允，没

93

有什么瞻前顾后，那对你来说一切就变得清澈明净了，就像晴朗的白昼，或者说我相信会是这样。总而言之：你愿意接受这个孩子吗？"

她瞟一下自己手腕，手上没戴表。"太晚了，"她说，"我的兄弟们在等我。"她转过身朝大宅那边大步走去，裙子掠过地上的草丛。

他追上去。"拜托！"他说，"再等一会儿。让我写下他的名字。他叫大卫。这是后来取的名字，是在营地取的。这是我们住的地方，就在城郊，在东村。请考虑一下。"他把纸条塞进她手里。她走了。

"她不要我吗？"男孩问。

"她当然要你。你是这么一个漂亮聪明的男孩，谁会不要呢？不过，对这个提议她首先要先适应一下。我们在她心里播下种子了，现在我们必须耐心地等它生长。只要你和她能够喜欢对方，种子肯定会生长开花。你喜欢这位女士的，是吧？你看到了她有多善良，善良又文雅。"

男孩不作声。

他们顺着原路回到那个车站时，天色已暗。在公交车上，男孩在他怀里睡着了，他不得不抱着他从公交车站走到家里。

半夜里，他从沉睡中醒来。男孩站在他床边，眼泪淌下脸颊。"我饿！"他喃喃地说。

他起身热了牛奶，切一片面包抹上黄油。

"我们要住到那儿去吗？"男孩问，他嘴里塞得满满的。

"住到居留点？我想不会。我在那儿没什么事情可做，就像绕圈飞来飞去等着进食的蜜蜂那样。不过，我们可以明天早上再商量。有的是时间。"

"我不想住在那儿，我想住在这里，跟你在一起。"

"没人会逼你住到你不愿住的地方。现在回到床上睡觉吧。"

他坐在孩子身边，轻轻抚摸他直到他睡着。我想和你住在一起。这个愿望真要是成了苦涩的现实，那该怎么办？难道他得守着这个孩子，既当爹又当妈，用充满爱心的方式把他带大，整个后半辈子都在码头上扛包？

他在内心诅咒自己。如果他表现得更平静更理性一些就好了！可他不是这样，他肯定表现得像个疯子，一再恳求那可怜的女人。带这孩子吧！做他唯一的母亲！如果他把孩子塞到她怀里就好了，身体贴着身体，血肉连着血肉。这时候，沉睡在最深处的记忆也许会被激活，那样一切都好办了。可是，天哪，这一切对她来说真是猝不及防，这美妙的时刻，对他来说也是稍纵即逝。它像一颗突然降临的流星，而他却没能逮住机会。

第 十 章

不管怎么说，最后的结果还不错。第二天中午事情突然有了变化。男孩激动不已地跑上楼来。"他们来了，他们来了！"他边跑边喊。

"谁来了？"

"就是住在居留点那位女士！要做我妈妈的那位女士！她坐车来了。"

那位女士来到门前，她今天穿着一套比较正式的深蓝色衣裙，头上戴着式样古怪的帽子，上面还缀着一枚金光闪闪的帽针，另外——他简直不敢相信自己的眼睛——她竟然还戴着一副白手套，好像她前来拜访一位律师。她不是一个人来的，陪她来的是一个瘦高个年轻人，就是那天网球场上一个对付两个的那个小伙子。"我的兄弟迭戈。"她介绍说。

迭戈朝他点点头，没说一句话。

"请坐，"他对客人们说，"请别介意坐到床上……我们还没有购置什么家具。我给你们倒杯水好吗？不要吗？"

从居留点来的女士和她的兄弟并排坐在床沿上，她紧张地摘下手套，清清嗓子。"你能对我们重复一遍昨天说过的话吗？"她说，"从头说起，就从一开始说起。"

"如果从一开始说起，我们就得在这儿待上一整天了。"他说，他竭力做出从容不迫的样子，要给人一种思路清晰的印象，"我还是这么说吧。我们，我和大卫，来到这地方，就像来这儿的每一个人一样，是为了开始我们的新生活，有一个新的起点。我想为大卫做的，也是大卫想要的，就是一种像其他孩子那样的正常生活。可是——这么说吧，合乎逻辑的正常生活——他的正常生活里需要一个母亲，需要一个亲生母亲。我说得对不对？"他说着转向男孩，"你想要的也是这样，不是吗？你也想要自己的妈妈，是吗？"

男孩使劲点点头。

"我一直都确信——别问我为什么——只要我见到大卫的妈妈，我就能认出她来，现在我遇见了你，我知道我的感觉没错。不可能是偶然的巧合让我们闯进了居留点。肯定是有一只手指引着我们走到那儿。"

他可以看出迭戈那模样就像一颗快要爆裂的坚果：迭戈没听说过他提到的这个家族成员，也不想打听什么。那女的则不然，如果她没有心理准备，就不会来这儿了。

"似乎有一只看不见的手，"他重复道，"真的。"

迭戈的目光厌恶地盯着他。撒谎！那目光说。

他深吸一口气。"我看得出来，你们不相信我的话。我从来都没见过这孩子，怎么会是我的孩子？你对自己这么嘀咕。我向你恳求：暂且抛开怀疑，你明白吗？倾听发自你内心的声音。看着他。看着这孩子。你的内心怎么说？"

年轻女子一言不发，也没朝男孩看上一眼，却把目光转向她的兄弟，像是在问：你看到了吗？我告诉过你的。你听他这些胡言乱语，你听他这个疯狂的提议！我该怎么办？

她兄弟压低嗓门跟他说："这儿有什么地方能让我们私下聊聊？就我们两个。"

"有啊，我们可以到门外去。"

他领着迭戈下楼了，穿过庭院，穿过草坪，走到树荫下的长椅那儿。"坐下谈。"他说。迭戈没有坐。他自己坐下了。"你想跟我说什么？"

迭戈一条腿跨到长椅上，俯身对他说："首先，你是谁？你为什么要跟踪我妹妹？"

"我是谁，这没有什么关系，这不重要。我不过是仆役一样的人。我照看这孩子。我没有跟踪你妹妹。我只是在找孩子的母亲。这是有区别的。"

"这孩子是谁？你从哪儿捡来的？他是你的孙子吗？他的父母在什么地方？"

"他不是我的孙子，也不是我儿子。他和我没有血缘关系。只是船上一次偶然事故把我们拴到了一起，他在船上丢失了随身携带的文件。可是，为什么要追究这些？我们来到这里，我们所有的人，你、我、你妹妹、这孩子，过去的一切都被漂洗过了。这孩子碰巧由我来照顾。这也许不是我自己的选择，但我接受了。这些日子一直都是我带着他。我们的关系非常密切。可是我不能为他做所有的事情。我不可能做他的母亲。

"你妹妹——对不起，我不知道她的名字——是他的母亲，他亲生母亲。我说不上这其中发生过什么事情，但情况就是这样，完全就是这回事儿。在她的内心，她明白这一点。否则她今天来这儿还有别的什么理由不成？她表面上似乎很平静，可是透过她平静的外表，我可以看到她激动的内心，送来一个孩子，这可是一份天大的礼物。"

"居留点不允许有孩子。"

"没人敢把一个孩子跟他的母亲分开，无论规矩是怎么定的。你妹妹也不必非得住在那儿。她可以住到这里。这是属于她的，我要交还给她。我自己另找地方去住。"

迭戈把身子凑过来，像是要说什么悄悄话，却出其不意地朝他脑袋上打了一下。他大吃一惊，想要躲开他，不料第二拳又过来了。这两拳下手不重，却激怒了他。

"你为什么这样？"他站起来吼道。

"我不是傻瓜！"迭戈咬牙切齿道，"你以为我是傻瓜？"说着又恫吓地举起手。

"我压根儿就没有把你当成傻瓜。"他需要平息这年轻人的怒气，小伙子肯定是恼火极了——谁不恼火呢？——自己的生活里突然插进来这么一档子事，"我承认，这是一桩非同寻常的事情。但你不妨想想这孩子。他的需求才是最重要的。"

他的恳求没有奏效：迭戈还是对他怒目而视。他打出最后一张牌。"好吧，迭戈，"他说，"问问你自己的良心吧，你肯定不会拆散一对母子的。"

"用不着你来怀疑我的良心。"迭戈说。

"那就证明你的良心吧！跟我一起回去，向那个孩子证明你多么有良心。来吧！"他站起身去拉迭戈的手。

房间里，呈现在他们面前的是一个奇怪的场景：迭戈的妹妹背对着他们跪在床上，注视着男孩——男孩仰卧在床上，在她身下——从她撩起的裙子下可以瞥见那结实而丰满的两腿。"蜘蛛在哪里？蜘蛛在哪里……?"她用尖细的高音哼唱着。她的手指顺着孩子的胸脯滑到腰间，她在逗弄他，呵他痒痒，逗他发出一阵阵笑声。

"我们回来了。"他大声说。她慌忙爬下床，脸唰地一下红了。

"伊内斯和我在玩游戏。"男孩说。

伊内斯！那么，这就是她的名字了！有名字就好办了！

"伊内斯！"迭戈唐突地招呼她一下。她把裙子撸下匆匆跟他出去了。走廊里传来情绪激动的小声交谈。

伊内斯走回来，她兄弟跟在后面。"我们想请你把所有的过程都重新说一遍。"她说。

"你要我重复我的提议？"

"是的。"

"很好。我的建议是你成为大卫的母亲。在他身上，我放弃所有的权利（他可以对我提出权利要求，但那是另一回事）。你摆到我面前的任何确认文件，我都会签署的。你和他可以作为母亲和孩子生活在一起。只要你愿意就可以这样。"

迭戈火气十足地哼了一声。"这简直是胡说八道！"他说，"你不可能成为这孩子的母亲，他已经有母亲了，把他生出来的母亲！没有他母亲的许可你不能领养他。你要听我的！"

他和伊内斯默默交换了一个眼神。"我要他。"她说话时没有对着他，而是对着自己的兄弟，"我要他。"她又说了一遍，"但我们不能待在居留点了。"

"正如我跟你兄弟说过的那样，你可以住在这儿。今天就可以留下来。我马上就可以搬出去。这里将是你的新家。"

"我不要你走。"男孩说。

"我不会走远的，我的孩子。我要住到埃琳娜和费德尔那儿去。你和你母亲随时可以来看我们。"

"我要你留在这儿。"男孩说。

"你真是太可爱了，但我不能插在你和你母亲之间。从现在开始，你和她要生活在一起了。你们将成为一家人。我不可能成为这个家庭的成员。但我随时会过来帮个忙，我就做个仆人和帮忙的人。我向你保证。"他转向伊内斯，"你同意吗？"

"可以。"她一旦拿定主意，马上就没有别人说话的份儿了，"我们明天再过来。我们会把狗带来。你的邻居会反对养狗吗？"

"他们不敢反对的。"

第二天一早，伊内斯和她兄弟过来的时候，他已经扫过地板，擦洗过瓷砖，换过了床单。他自己的东西全都打成了一个卷儿，搁在一边准备带走。

迭戈先上来，肩上扛着一个手提箱。他把箱子放在床上。"还有很多东西。"他没好气地提醒说。果然是有不少：一个行李箱，超大，还有一大堆床上用品，其中有一床很大的鸭绒床罩。

他，西蒙，临走的告别仪式并不很长。"乖啊。"他对男孩说。"他不吃黄瓜。"他对伊内斯说，"他睡觉时要让灯开着，他不喜欢睡在黑暗里。"

她好像没在听他说话。"这里很冷。"她说着一边搓着手，"一直都这么冷吗？"

"我会买一个电暖器送过来。明天或是后天吧。"他向迭戈伸出手，后者不情愿地跟他握了握。然后，他就拿起行李卷儿，没有回头再看一眼，就大步离开了。

他声称要跟埃琳娜住到一起，事实上他却不打算这样。他一路走到码头，周末的码头没有什么人，他把自己的东西搁到二号码头旁边大家放工具的小棚屋里，然后回到小区去敲埃琳娜的房门。"嗨，"他说，"我能跟你谈谈吗？"

喝茶时，他把新情况简略地跟她说了说。"我敢肯定大卫会健康成长的，因为有母亲照顾他了。我一个人把他拉扯到大，实在不是好事。他不能在生活的重压下成为一个小男子汉。孩子是需要童年的，难道不是吗？"

"我简直不敢相信自己的耳朵，"埃琳娜说，"一个孩子又不是一只小鸡，你能把它塞到另一只鸡的翅膀下让它长大。你怎么能把大卫交给一个从来没见过的女人呢，那女人也许是一时心血来潮，等过了一个星期，她不感兴趣了，又把他给退回来怎么办？"

"拜托，埃琳娜，在见过伊内斯之前不要对她品头论足。她可不是一时心血来潮，恰恰相反，我相信她这样做是因为有一股不可思议的力量在推动她。我希望你能帮助我们，去帮帮她。她来到一个完全陌生的地方，她没有做母亲的经验。"

"我不是对伊内斯品头论足。如果她来寻求帮助，我会帮她的。可她不是你孩子的母亲，你不应该这么叫她。"

"埃琳娜，她真是他的母亲。我来到这个地方什么都没有，只有这个坚如磐石的信念：只要我见到这个人，我就知道这男孩的母亲是谁。在我看见伊内斯的那一瞬间，我就明白是她了。"

"你是凭直觉吧？"

"不止是直觉。是确信。"

"确信，直觉，幻觉——在没有确凿证据之前这些有什么区别？如果我们都像你一样靠直觉过日子，这世界还不乱套了？"

"我不明白为什么一定会乱套。如果接下来结果不错，时不时地闹出个小乱子又有什么关系？"

埃琳娜耸肩，"我不想和你争了。你儿子今天没来上课。这是他第一次缺课。如果他想放弃音乐，请你告诉我一声。"

"这事情不再由我来决定了。再说一遍，他不是我儿子，我也不是他父亲。"

"真的吗？你总是否认这一点，但有时候我实在是很疑惑呢。我不再说了。你今天晚上住什么地方？跟你的新家庭在一起？"

"不。"

"你要睡在这里？"

他从桌边站起来，"谢谢你，但我已经有了别的安排。"

这一晚，尽管有巢居在檐沟里的鸽子不停地发出窸窸窣窣和咕咕的声音，他在小窝棚里躺在麻袋上的一夜睡得还算相当不错。他没吃早饭就走了，却还能干上一整天的活儿，最后还感觉良好，即使身子有些轻飘，有点像幽灵。

阿尔瓦罗问起男孩，他一时感动之下差点想把这个好消息告诉阿尔瓦罗，告诉他男孩的母亲找到了。可马上想起埃琳娜听到这个消息时的反应，他打消了那个念头，就撒了个谎：大卫被他老师带去参加一个大型露天音乐会了。

露天音乐会，阿尔瓦罗嘀咕着，看上去有些疑惑：那是怎么回事，在哪举行的音乐会？

不清楚，他回答，然后改变了话题。

如果这孩子再也不能见到阿尔瓦罗，还有他的朋友，那匹拉货的马国王，这对他似乎是一个遗憾。他希望，一旦她和他的关系稳固之后，伊内斯会允许男孩到码头上来玩。过去的事太像雾里看花，以致他都弄不清自己的记忆是真的，还只是他想象出来的故事。但他确实知道，如果他自己是那个孩子，他会很愿意每天清晨和一群成年男人一起出发，和他们待在一起，看着他们从大船上卸货装货。为了这孩子他不能不挣这份薪水，对他来说，似乎只要不是用力太猛或是麻袋太大就行。

他曾打算给那家橘子果蔬店打电话，叫他们给他留货，可是他去得太晚了：等他到了那儿，店门已经关了。他饥肠辘辘，又孤身一人，只好再次去敲埃琳娜的房门。费德尔开的门，他穿着睡衣。"嗨，小费德尔，"他说，"我可以进来吗？"

埃琳娜坐在桌边做针线。她没朝他打招呼，也没有抬起头。

"喂，"他说，"出什么事了吗？发生什么事了？"

她摇摇头。

"大卫不能再来这儿了，"费德尔说，"那位新女士说他不能来。"

"那位新女士，"埃琳娜说，"说过了，你儿子不能和费德尔一起玩。"

"可这是为什么？"

她耸耸肩。

"给她一点时间，让她安顿下来吧。"他说，"她从来没做过母亲。一开始她肯定会感到有些把握不定。"

"把握不定？"

"把握不住自己的判断。过于谨慎吧。"

"就像禁止大卫和他的朋友一起玩？"

"她不认识你也不认识费德尔。一旦她了解了你，她会看出你对孩子有好的影响。"

"你怎么知道她会了解我们？"

"你和她总会碰到一起的。毕竟你们是邻居嘛。"

"那就走着瞧。你吃过了吗？"

"没有。我去商店时那儿关门了。"

"你是说橘子？那家店星期一就关门了，我本来想告诉你。如果你不介意，这是我们晚餐剩下的，我给你热一锅汤吧。你现在住哪儿？"

"码头旁边的一个屋子。有点简陋，不过只是临时居住。"

埃琳娜给他热了一锅汤，切了几片面包。他尽量想吃得慢一些，可忍不住就狼吞虎咽起来。

"恐怕你晚上不能住这里，"她说，"你知道为什么。"

"当然。我不会要求住这里。我的新住处还挺舒服的。"

"你被赶出来了，不是吗？从你自己的家里。这是事实，我看出来了。你这可怜的家伙。跟自己那么喜欢的孩子分开了。"

他从桌边站起来。"只能如此，"他说，"这是自然而然的事情。谢谢你的晚餐。"

"你明天再来吧。我会给你吃的。我也只能为你做这个了。给你吃的，安慰你。虽然我觉得你是犯了个大错误。"

他走了。他本该直接去他码头那儿的新家，但他犹豫了一下，穿过院子，登上楼梯，轻轻敲着他原来公寓的门。门底下有一线亮光：伊内斯肯定还没睡。他等了好一会儿，又敲了门。"伊内斯？"他轻声喊道。

隔着一手宽的房门，他听见她在问："谁呀？"

"是西蒙。我能进来吗？"

"你有事吗？"

"我能看看他吗？只是一小会儿。"

"他睡了。"

"我不会弄醒他的，只是看一眼。"

那边默不作声。他推推门。里面锁上了。过了一会儿，咔嗒一声灯灭了。

第十一章

将码头当作居所，他很可能违反了某些规章或是别的什么条例。他倒并不在乎那些东西。不过，他不想让阿尔瓦罗发现此事，他怕阿尔瓦罗会出于好心非要为他解决住房问题。所以，每天早上离开工棚时，他都谨慎地收拾好自己那点东西，塞到别人看不见的房梁上。

要保持衣着整洁和个人卫生倒是个问题。他在东村小区的体育馆里洗澡，用手洗衣服，洗完后就晾在小区的晾衣架上。他做这些事情不会感到不安，因为他名义上仍是这个小区的住户——但他还是非常谨慎，因为不希望撞见伊内斯，所以一般都是天黑后才进小区。

一个星期过去了，在此期间，因为他干活一直很卖力，所以到了星期五，他口袋里就有一大把钞票，于是他敲开了自己以前居所的房门。

伊内斯开门时脸上带着笑意。一见是他，那张脸马上变了神色。"噢，是你，"她说，"我们正要出门呢。"

男孩在她身后出现了。他的模样很奇怪。倒并不是因为穿了新的白衬衫（事实上，那件衬衫更像是裙子——前面带着许多褶边，挂在裤子外面）：他站在那儿拽着伊

108

内斯的裙子，没有回应他的招呼，睁着大眼珠子瞪着他看。

出什么事了吗？他把孩子交给这女人难道是一种灾祸？他怎么竟肯穿上这种古怪的少女装？——他以前可是非得坚持自己那种小男子汉风格的，他的外套，他的帽子，还有那双系带靴子，上哪儿去了？现在他脚上穿的不是靴子，是一双鞋子：搭襻取代系带的蓝色鞋子，边上还缀着铜扣。

"那我碰上你们还真是运气不错。"他试图让自己说话口气显得轻松些，"我带来了上次说好要给你们买的电暖器。"

伊内斯疑惑地瞟一眼他手里那个单片电阻丝的小电暖器。"在居留点，每个公寓里都会生火的，"她说，"每到晚上就有人送来木柴，给我们生火。"她心不在焉地停了片刻，"这玩意儿挺精致的。"

"真不好意思，住到这个小区真是委屈你了。"他转向男孩，"你们晚上要出门。你们要去什么地方啊？"

男孩没有回答他的话，抬起头看着他的新妈妈，好像在说：你告诉他吧。

"我们要去居留点度周末。"伊内斯说。好像为了证实她的话，迭戈顺着走廊大步走来，他一身白衣服，好像要去打网球。

"不错啊。"他说，"我以为他们不准孩子进去。我以为那是规定。"

"是有这规定，"迭戈说，"可是周末员工都放假了。

没人会来查这事儿。"

"没人来查。"伊内斯应声道。

"好吧,我顺路过来看看你们是不是一切都好,也许需要帮着去购物什么的。给——这点小小的心意请收下吧。"

伊内斯收下钱,连一声道谢都没有。"好啊,这对我们有用。"她拽着孩子让他紧紧贴在自己身边,"我们中午饱餐了一顿,睡了午觉,现在我们要赶快坐车去见玻利瓦尔了,明天上午我们打网球和游泳。"

"听上去真兴奋啊,"他说,"我看见我们还有一条漂亮的新裙子呢。"

男孩没有回答。他嘴里含着大拇指,一直睁大眼睛瞪着他。他越来越确信有什么不对劲的地方了。

"玻利瓦尔是谁啊?"他问。

男孩第一次开口说话了,"玻利瓦尔是一条阿萨西翁犬。"

"一条阿尔萨斯犬。"伊内斯说,"玻利瓦尔是我们的狗。"

"噢,是啊,我记得玻利瓦尔。"他说,"它和你一起在网球场上,那就是那条狗了?我不是危言耸听,可是,伊内斯,阿尔萨斯犬跟孩子相处的名声不太好啊。我希望你小心些。"

"玻利瓦尔是世界上最温驯的狗。"

他知道她不喜欢他。直到这一刻,他还以为是因为她觉得欠他的情。可是错了,这是一种更具个人色彩的不喜欢，更直截了当的厌憎，因而也就更难克服。真遗憾！这个孩子会学着用敌对的目光看他，他成了这母子极乐世界的敌人。

"祝你们快乐！"他说，"我也许星期一会来看你们。那时候你们可以跟我讲讲周末的事儿了，好不好？"

男孩点点头。

"再见。"他说。

"再见。"伊内斯应道。迭戈一句话都没说。

他拖着沉重的脚步回到码头上，感觉内心就像什么东西停摆了，感觉自己就像一个老人。他曾经肩负一桩重大任务，现在这任务完成了。男孩给送到了他母亲那里。这就像有些雄性昆虫，唯一的功能就是把它的虫卵植入雌性体内，现在他也许在慢慢枯萎，然后死去。没有什么东西能让他重建自己的生活。

他思念着男孩。第二天早上醒来，等着他的是无事可做的周末，就像截肢手术以后醒来那样——肢体被截，也许甚至是心脏被摘走。他一整天都在四处闲逛，消磨时间。他在空荡荡的码头上闲逛，来来回回地走过公用地带，那儿一大群孩子在掷球，在放风筝。

孩子汗津津的小手握在手里的感觉让他记忆犹新。他不知道那孩子是不是爱他，但孩子肯定是需要他，也相信他的。一个孩子应该属于他的母亲：他任何时候都不想否认这一点。可是，如果这母亲不是一个好母亲，那该怎么办呢？如果埃琳娜说得没错，那该怎么办呢？这个伊内斯，她是出于一种什么样的复杂的个人原因，抓住机会让自己有了孩子？他对她的过去一点都不知道。也许，这就是自然法则衍生的一种天理，一个活的生灵，一个胚胎的成形，一个将成形的生命出现在这个世界之前，必须在其母体的子宫里孕育一段时间。也许，这段时间就像母鸟在窝里孵蛋的那几个星期，这个与世隔绝而专注自我的阶段是必需的，不仅是为了一个成为人类的小生命，而且是为了一个女人从处女变成母亲。

这一天就这样过去了。他想给埃琳娜打个电话，最后又改变了主意，他不想去面对无休无止的唠叨盘问。他没有吃饭，也没有胃口吃。他在麻袋铺就的床上躺下来，翻来覆去折腾个没完。

第二天一早，天刚刚破晓，他就来到公交车站。等了一个小时才来了头班车。到终点站后，他顺着上山的小径走到居留点，走到网球场。场地上空无一人。他坐在矮树丛里等着。

到了十点，那第二个兄弟，他还没有那份荣幸被介绍认识的那一个，穿一身白衣白裤，来架设球网了。他没留意就在视线之内不到三十步远的地方坐着的陌生人。过了一会儿，其他几个人都来了。

男孩马上就看见他了。迈着八字步穿过球场（这跑步的姿势很难看）向他跑来。"西蒙！我们马上要打网球了！"他喊道，"你也来打网球吗？"

他从铁丝网眼里攥住男孩的手指。"我不太会打网球。"他说，"我宁愿看着。你好好玩吧！你能吃得饱吗？"

男孩用力点点头。"早餐时我喝茶了。伊内斯说我已经到了可以喝茶的年纪了。"他转过身大声喊问，"我可以喝茶了是不是，伊内斯？"然后又马上转身说，"我给玻利瓦尔喂食物了。伊内斯说我们打完网球可以带玻利瓦尔出去遛遛。"

"玻利瓦尔就是那只阿尔萨斯犬吧？要小心那只狗。别去招惹它。"

"阿尔萨斯犬是最好的狗。它们逮住的小偷都跑不了。你想看我打网球吗？我还不会打呢，我得先练习一下。"他说着身子打了个旋，飞快地跑回到伊内斯和她兄弟站立的地方，他们正在那儿商议什么事儿，"我们可以开始练习了吗？"

他们给他穿上白短裤、白上衣，一身都是白色，只有那双带搭襻的鞋子是蓝的。不过他们给他的那把球拍也太大了：他要双手握住拍子才能勉强挥动起来。

玻利瓦尔，那条阿尔萨斯犬悄悄地溜过场地，坐在一处树荫底下。玻利瓦尔是一条公狗，有宽大的肩膀，一圈黑色的颈毛。它外表看上去跟狼差不多。

"到这儿来，男子汉！"迭戈喊道。他站在男孩身边，他握住男孩拿球拍的两只手。另一个兄弟开始做发球的抛球动作。他们一起挥起球拍，一记干净利落的击球。那个发球的兄弟又抛起一只球。他们再次击中那只球。迭戈走开了。

"我没有什么可教他的了，"他对妹妹说，"他天生就是个网球手。"另一个兄弟抛起第三个球。男孩挥起沉重的球拍却没有击中，由于用力过猛差点摔倒。

"你们两个玩吧，"伊内斯对她的兄弟们说，"大卫和我要去练习抛球。"

　　两兄弟轻松地玩了起来，球来来回回地在网上穿梭，伊内斯和男孩消失在小木亭子后面。他，老人，这个沉默的旁观者，完全被撇在了一边。这情形再清楚不过地表明，他是一个多余的角色。

第十二章

他曾发誓对自己的不幸要守口如瓶，但是阿尔瓦罗问起过两次（"我很想念那孩子——我们都很想他"），整个事情就不得不和盘托出了。

"我们去寻找他的母亲——听着——我们真的找到她了。"他说，"现在他们两个团聚了，他们一起生活得很幸福。遗憾的是，伊内斯对于孩子的生活自有安排，不打算让他跟码头工人混在一起。她给他提供了漂亮的衣服，学会良好的举止，适应有规律的饮食。我想这样做很公平。"

当然很公平。他有什么权利抱怨？

"这件事对你来说肯定是个打击。"阿尔瓦罗说，"这小孩很特别。谁都能看得出来。你和他关系很亲密。"

"是啊，我们是有些难分难舍。可这也不等于说我就不能再见到他了。只是他母亲觉得，如果我离开一段时间，她和他的关系就能得到修复。这样，当然也是公平的。"

"没错，"阿尔瓦罗说，"可是这样却忽略了心灵的渴求，不是吗？"

心灵的渴求：谁会想到阿尔瓦罗居然跟他会有这样的谈话。一个强壮而实实在在的男人，一个同事。他为什么不能向阿尔瓦罗敞开心扉呢？可就是不能。"我没有权利去要求什么。"他听见自己内心在说。伪善！"再说，孩子的权利总是高过大人的权利。难道这不是一条自然法则？因为孩子将承载着未来。"

阿尔瓦罗脸上露出疑惑的表情，"我从来没听说有这样一条原则。"

"这是一条自然法则。血总是浓于水的。一个孩子总是要跟母亲在一起。特别是一个小孩子。比较而言，我对这种权利的要求就显得非常虚，很有人为的因素。"

"你爱他。他爱你。这可不是人为的因素。人为的是你说的法则。他应该和你在一起。他需要你。"

"你这么说是你的好意，阿尔瓦罗，可他真的需要我吗？也许实情是这样，我才是那个需要他的人。也许我对他的依赖超过了他对我的依赖。反正，谁知道我们是怎么选择自己所爱的？所有这一切是一个很大的谜。"

那天下午，他这儿来了一个不速之客：小费德尔，骑着自行车来到码头上，带来了一张纸条：我们等你来。我希望你没出什么倒霉事儿。今晚来吃晚饭好吗？埃琳娜。

"跟你妈妈说，谢谢她，我会来的。"他对费德尔说。

"这是你的工作？"费德尔问。

"是的，我做的就是这个。我就是这样从船上卸货装货。很抱歉不能带你上船，因为有点危险。等你再长大一点也许就可以了。"

"这是大帆船吗?"

"不,这种船上没有帆,所以不能称作大帆船。这种船我们叫它燃煤船。意思是它靠燃烧原煤使引擎获得动力。明天,他们会把原煤装上船好让它返程。那是十号码头上的活儿,不是这里。我不参与那种作业。我很高兴这样。那是一种邋遢活儿。"

"为什么?"

"因为那会弄得你全身是煤灰,甚至头发里也是。还有,搬运原煤很费力。"

"为什么大卫不能跟我一起玩了?"

"他不是不能跟你一起玩了,费德尔。只是因为他母亲想要他跟自己一起待一段时间。她有好长时间没见到他了。"

"我觉得你好像说过她从来没见过他。"

"这是一种表达方式。她在梦里见过他的。她知道他来了。她一直在等着他。现在他来了,她非常高兴。她心里充满了快乐。"

男孩不作声了。

"费德尔,我现在要回去干活了。我今晚会去看你和你母亲。"

"她的名字叫伊内斯是吗?"

"大卫的妈妈?对,她的名字是叫伊内斯。"

"我不喜欢她。她有一条狗。"

"你不喜欢她。一旦你认识了她,你就会喜欢她的。"

"不。那是一条凶恶的狗。我很怕它。"

"我见过那条狗。它的名字叫玻利瓦尔，我觉得你离它远点是对的。那是一条阿尔萨斯犬。阿尔萨斯犬性情多变。我很奇怪她会把狗带到小区来。"

"它会咬人吗?"

"会的。"

"自从放弃自己的公寓之后，"埃琳娜问，"你到底住在什么地方?"

"我告诉过你了:我在码头附近有一间屋子。"

"是吗，那到底在哪儿? 在船舱里吗?"

"不是。那间屋子在哪儿无关紧要。反正对我来说够用就行。"

"有做饭的家什吗?"

"我不需要做饭的家什。即使有我也用不着。"

"这么说，你就靠面包和水过日子。我还以为面包和水早就让你腻歪了。"

"面包是生命的物质。一个人只要有面包就可以不再需要什么了。埃琳娜，请你别再盘问个没完没了。我完全可以照顾好我自己。"

"我很怀疑这一点。我非常怀疑。安置中心的人不能给你另找个公寓?"

"只要安置中心的人认为我还是愉快地住在原来的公寓里，他们就不会另外再给我分配一套公寓。"

"那么伊内斯——你不是说伊内斯在居留点有房子吗? 她为什么不能和孩子一起住到那儿?"

"因为居留点不允许孩子进入。据我所知，那里是度假村一类的地方。"

"我知道居留点。我去过那里。你知不知道她还有一条狗？公寓里养一条小狗还差不多，可那是狼犬一样的大狗。而且也不卫生。"

"那不是狼犬，那是一条阿尔萨斯犬。我承认，那条狗也让我感到紧张。我警告过大卫要小心那条狗。我也提醒费德尔了。"

"我当然不会让费德尔靠近它。你确信自己做的事没错？把你的孩子交给这样一个女人？"

"养着一条狗的女人？"

"一个三十来岁没有孩子的女人。一个把时间都用来跟男人打网球的女人。一个养狗为乐的女人。"

"伊内斯喜欢打网球。许多女人都打网球，那是很有乐趣的运动，也能使你保持身体健康。她只不过是养了一条狗而已。"

"她有没有对你说过她的背景？她的过去？"

"没有。我没问她。"

"好了，照我的看法，你是昏了头了，把你的孩子交给一个来历不明的陌生人。"

"你这是胡扯，埃琳娜。伊内斯不是什么来历不明的人，是没有来历和过去。我们所有的人都没有过去。我们在这里重新开始。我们从一片空白，一片完全的空白开始。再说，伊内斯也不是陌生人。我目光一触到她，就认出她了，也就是说，之前我肯定认识她。"

"你来到这里就没有记忆了，只是一片空白，可你却声称一眼就认出一张过去的熟脸。这怎么说得通？"

"没错：我没有记忆。却还保留着形象，形象的影子。我没法解释这是怎么回事。还有一些更深层的东西也还保留着，我把它称作关于有记忆的记忆。我不是从过去的记忆中认出伊内斯的，我是靠别的什么东西认出她的。她的形象似乎深深地印在我的心里。我对她没有一点疑惑，没有拿不准的。至少我不怀疑她是这男孩真正的母亲。"

"那你有什么担心的？"

"我只希望她对他好。"

第十三章

回想起那一天，埃琳娜让她儿子来码头喊他过去，感觉中从那时开始他和她已渐行渐远——他把两人之间的关系比喻为近似平静的海面上漂浮的两艘船，好歹彼此都朝一个方向漂去，现在开始却漂开去了。对埃琳娜他还是非常喜欢，一部分原因是她总是愿意倾听他的抱怨。但是，感觉的麻木会使彼此感到若有所失。如果埃琳娜并非也有同样的感觉，如果她相信没有什么缺失，那么她就不可能从他生活中消失。

他坐在东村外面的长椅上给伊内斯写便条。

"我和一位住在你院子对面C座的妇女有着友好的关系，她的名字叫埃琳娜。她有个儿子叫费德尔，是大卫最要好的朋友，大卫很听他的话。因为你会看到，小费德尔是个非常善良的孩子。

"大卫一直在上埃琳娜的音乐课。如果你能让他唱给你听听，你会发现他的歌声非常美妙。我觉得他应该继续他的课程，当然，这由你来决定。

"大卫和我的领班阿尔瓦罗也相处得很好，他是他的好朋友。我觉得，好朋友能让人也变得好起来。遵循善意而行——这难道不是我们双方为大卫考虑的出发点？

"如果有什么事情需要我帮忙，"他在结尾处写道，"你只消招呼一下就行。我大部分时间都在码头上，在二号码头。费德尔会带口信来的，大卫也认路。"

他把便条塞进伊内斯的信箱里。他不指望能够收到回复，确实也没有。他并不清楚伊内斯到底是怎样一种女人。比如，她会虚心接受别人善意劝告，还是见有外人对她生活提出建议就会翻脸并遽然中断与人家的来往呢？他甚至都不知道她是否会去看信箱。

东村 F 座（小区的公共健身房就设在这幢楼里）地下室有一个面包店，他私下里管它叫"军需处"。那儿周一到周五每天早上九点开门，中午关门。除了面包和其他烘焙食品，还出售一些价格低得不像话的基本食品原料：糖、盐、面粉和食用油。

他从军需处买来一些罐头原汤，带着这些罐头回到自己在码头上的住处。他自己一个人的晚餐就是面包和豆子汤，吃凉的。他已经慢慢习惯了这种一成不变的食谱。

想到小区的大部分住户都会到军需处去买东西，他估计伊内斯也会去那儿。他不经意地想过，早上去那儿转悠一下，或许会见到她和男孩，但后来又改了主意。万一被她撞见他躲在食品架之间窥视她，那就太丢脸了。

他不想变成一个无法摆脱过去的幽灵。他已经准备接受这样的现实：伊内斯为了建立与孩子的信任关系，最好的办法是完全由她自己来带孩子。可是有一种担忧总在他心里萦绕不去：那孩子可能会很孤独，不快活，苦苦地想念他。他无法忘记自己去那儿看望时，他眼里的神情：充满无声的疑惑。他渴望再次看见他原来的样子，戴着鸭舌帽，穿着黑靴子。

他受着内心的诱惑，时不时要去小区周围转悠一下。有一次，他一眼瞥见伊内斯正在晾衣架上收衣服。虽然他不敢确信，但看上去她好像很疲倦，不但疲倦，也许还有点伤心的样子。难道她碰上了什么倒霉事儿？

他从晾衣架上认出了男孩的衣服，还有那件前面带褶裥的上衣。

有一次，就是最近的一次——也是这种偷偷摸摸的造访——他看见这个"三口"之家：伊内斯，男孩，还有那条狗，从楼里出来，正要穿过草坪向公共地带走去。他吃惊地看到身穿灰色外套的男孩不是在走，而是坐在婴儿车里被推着前行。为什么一个五岁男孩还要被推着走？为什么他竟愿意这样？

他看见他们走到公共地带最开阔的地方，那里有一座人行木桥，扼住了奔流而下的溪水。"伊内斯！"他喊出声儿。

伊内斯停下转过身来。那条狗也转过头，竖起了耳朵，用力挣了一下拴住它的皮带。

他走近时脸上堆起笑容。"真巧啊！我正要去商店，这就看见了你们。你们怎么样啊？"不等她回答，他对男孩说，"嗨，我看见你坐车去兜风，像个小王子似的。"

孩子的目光定在他身上不动了。他心里袭过一阵平静的感觉。一切都还好。他俩之间的纽带没有断掉。可是他的大拇指又含到了嘴里。这不是一个好征兆。大拇指含在嘴里意味着局促不安，意味着内心不安。

"我们正要去散步，"伊内斯说，"我们需要新鲜空气。房间里太闷了。"

"我知道，"他说，"这房子设计太糟了。我总是白天晚上都开着窗户。我习惯了开窗。"

"我不能这样。我不想让大卫着凉。"

"哦，他不会这么容易着凉的。他是个结实的孩子——是不是啊？"

男孩点点头。他外套的扣子一直扣到下颏，毫无疑问，这是为了避免风传播的病菌沾到身上。

一阵长长的沉默。他本想离他们更近些，可是那条狗总是虎视眈眈地瞪着他。

"你们从哪儿弄来这玩意儿——"他指了指，"这辆小推车？"

"在家用市场上。"

"家用市场？"

"城里有一个家用市场，你可以在那儿买到婴孩用品。我们就给他搞来了这辆婴儿车。"

"一辆婴儿车？"

"有挡板的婴儿车，这样他就不会摔下来了。"

"这太奇怪了。我记得他一直都睡在床上，从来没有摔下来。"

还没等他说完，他就知道事情坏了。伊内斯嘴唇抿得紧紧的，一转身就把婴儿车推开了，她本想大步走开，可是牵狗的绳子缠到了轮子上，不得不去解开它。

"对不起，"他说，"我没有干涉你的意思。"

她没有屈尊回应。

事后回想这件事情，他很想知道，为什么伊内斯在他眼里就没有女人的感觉，哪怕倏忽一瞬都没有，尽管她外表看上去没有什么问题。是因为她一开始对他就很不客气，抑或她没有吸引力是因为她不想有吸引力，拒绝敞开自我？也许果真像埃琳娜所说，她是处女，或者至少是处女型的人？他对处女的了解早已忘到九霄云外去了。处女的气质会扼杀男人的欲望呢，还是恰好相反会刺激欲望？他想起安置中心的安娜，她给他留下了相当强烈的处女印象。安娜的外表在他看来肯定是吸引人的。什么是安娜所具有而伊内斯没有的呢？或者，问题倒过来：什么是伊内斯所具有的而安娜没有的呢？

"我昨天碰巧看见了伊内斯和小大卫。"他问埃琳娜，"你经常能看见他们吗？"

"我在小区周围见过她。我们没有说过话。我觉得她不想在社区里跟人打交道。"

"我估计，如果一个人习惯了在居留点的生活，住到这种小区里肯定会觉得不习惯。"

"住在居留点也没有使她变得比我们更好。我们都是从无到有，重新开始的。她不过运气好，落脚到那儿。"

"你觉得她作为母亲做得怎么样？"

"她很保护这孩子。在我看来是保护过头了。她像一只老鹰似的看着他，不让他和别的孩子一起玩。这你是知道的。费德尔不明白这是为什么。他很受伤。"

"那真抱歉。你还看见了什么？"

"她兄弟经常上这儿来。他们有一辆汽车——就是那种有四个座位，顶篷可以朝后掀开的小车，我想那叫敞篷汽车。他们都是坐车走的，天黑后回来。"

"那条狗也坐车？"

"狗也是。伊内斯走到哪儿，狗就跟到哪儿。那狗太吓人了。就像是那种螺旋弹簧。总有一天它会伤人的。我只祈求别伤着孩子。她难道不能给狗戴上口套？"

"根本不可能。"

"好吧，我觉得身边带个孩子居然还养着这么一条恶狗，真是疯了。"

"那不是一条恶狗，埃琳娜，只是习性有点说不准。说不准，却是挺忠实的。伊内斯给人留下的最主要印象就是这样。忠诚尽职，这是德行之首。"

"是吗？我不这么认为。我倒认为这只是中等的德行，就像节欲。这种品行你在士兵身上都能看到。伊内斯给我留下的深刻印象就是像条看门狗，围着大卫转，排除一切危险。你究竟是为什么要选择这样一个女人？对孩子来说，你是一个更好的父亲，比她当母亲可强多了。"

"这话不对。孩子的成长不能没有母亲。你难道就不能这样对自己说：母亲给予孩子的是实质性的东西，而父亲只是提供了一种理念？一旦那种理念传递给孩子，父亲就可有可无了。就我这个情况而言，甚至都不是父亲。"

"一个孩子来到这个世界，需要从母亲的子宫娩出。孩子离开子宫后，母亲作为生命的给予者与父亲的付出是相等的。孩子需要的爱与照顾，男人可以和女人做得一样好。你的伊内斯对于关爱和照顾一无所知。她就像一个拿到洋娃娃的小姑娘——一个特别嫉妒和自私的小姑娘，不让任何人碰她的玩具。"

"胡说八道。你总是谴责伊内斯，可你几乎都不认识她。"

"那你呢？你把自己珍爱的宝贝交给她之前，对她又有多少了解？你认为调查一下她是否具有作为一个母亲的资质都是多余的，你说，你可以凭直觉行事。你一见到那个人就能认出她是真正的母亲。直觉：这就是决定一个孩子未来的基础？"

"这事儿我们以前都讨论过了，埃琳娜。说到底，本能的直觉有什么不对？除此我们还能信任什么？"

"常识。理性。任何一个有理性的人都会警告你，一个三十岁的处女，一向无所事事地过着与世俗社会脱离的生活，受着两个恶棍似的兄弟的保护，这样的人怎么会是一个可以信赖的母亲。再说，任何一个有理性的人都会打听一下这个伊内斯，调查一下她的过去，评估一下她的品格。任何一个有理性的人都会有一个试验的阶段，以确认他们两个，孩子和这位看护在一起是否合适。"

他摇摇头，"你这还是误解。我的任务是把孩子带给他的母亲。不是带给一个要经过做母亲试验的女人。不能以你的标准或是我的标准来判断伊内斯是不是一个合格的母亲。事实上，她是他的母亲。他和他的母亲在一起。"

"但伊内斯不是他的母亲！她没有孕育过他！她子宫里没有怀过他！不是她伴随着鲜血和阵痛把他带到这世界！她只是你一时心血来潮选中的某个人，据我所知，是因为她让你想起了你自己的母亲。"

他又摇头，"当我见到伊内斯时，我就明白了。如果我们不能信任内心的声音，那根本就没有信任这回事了，那声音在说，就是这个人！"

"别再让我发噱了！内心的声音！人们在赛马场上一掷千金就是听从内心的声音。人们陷入灾难性的恋情也是听从内心的声音。这——"

"我没有爱上伊内斯，如果你想暗示这个。八竿子打不着。"

"你也许没有爱上她，但你毫无理性地认准了她，这就更糟糕了。你确信她就是你孩子命中注定的人。但事实却是，她和你，和你的孩子没有任何关系，也不存在什么心灵感应或是别的什么东西。她只不过是你沉湎于个人计划而随机选中的女人。如果这孩子，就像你说的，是命中注定要和母亲团聚的，那你为什么不听从命运的安排？为什么你自己要在这里边插一手呢？"

"因为不能坐等命运降临，埃琳娜，就像不能坐等某个想法让它自己变为现实。总得有人去把想法付诸实施。总得有人代表命运行事。"

"这就是我说过的话了。你带着自己个人关于母亲的想法而来，然后投射在这个女人身上。"

"这已经不是理性的讨论了，埃琳娜。我听到的只是憎恶之辞，憎恶，偏见和嫉妒。"

"既不是憎恶也不存在偏见，你把它称为嫉妒更是荒唐。我只是想帮你弄清一点，你这个超越事实依据的观念——这种神圣的直觉，是从哪里来的，它就来自你自己。起源于你曾有过被遗忘的经历。这跟那男孩和他的幸福毫无关系。如果你真的在意孩子的幸福，你就该马上把他要回来。那女人对他没有好处。在她的照应下他会变得愈来愈差劲。她把他变成了一个娃娃。

"如果你想要的话，你今天就可以去把他要回来。你就直接走进房间，把他带走。她对他没有合法权利。她完全就是一个不搭界的人。你可以要回你的孩子，你可以要回自己的公寓，然后让那女人回到属于她的居留点——回到她兄弟身边和网球场上。你为什么不这样做？你害怕了？——怕她，怕她的兄弟？怕那条狗？"

"埃琳娜，打住。拜托你打住。没错，我是被她兄弟威胁过。没错，我是对她那条狗打怵。但这不是我拒绝去把孩子偷回来的原因。我拒绝，就这样。我为什么要来到这个举目无亲的国家，在这儿从头学习西班牙语，学习这种压根儿不是源自我内心因此无法深入与人交往的语言？为什么我要来这儿扛沉重的麻袋，日复一日，像一个负重的牲口？我来这儿就是为了把这孩子带给他的母亲，现在，我的任务完成了。"

埃琳娜笑了，"你发脾气时西班牙语倒是进步了。也许你应该更多地发发脾气。关于伊内斯，就让我们保留各自不同的看法吧。至于其他那些，事实上，我们来到这里，你和我，不是为了过上幸福而满足的生活。我们来到这里是因为孩子们的缘故。也许西班牙语对我们来说没有故土的感觉，但大卫和费德尔会有的。这种语言将是他们的母语。他们会把西班牙语说得像母语一样，就像从心底里倾泻出来。不要嘲笑你在码头上的那份工作。你来到这个国家一无所有，什么都没有带来，只有你劳动的双手。你原本可能被赶走，可你没有被赶走：你受到了接待。你原本也可能被抛弃在旷野，可你没有被抛弃：你头顶上有了遮风避雨的屋顶。对于这些，你实在应该怀有满腔感激之念。"

他沉默了。最后开口道："你的说教完了？"

"完了。"

第 十 四 章

四点钟，二号码头最后一批货都装到了运货马车上。套着挽具的国王和它的同伴站在一起，安静地凑着饲料袋嚼着草料。

阿尔瓦罗伸出手臂朝他微笑着。"又卸完了一船，"他说，"感觉不错，不是吗？"

"应该不错。可我总忍不住要问自己，这个城市怎么会需要这么多的谷物，一个星期完了，又是一个星期，还是那么多。"

"这是粮食啊。我们不能没有粮食。这里不仅为诺维拉卸货，也得供应其他内陆地区。这就是码头的意义：你得为内陆服务。"

"不过，说到底，这是为什么？这些船从海外运来粮食，我们从船上把它卸下，其他人再来碾磨和烘焙，最后吃进肚子里再变成——我该怎么说？——粪便，然后粪便冉流回海里。这个过程有什么感觉不错的呢？应该怎么对它赋予宏观意义呢？我看不出任何宏观意义的可能，看不出这儿有什么高端设计。只不过是吃喝拉撒罢了。"

"你今天情绪坏透了！人肯定不需要什么高端设计来

证明生命存在的意义。生活本身就是美好的。让食物进入流水线，给你的同伴的生活出一份力，这是双倍的美好。你怎么会质疑这样的事情？再说，难道你要跟面包过不去吗？想想那位诗人说的：面包像阳光那样进入我们的身体。"

"我不想争辩，阿尔瓦罗，但我说这话只是客观地陈述我们码头工人的作业，把东西从 A 处搬到 B 处，搬完一袋再搬下一袋，一天又一天地这样搬下去。如果我们所有的汗水都是为了某个更崇高的事业，那又另当别论。然而，吃是为了生活，生活是为了吃——这只是细菌的生命形态，不是……"

"不是什么？"

"不是人类的。不是造物的顶端。"

通常是午餐休息时间才有的哲理性讨论——我们是一死了之，还是将无休无止地轮回转世？更远的星球是绕着太阳转，还是它们彼此互相转圈？就可能性而言，这是一个最好的世界吗？这会儿本该结束了——可是今天，他们却没有回家去，装卸工三三两两地走过来听他们辩论。阿尔瓦罗朝他们转过身，"你们怎么说，同伴们？我们是不是应该像我们这位朋友说的那样，需要一个宏伟的规划，还是像我们现在这样——从事这样的工作，过着这样的生活，就挺不错了？"

一阵沉默。从一开始，这些工人就非常尊重他，西蒙。对他们中间某些人来说，他的年纪足以做他们的父亲了。但是，他们也很尊重自己的领班，甚至崇敬他。显然，他们不想选边站队。

"如果你不喜欢我们做的工作，如果你认为这份工作不好，"其中一个人开口了——他是欧亨尼奥——"那么你喜欢什么样的工作呢？你喜欢写字间的工作？你觉得写字间里的活儿对男人来说是一种更好的工作吗？或者是去工厂里打工？"

"不是，"他回答，"绝对不是。请不要误解我的意思。我们现在这里做的工作本身是有益的，是正当的工作。但这不是阿尔瓦罗和我讨论的目的。我们想讨论的是劳动的目的，其终极意义。我绝对没有想贬损我们现在做的工作。恰恰相反，这份工作对我有着重大的意义。事实上——"他有点失去头绪了，但这也没什么关系，"没什么地方比这儿更适合我了，跟你们一起并肩劳动。这段时间我在这儿待下来，体会到的只有同伴的支持和同伴的关爱。这样的日子让我非常愉快。所以才有可能——"

欧亨尼奥不耐烦地打断他："那你就回答了你自己的问题了。想象一下没有工作，想象一下整天坐在公共长椅上无所事事，等着时间过去，身边没有同伴跟你分享开心事儿，没有同伴的善意来支持你。没有劳动，没有劳动的分享，是不可能有同伴情谊的，这不需要再被证明了。"他转过身环视周围，"难道不是这样吗，伙伴们？"

周围发出一片叽叽喳喳的赞许声。

"那么就像足球赛那样呢？"他试着从另一个话题切入，尽管内心不是很自信，"我们当然都彼此亲近，当然会互相帮衬，就像我们同属一支球队，在一起打比赛，赢在一起，输在一起。如果这种志同道合的爱好就是终极的美好，那么我们为什么还要搬运这些沉重的谷物，而不是去踢一场足球赛？"

"因为光靠足球你不能生活，"阿尔瓦罗说，"为了踢足球你必须活着，为了活着你必须吃饭。因为有我们的劳动，人们才能生活。"他摇摇头，"关于这事儿，我想得越多，就越是确信劳动不能跟足球相提并论，这属于不同的哲学范畴。我看不出，真的看不出，为什么你用这种方式来贬损我们的劳动。"

所有的目光都转向他。一个个板着面孔，沉默不语。

"相信我，我根本无意贬损我们的劳动。为了证明我的诚意，我明天早上会提前一个小时来干活，并缩短我的午休时间。我每天扛包的数量还要做到不比这儿任何人少。不过，我还是想问：我们为什么要这样做？这是为了什么？"

阿尔瓦罗向前一步，伸出一条粗壮的胳膊揽着他。"我的朋友，英雄主义的卖力是没有必要的。"他说，"我们都了解你的为人，你没有必要证明自己。"其他工友也都上来拍拍他的背或是给他一个拥抱。他对所有人都微笑着，一一道谢。他眼里涌出了泪水，但还是不停地微笑。

"你还没见过我们这儿的大仓库，没见过吧？"阿尔瓦罗仍然紧握着他的手。

"没有。"

"要我说，那是一个令人难忘的场所。干吗不去看看呢？如果你愿意，马上就可以去。"他转向那位赶车人，后者弓着身子一直在等码头工人的争论结束，"我们这位伙伴可以跟你去大仓库看看，不是吗？是啊，他当然可以去。来吧！"他帮他坐到赶车人座位旁边——"也许你参观了大仓库，对我们的工作会更有好感。"

仓库离码头的距离比他想象的要远，坐落在河的南岸，河流在那儿拐了个弯开始变窄了。马儿一直踏着小碎步轻跑——驾车人有鞭子，可他不用那玩意儿，只是嘴里不时吆喝几下使马儿别太磨蹭——所以他们走了大半个小时才到那儿，一路上，两人一句话都没说。

仓库孤零零地矗立在一片田野上。它很大，面积如同一个足球场大小，高度相当于一幢两层楼房，两扇巨大的移拉门可容拉货马车轻松进出。

当天的工作似乎已经结束，因为没有工作人员在卸货。赶车人把运货马车停在装卸平台上，然后着手卸下马具，他则踱入这座巨型建筑的里边。闪闪烁烁的光线透过墙壁和屋顶之间的缝隙渗了进来，他看见那些足有几米高的麻袋堆垛，一座接一座的谷物之山一直延伸到幽暗的仓库深处。他信步走去，想数数到底有多少，但很快就乱了脚步。至少有一百万袋，也许是几百万袋。诺维拉有足够的磨坊能用来加工这些谷物吗？有足够的面包师能用来烘焙制作吗？有那么多的嘴巴能够吃下去吗？

脚下发出干燥的嘎吱声：谷粒从麻袋里漏出的声音。他脚踝碰上个什么软绵绵的玩意儿，不由自主地踢了开去。那玩意儿吱地尖叫一声。突然间，他意识到四周一片压低嗓音的窃窃私语，像是流水的声音。他大叫一声。他四周的地面上都是一些窜来窜去的活物。老鼠！到处都是老鼠！

"这儿到处是老鼠！"他大叫一声就往回跑，迎着车夫和看门人喊着，"里面的粮食撒得地上到处都是，你们这儿老鼠成灾了！真是太可怕了！"

那两人交换了一下眼神。"是的，我们这里是有老鼠，"看门人说，"还有许多小老鼠。你都数不过来。"

"那你们什么都不做吗？这太不卫生了！它们会在粮食里做窠，会糟蹋粮食的。"

看门人耸耸肩，"你想要我们做什么？哪里有谷物，哪里就有啮齿动物。世界就是这样。我们曾带进来几只猫，但老鼠后来根本都不怕猫了，因为它们实在是太多了。"

"我不是跟你争辩什么。你们可以放置捕鼠器。你们可以放些毒饵。你们可以将整个房子做烟熏处理。"

"不能用有毒气体来熏蒸粮食仓库——这是常识啊！好吧，如果你不介意的话，现在我要锁门了。"

第二天一早，他首先要做的就是找阿尔瓦罗谈这件事，"你还在夸耀那座仓库，但你自己是否亲自去过那儿？那里到处爬满了老鼠。我们辛辛苦苦地工作，结果是喂了一窝老鼠，这有什么可以骄傲的？这太荒唐了，简直是疯了。"

阿尔瓦罗朝他笑笑，这微笑是让他镇静下来却有点激怒他，"凡是有船的地方就一定有老鼠。凡是有仓储的地方就一定有老鼠。凡是我们人类繁衍的地方，老鼠也一样在繁衍。老鼠是聪明的动物。你也许可以说它们是我们的阴影。是的，它们消耗了一些我们卸到岸上的谷物。是的，它们在仓库里糟蹋粮食。可是，粮食产出的一路上都会糟蹋啊：在田野里，在火车上，在船上，在仓库里，在面包房的储藏间里。糟蹋不是什么大不了的事。糟蹋也是生活的一部分。"

"糟蹋是生活的一部分，那也并不等于我们就不能去收拾一下！为什么要在仓库储存数千吨的谷物，让老鼠在里面做窠？为什么不按实际需要控制粮食的进口数量，一个月的吃完再进下一个月的？为什么不能把整个船运过程调度得更有效率，为什么我们明明可以用卡车却还要用马车运货？为什么这些谷物必须装进麻袋扛在人的肩背上？为什么不能从这头灌进容器，通过气泵管道把它们输送到另一头？"

阿尔瓦罗回答之前默默想了一阵，"你的想法会让我们所有人怎样呢，西蒙，如果这些谷物用气泵管来输送，就像你建议的那样，那么这些马怎么办？国王怎么办？"

"那么我们就不能在这个码头上工作了。"他回答，"这一点我认输。但也许我们可以找到组装气泵管或是驾驶卡车的工作。我们大家都会跟以前一样有活可干，只是工作类型不同，需要智慧，而不仅仅靠一把力气。"

"这么说来，你的意思是想把我们从畜牲般劳作的生活中解放出来。你要我们放弃在码头的差事，去找另一种工作，那种工作不必再把货包扛到肩上，不会再有货包上肩时麻袋里谷粒压在身上的感觉，不会再听着那种沙沙作响的声音，这时候我们就将失去与事物本身的接触——失去与喂养我们、赋予我们生命的食物的接触。

"西蒙，为什么你如此确信我们需要被挽救？你认为我们过着码头工人的生活是因为我们太愚蠢，干不了别的工作——太蠢了，不能去组装气泵管或驾驶卡车？当然不是。你现在了解我们了，你是我们的朋友，我们的伙伴。我们都不蠢。如果我们需要被挽救，我们现在完全可以自己救自己。不，我们谁也不蠢，是你所相信的那些花哨的推理太蠢，所以才给了你那种错误答案。这是我们的甲板，我们的码头——不是吗？"他左右环视一下，旁边的人都轻声应和着表示赞同，"这儿没有聪明机灵的地盘，只有事物本身。"

他不能相信自己的耳朵。他不能相信说出这般反启蒙反开化的胡言乱语的，是他的朋友阿尔瓦罗。其余那些工人似乎都坚定地站在他那一边——那些聪明的年轻人，他每天跟这些年轻人讨论真相与表象、正确和错误。如果他不被他们所喜欢，他就只能走开——走开，离开他们那些无效的劳动。然而，他们是他的同伴，他对他们寄予良好的期望，他觉得对这些人是有责任的，他要劝他们不要循着错误的方向前行。

"听听你自己说的，阿尔瓦罗，"他说，"事物本身。你觉得事物就一直保持本身的样子不会改变吗？不。每件事情都在变化之中。你忘了你是漂洋过海来到这儿吗？海洋的水是流动的，因为流动而变化。你们不可能两次踏进同一水流中。就像鱼儿生活在海里一样，我们生活在时间之中，必然随着时间而改变。我们是要求自己遵循码头工作的悠久传统，但不管这种心情有多么坚定，我们最终还是要被变革裹挟而去。变革就像潮起潮落。你可以筑堤建坝，但水总是会渗进来的。"

这会儿码头工人围着阿尔瓦罗，跟他站成一个半圆形。在他们的目光中，他看不出什么敌意。相反，他感受到一种平静的催促，催促他做出最好的发言。

"我并不是想要拯救你们，"他说，"跟你们相比，我没有什么特别之处，我不可能是任何人的救主。我像你们一样漂洋过海而来，像你一样没有历史。我把历史抛在身后了。我只不过是一个踏入新的家园的新人，那可是一件值得庆幸的事情。但是，我不能丢弃历史的观念，也就是没有起始也没有终结的变化的观念。观念不可能被我们洗掉，甚至不会被时间洗掉。观念到处存在。宇宙中充满着观念。没有观念就没有宇宙，也就无所谓存在。

"比如，公正的观念。我们都渴望生活在公正的管理制度之下，一种公正的管理制度会让辛勤的劳作得到应有的报偿。这是一种良好的期望，良好而令人赞赏。但是，我们在码头上所做的工作却不能体现那种公正的管理。我们在这里的劳动无非是摆出一副英雄主义的盛大场面而已。而且这种盛大场面还要取决于老鼠大军的数量——老鼠日夜刨食，急切地从我们卸下的谷物里刨出空间，好装更多的谷物。没有那些老鼠，我们无意义的劳作就真相大白了。"他停了一下。大家都沉默着。"难道你们没有看出来？"他问，"你们都瞎了吗？"

阿尔瓦罗环顾四周。"这是广场辩论的精神。"他说，"谁来回答我们这位雄辩的朋友？"

一个年轻装卸工举起手。阿尔瓦罗向他点点头。

"我们的朋友是以混乱的方式来寻求真理。"这年轻人说话相当流利而自信，就像一个优秀学生，"为了证明他的混乱，我们可以拿历史跟气候来比较一下。我们都会同意，我们生活在其中的气候要比我们强大。我们没有人能够命令气候该怎样变化。不过，气候的真实性并非因为它比我们强大。气候的真实性是因为它有真实的证明。这些证明包括风和雨。下雨了我们会被淋湿，刮风了我们的帽子会被吹掉。风雨的真实性在于其间接诉诸我们的感官。气候在真实的分级系统中所占的位置又更高一层。

"现在来看历史。如果历史就像气候一样，是一种高级别的真实，那么，也许历史就具有能够通过我们的感知而获得的证明了。可是这种证明在哪里呢？"他向周围看了一圈，"我们有谁曾被历史吹落过帽子？"一阵沉默，"没有吧。因为历史没有这样的证明。因为历史不是真实的。因为历史只不过是人们编造的故事。"

"可以说得更准确一些，"——说话者是欧亨尼奥，他昨天问他是否更喜欢写字间里的工作——"因为历史没有在场的证明。历史只是我们看待以往的一种形式。它没有力量抵达当下。

"我们的朋友西蒙说应该用机器来为我们做工，因为历史就是这样发号施令的。但历史并没有告诉我们要放弃诚实的劳动，这是懒惰和懒惰的诱惑。懒惰是真实的，不同于历史。我们可以用自己的感官来感知这一点。我们每当躺在草地上，闭上眼睛发誓我们再也不想爬起来干活，管他开工哨已吹响，我们快活得如此惬意，我们能够感受到懒惰的证明。我们懒洋洋地躺在阳光照耀的草地上，有谁会这样说，我能感觉到历史在我的骨头里告诉我不要起来？错：这是我们自身骨子里的懒惰。这就是为什么我们会有这样一句老话：他身上没有一根懒骨头。"

欧亨尼奥越说越兴奋。也许是出于害怕，他决不会上去阻止他，而簇拥在欧亨尼奥身边的同伴们则以掌声打断他的话。他停下时，阿尔瓦罗抓住这个机会。"我不知道我们的朋友西蒙是否要回应，"他说，"我们的朋友把我们这儿的工作贬损为无用的排场，这话让我们中间有些人感到受伤。如果这只是一种欠考虑的说法，如果斟酌之后他愿意收回或是修正这句话，我肯定他这样的表态一定会受到欢迎。"

轮到他了。毫无疑问，他成了一个逆潮流的角色。他还想坚持吗？

"当然，我要收回我那个欠考虑的说法，"他说，"我还要为也许引起的伤害而道歉。至于历史，我所能说的就是今天我们也许可以置若罔闻，却不能永远视而不见。所以，我在这里提出一个建议。让我们一起在这个码头上再干十年，或者五年也行，到那时候，让我们看看粮食是否依然采用人工装卸方式，装在麻袋里送进一个敞开的货棚，成为我们的敌人老鼠的食物。我的猜测是不会。"

"如果你被证明是错了呢？"阿尔瓦罗问，"如果十年以后，我们还是做着跟今天一模一样的工作，你会不会认输，说历史是不真实的？"

"一定会的，"他回答说，"我会向真实的力量低头致意。我将把这称作向历史的裁决投降。"

第 十 五 章

他说了老鼠那番话后，那段时间，他注意到，工作场合的气氛变得有些压抑。虽然他的伙伴们还总是那么友善，但他每次一露面，他们似乎就沉默了。

说实在的，他回想自己那一阵突然发作，也会因羞愧而感到脸红。他怎么能如此贬低朋友们引以为豪的工作，他能有幸得到这份工作难道不应心存感念？

不过，这状况又渐渐好转起来。上午休息时，欧亨尼奥朝他走过来，递过来一纸袋东西。"饼干。"他说，"拿一块尝尝。拿两块嘛。是邻居给的。"他表示感谢（饼干确实好吃，他品出了姜味儿，也许还有肉桂味儿），连称好吃。欧亨尼奥又说："你知道，我一直在琢磨你那天说的话，也许你说得有点道理。为什么我们要喂养那些老鼠，而它们却没有东西来喂养我们呢？这儿有些人是吃老鼠的，但我肯定不吃。你呢？"

"不吃，"他说，"我也不吃。我当然更喜欢吃你的饼干。"

这天下班后，欧亨尼奥又回到了那个老话题。"我总是在担心我们是不是伤害了你的感情。"他说，"相信我，

143

我们没有恶意。我们对你完全是一种善意。"

"我根本没觉得受到伤害，"他回答说，"我们只不过在哲学问题上有不同看法，就这么回事。"

"哲学问题上的不同看法。"欧亨尼奥同意这说法，"你住在东村，是吗？我可以跟你一起走到车站。"为了不捅破他住在东村的谎言，他只得跟欧亨尼奥一起朝车站走去。

"有件事一直在我脑子里转悠，"跟欧亨尼奥一起等候6路公交车时，他说，"这个问题跟哲学毫无关系。你和其他人业余时间都做些什么？我知道你们许多人对足球有兴趣，但晚上呢？你似乎没有妻子也没有孩子。你有女朋友吗？你去俱乐部吗？阿尔瓦罗告诉我可以去参加这儿的一些俱乐部活动。"

欧亨尼奥脸红了，"我根本不知道有什么俱乐部。我通常是去那个业余学校。"

"告诉我是怎么回事。我听人说起过业余学校的事儿，可我不知道那儿是干什么的。"

"业余学校开办各种课程。有讲座、电影、讨论小组。你应该来参加。你会喜欢的。那儿并不都是年轻人，也有许多上了年纪的人，都是免费的。你知道去那儿怎么走吗？"

"不知道。"

"在新大街上，靠近大十字路口。就是那幢有玻璃门的白色高楼。你也许走过许多次，只是不知道那就是业余学校。明天晚上来吧。你可以加入我们的小组。"

"好的。"

去了以后才发现，欧亨尼奥注册的课程是哲学，另外还有三个装卸工也注册了这门课程。他离开那几个伙伴，坐到后排座椅上，这样在感到厌倦时溜出去就方便了。

老师来了，全场安静下来。她是一个中年妇女，在他看来，有些不事修饰的样子，铁灰色头发剪得短短的，脸上没有化妆。"晚上好，"她说，"我们先复习一下上周留下的课程，然后我们继续展开对桌子的探讨——桌子和与它有密切相关性的椅子。你们还记得，我们讨论过世界上存在的形形色色的各种桌子以及形形色色的各种椅子。我们曾问过自己，所有这些不同类型桌椅背后有着怎样的同一性，是什么东西使得桌子成为桌子，椅子成为椅子。"

他静静地站起身走出了教室。

走廊里空荡荡的，只有一个穿着白色长袍的身影急匆匆地朝他这方向走来。人影走近时，他认出这人原来是安置中心的安娜。"安娜！"他喊了一声。"嗨——"安娜回答，"对不起，我不能停下来跟你说话，我迟到了。"但她说着却停下了脚步，"我认识你，不是吗？不过我想不起你的名字了。"

"西蒙。我们在安置中心见过面。我身边带着一个小男孩。我们刚来诺维拉的第一个夜晚，你很好心地给我们提供了住宿。"

"哦！你儿子现在怎么样？"

那身白长袍说实在很像一件白色浴袍，她还光着脚。这身装束有点怪。难道业余学校里有游泳池？

她注意到他一脸错愕的表情，笑了。"我在做模特儿。"她说，"我每周两个晚上做模特儿。给人体课做。"

"人体课？"

"人体绘画课。画人体的。我是班上的模特儿。"她伸出手臂好像打了个哈欠，她的长袍领口折叠的地方松开了，他一眼瞥见自己曾非常渴慕的那对乳房，"你也来吧。你如果想了解人体，没有比上这门课更好的途径了。"然后，没等他弄明白什么意思就说，"再见——我迟到了。向你儿子问好。"

他在空荡荡的走廊上闲逛着。这个业余学校比他从外面看到的状况想来要大得多。从一扇紧闭的门里传出了音乐声，一个女声在竖琴伴奏下悲伤地吟唱。他在通告牌前面停下了。那上面列出一长串的课程。建筑绘画，簿记，微积分。各种程度的西班牙语课程：西语初级班（十二个班），西语中级班（五个班），西语高级班，西语写作班，西语会话班。他早该来这儿，而不是自己一个人苦苦地自学。他没有看到西班牙文学课。不过，也许文学课可以在西语高级班里学。

没有别的语言课程。没有葡萄牙语。没有加泰罗尼亚语。没有加利西亚语。没有巴斯克语。

没有世界语。没有沃拉卜克语①。

他留意着人体绘画课。有了：人体绘画，星期一至星

---

① 沃拉卜克语（Volapük），德国传教士 J. M. Schleyer 构拟的一种人造语言，在世界语出现之前曾被广为学习和研究。

146

期五，晚上 7：00 至 9：00，星期六下午 2：00 至 4：00，每班可注册十二人，第一班注册已满，第二班注册已满，第三班注册已满。显然这门课程挺火爆。

书法。编织。篮筐编织。插花。陶艺。木偶制作。

哲学。哲学原理。哲学：精选话题。劳动的哲学。日常生活的哲学。

下课铃声响起。学生们出现在走廊上，一开始没几个人，接着都涌了出来，就像欧亨尼奥说过的，不仅有年轻人，也有他这般年纪的，甚至比他更老的人。怪不得这个城市天黑后就像一座停尸房！每个人都到业余学校来提高自己了。每个人都忙着成为更好的市民，更上进的人。只有他不是这样。

有人在喊他。是欧亨尼奥，正在人群中向他挥手，"来啊！我们去吃点儿东西！跟我们一起来！"

他跟着欧亨尼奥走下楼梯，走进灯火辉煌的餐厅。那儿等着就餐的人已经排起长龙。他给自己取了餐盘和刀叉。"今天是星期三，所以吃面条。"欧亨尼奥说，"你喜欢面条吗？"

"是的，我喜欢。"

轮到他们了。他把盘子伸过去，对面那只手啪地给他舀了一大份意式细面条。然后又添了一勺番茄酱。"再拿些面包圈，"欧亨尼奥说，"免得等会儿肚子饿。"

"在哪儿付钱？"

"不用付钱，免费的。"

他们找到餐桌坐下，那儿已坐了几个装卸工。

"你们喜欢这些课程吗?"他问他们,"你们弄明白椅子是什么了?"

这本是一句玩笑话,可那几个年轻人都茫然不解地看着他。

"你不知道椅子是什么?"他们中的一个终于开口了,"瞧下面。你就坐在一把椅子上。"他环视一下同伴。大伙爆发出一阵大笑。

他试着跟他们一起大笑,以表明自己是个输得起的人。"我的意思是说,"他说,"你们难道没有发现是什么构成了……我不知道该怎么表达……"

"Sillicitá①,"欧亨尼奥说,"你的椅子——"他指着椅子,"就代表了sillicitá,或者说是有这个意思,或者说是具体实现了这个意思,我们老师喜欢这么说。这就是你之所以视其为椅子而不是桌子的道理。"

"或凳子。"他的同伴加了一句。

"你们老师是否讲过这个故事,"他,西蒙又问,"有个人是这样,别人问起他怎么会知道椅子就是椅子,他就带着问题踢了椅子一脚,并说,先生,这就是我知道椅子的方法。你们老师这么说过吗?"

"没这么讲过。"欧亨尼奥说,"但这不是你学会认识椅子之所以为椅子的方法,这只是你认识一个物体的方法。一个可以踢的物体。"

———————————

① Sillicitá,这是欧亨尼奥杜撰的一个词,以表明某种哲学意味,或可称之"椅子性"。

148

他沉默了。实情是，他跟这个学校格格不入。哲学思辨让他心生不耐。他才不在乎什么椅子和椅子性呢。

细面条少了调味汁。这番茄酱纯粹就是煮熟的番茄。他四下张望着想找一个盐瓶，可是没有。也没有胡椒粉。不过细面条至少是变了花样，总比一成不变的面包好。

"那么——你想要加入什么课程？"欧亨尼奥问。

"我还没有决定。我看了一下总课程表。相当丰富。我想去上人体绘画课，可是我看那儿已经满额了。"

"这么说，你不参加我们这个班了。真遗憾。你离开后，讨论变得越来越有趣了。我们讨论无限和无限的风险性。如果说，除了这把理想的椅子，还有更理想的椅子，以此一直类推下去，那会怎么样？不过人体绘画课也挺有意思。你这学期可以先上绘画课——普通绘画。然后，下学期也许可以获得进入人体绘画班的优先权。"

"人体绘画一直都很热门，"另一个小伙子说，"大家都想去熟悉一下人体嘛。"

他想从中听出某种挖苦的意味，但一点都没有，就像这儿没有盐瓶一样。

"如果想了解人体，去上解剖课不更好吗？"他问。

那男孩不同意，"解剖课只是告诉你人体的各个部分。如果你想对人体做整体的了解，似乎就该去上带模特儿的人体绘画课。"

"整体了解的意思是……？"

"我的意思是，首先，人体得是人体，然后是以理想形状展现的人体。"

"干吗不用常规体验来教你？我的意思是，干吗不花几个晚上找个女人，这样，你就可以了解所有关于人体之所以为人体的一切了。"

这小伙子脸红了，环顾四周寻求帮助。他暗暗咒骂自己。他开的什么蠢玩笑！

"至于说到人体的理想形态，"他又跟上一句，"我们可能要等到来世才能看到那种形态了。"他将吃了一半的细面条推到一边。对他来说量太多，有些撑着了。"我得走了，"他说，"晚安。明儿码头见。"

"晚安。"他们没有试图挽留他。也难怪。跟这些优秀青年相比，他有那么努力，那么理想主义，那么纯真无邪吗？从他一身的苦涩味儿中，他们能感受到什么呢？

"你那小男孩怎么样了？"阿尔瓦罗问，"我们都很想念他。你为他找到学校了？"

"他还没到上学的年纪。他跟他母亲在一起。她不想让他跟我常在一起。她说，如果同时有两个大人管着他，他的情感就会分裂。"

"可是我们一向都有两个大人照管的：父亲和母亲。我们又不是蜜蜂或蚂蚁。"

"这话也许没错。可不管怎么说，我不是大卫的父亲。他母亲是他的母亲，而我不是父亲。这是有区别的。阿尔瓦罗，我觉得这话题太痛苦。我们别再说了好不好？"

阿尔瓦罗攥住他的手臂，"大卫不是一个普通孩子，

150

相信我，我观察过他，我知道我这话是什么意思。你肯定这样做对他最有利？"

"我把他交给了他母亲。他现在由她照料。你为什么说他不是一个普通孩子？"

"你说你把他交出去了，可他真的想要被交出去吗？为什么他母亲最初要抛弃他？"

"她不是抛弃他。他和她离散了。一段时间里，他们的生活圈子完全不同。我帮他找到了妈妈。他找到了她，他们团聚了。现在，他们找回了母亲和儿子那种本来就有的关系。而他和我之间并没有那种本来就有的关系。事情就这样。"

"他和你之间不是一种本来就有的关系，那是什么关系？"

"虚拟的关系。他和我之间是一种抽象的关系。我是以一种抽象的亲属关系照料他，但是对他并没有本来就应该担负的责任。你说他不是一个普通孩子是什么意思？"

阿尔瓦罗摇摇头，"本来就有的，抽象的……在我看来都是胡扯。你认为一个母亲和一个父亲最初走到一起是怎么回事——那个未来孩子的母亲和父亲？是因为他们欠着对方某种本来就应该担负的责任？当然不是。他们的人生道路因缘际会交叉到一起，他们爱上了对方。还有什么比这更自然，更断然的？他们某一次卿卿我我之际，一个新的生命来到了这世界，那可是一个新的灵魂。在这种关系中，谁又欠了谁？我说不上来，我肯定你也一样。

"我曾观察过你和那孩子在一起的情形，西蒙，我看得出：他完全信赖你。他爱你。你也爱他。为什么要让他离开呢？为什么要切断他和你的关系呢？"

"我没有切断他和我自己的关系。是他母亲切断了他和我的关系，这是她的权利。如果我可以选择，我还会跟他生活在一起。可我没得选。我没有选择的权利。我在这件事情上没有权利。"

阿尔瓦罗沉默了，似乎在想什么心事。"告诉我，哪儿能找到这位女士。"最后他开口说，"我想跟她说几句。"

"你要小心。她有个兄弟，那家伙不好惹。你最好别跟他发生什么纠葛。事实上，她有两个兄弟，两个都差不多。"

"我会照顾自己的。"阿尔瓦罗说，"哪儿能找到她？"

"她叫伊内斯，她现在住在我以前在东村住的那套房子：B座，2楼202室。别说是我让你去的，何况我也没让你去。我可不会让你去那儿。这完全不是我的主意，是你的主意。"

"别担心，我会把我的想法跟她说清楚的，你就什么也别管了。"

第二天，中午休息时，阿尔瓦罗招手叫他过去。"我跟你的伊内斯谈过了，"他开门见山地说，"她说你可以去看孩子，没说别的。就在这个月的月底。"

"真是太好了！你是怎么说服她的？"

阿尔瓦罗挥挥手，不肯说。"怎么说服的无关紧要。她说你可以把他带出去散步。她会通知你什么时候可去看望。她向我要你的电话号码。我不知道你的号码，就留了

152

我自己的号码。我说我会转告你的。"

"真不知道该怎么谢你。请告诉她我绝不会让孩子不安分的——我的意思是，我不会破坏他和她的关系。"

第十六章

　　来自伊内斯的召唤比预期要快。就在第二天上午。阿尔瓦罗把他叫过来。"你原来的公寓出状况了，"他说，"我刚要走出家门，伊内斯来电话了。她要我过去一下，但我告诉她我没空。不过别紧张，你那孩子没事儿，只是那儿的管道出问题了。你得拿些工具去。棚屋工具箱里有。快去吧。她挺着急的。"

　　伊内斯在门口迎候他，她穿了一件厚厚的外套（怎么回事？——今天并不冷）。她确是一副着急样儿，怒气冲冲的。厕所堵塞了，她说，物业管理员来看过了，可他不肯管这事儿，因为（那人说）她不是法定住户，（那人说）他根本就不认得她这个人。她打电话到居留点想让她兄弟过来，可他们却编了个借口骗她说不能来，（她痛苦地说）他们是怕弄脏自己的手。于是今天早上，她只好发出最后的求助，打电话给他的同事阿尔瓦罗，他是个工人，应该知道怎么修管道。可现在，来的不是阿尔瓦罗却是他。

　　她说了又说，在起居室里怒不可遏地走来走去。自从他上次见过她以后，她瘦了许多。她的嘴角挤压出了皱

154

纹。他一声不吭地听着,但他的眼睛却看着坐在床上的男孩——他刚醒吗?——难以置信地睁大眼睛看着他,好像他是从阴间里回来似的。

他朝男孩闪过一丝微笑。嗨!他嘴里无声地打了个招呼。

男孩从嘴里拿出大拇指,但没有说话。他那自然卷曲的头发留长了。他身上是一套淡蓝色的睡衣,上面用红线绣着活蹦乱跳的大象和河马。

伊内斯的唠叨还没完。"从我们住进来以后,这厕所毛病就没断过,"她又说,"如果住在下面的人要怪罪什么,我也不奇怪。我要求物业管理员去下面了解一下,可他听都不想听。我从来没见过这样粗鲁的男人。他才不来管你是不是走廊上都能闻到那股屎尿味儿了。"

伊内斯毫不尴尬地说到粪便排泄物。这让他很吃惊:如果这不是熟稔的表示,那也至少有些微妙的意思了。她只是把他当成来给她干活的工人,压根儿就不屑用眼角去瞟一眼,还是她只是想掩饰自己的不自在,而在那儿喋喋不休?

他穿过房间打开窗子,身子俯向外面张望着。连接厕所的管道通向楼下墙外的污水管。从这个楼层到下面的管道有三米长。

"你是否问过住在102的人?"他问,"如果整个管子都堵上了,他们也会有同样的问题。不过我还是先看一下厕所,没准问题很简单。"他转向男孩,"你来帮我一下好吗?这时候了,你还不起床,你这懒骨头!看看外面太阳

155

多高了!"

男孩从床上一跃而起，冲过来拥抱他。他的呼吸里有一股浓浓的、没洗去的牛奶味。"我喜欢你的新睡衣。"他说，"我们去看看厕所。"

马桶里水和污物都快溢出了。他的工具箱里有一卷铁丝。他把铁丝前端弯成一个钩，顺着马桶颈部探下去，掏出一大堆厕纸。他问男孩："你有便壶吗？"男孩问："便便用的壶？"他点点头。男孩蹦跳着跑出去，拿回来一个裹着棉布的夜壶。突然，伊内斯冲进来，一把拿过夜壶，一声不吭就走了。

"帮我去找个塑料袋，"他对男孩说，"要没破洞的。"

他从堵塞的管道里掏出大量厕纸，但马桶里的水还是没有下去。"穿上衣服，我们下楼去。"他对男孩说，然后又对伊内斯说，"如果102室没人，我试试从地下室进去打开阀门。如果那地方没有堵塞，那我就没办法了。这应该是小区管理部门的责任。不过我们还是先看看再说。"他停了一下，"顺便说一声，像这样的事儿任何人都可能会摊上。这不是什么人的错。只不过是运气不好罢了。"

他想让伊内斯觉得好受些，希望她认识到这一点。但她不看他的眼睛。她的尴尬，她的气愤，比他揣测的要强烈。

他和男孩一起去敲102室的门。等了好长时间，里面的门闩拉开，门开了一道缝。在半明半暗的光线中，他甚至都看不清里面是女人还是男人。

"早上好，"他说，"很抱歉来打扰你。我是住在楼上的人，我们的厕所堵了。我不知道你这儿是不是也有同样的问题？"

门又推开了一些。是个女人，年纪很大，佝偻着身子，两眼蒙着一层玻璃般的灰翳，估计是看不见了。

"早上好，"他又说了一遍，"你的厕所。你的厕所有问题吗？有没有堵塞，有没有 obturaciones①？"

没有回答。她像石头似的站在那儿，一脸疑惑地正对着他。她又瞎又聋吗？

男孩上前一步。"Abuela②。"他喊道。老妇人伸出一只手，抚摸着他的头发，摸到了他的脸。这工夫他顺从地偎到她身上。这工夫，他溜进了房间。过一会儿，他出来了。"她家厕所没问题，"他说，"她的厕所是好的。"

"谢谢你，太太，"他说着鞠了个躬，"谢谢你的帮助。真抱歉麻烦到你了。"然后对孩子说，"她家的厕所是好的，这么说——这意味什么？"

男孩皱起了眉头。

"这儿，楼下，水流是畅通的。那儿，楼上——"他指向楼梯，"水不流了。这意味什么？这么说，管道堵在哪儿？"

"楼上。"男孩肯定地说。

"好！这么说，我们需要修的地方在哪儿？楼上还是

---

① obturaciones，西班牙语：堵塞。

② Abuela，西班牙语：奶奶。

楼下？"

"楼上。"

"好，我们上楼是考虑到水流的方向，水流是往上还是往下？"

"往下。"

"总是这样吗？"

"总是这样。水总是往下流的。可有时候会往上流。"

"不。永远不会往上流。这就是水的本性。问题在于，水怎么会违背它的本性流到我们楼上的房间里？我们拧开水龙头或是冲洗马桶时，水怎么会流出来？"

"因为它为了我们就往上流了。"

"不对。这不是正确的回答。让我换个方式提出这个问题。水本来不会往上流，那么它是怎么流到楼上我们的房间里的？"

"从天上。它从天上流进了水龙头。"

正确。水是从天上流下来的。"但是，"他竖起手指提醒他注意，"水是怎么从天上流下来的？"

自然的哲学。他想，让我们来看看这孩子脑子里有多少自然哲学吧。

"因为天在呼吸，"孩子说，"天在呼吸——"他深吸了一口气，屏在那儿，露着一脸微笑，那是纯粹的智慧的快乐，接着，他夸张地吐出气，"天又呼出来了。"

门关上了。他听到门闩咔嗒一声落锁的声音。

"伊内斯有没有跟你说过这些——天在呼吸的事儿？"

"没有。"

"那都是你自己想出来的？"

"是啊。"

"那是谁在天上吸进又吐出，使老天下起雨来了？"

男孩沉默了。他专注地皱起眉头。最后，摇摇脑袋。

"你不知道？"

"我记不得了。"

"没关系。来，我们去跟你妈妈说说这些事儿。"

他带来的工具不管事。只有那根简单的铁丝还有几分用处。

"你们两个为什么不出去走走呢？"他向伊内斯建议，"我等会儿要做的不是那么特别吊胃口的事儿。我看不出我们这位小朋友有必要待在这儿。"

"我宁愿去找一个更像样的管子工来。"伊内斯说。

"我向你保证，如果我干不好这活儿，我就会帮你去找一个更像样的管子工。不管怎么样，你的厕所总能搞好的。"

"我不想出去走，"男孩说，"我要给你帮忙。"

"谢谢，我的孩子，非常感谢你。但这儿不需要帮忙了。"

"我可以给你出主意。"

他和伊内斯交换一下眼神。彼此有了一种心领神会。我儿子真聪明！她的表情在说。

"这倒是真的，"他说，"你的专长是出主意。可要注意，厕所可不接受你的主意。厕所只是没有感觉的东西，跟这类东西打交道只需要一板一眼的工作。我在这里干活时，你还是跟妈妈一起散步去吧。"

"为什么我不能留在这里？"男孩问，"不过就是便便嘛。"

男孩的声音有一种新的腔调，他不喜欢这种挑战性的腔调。所有那些赞美，让男孩自以为是了。

"厕所不过是厕所，但便便就不只是便便了，"他说，"某些东西并不只是代表它们自己，并不总是那样。便便是其中的一种。"

伊内斯用力拽起孩子的手。她突然发起脾气来。"快过来！"她说。

男孩摇摇头。"这是我的便便，"他说，"我要留在这里！"

"这是你的便便。但你已经把它排泄出去了。你把它扔掉了。那就不再是你的了。你对它没有权利了。"

伊内斯哼了一声到厨房里去了。

"一旦它落进了下水道，它就不是任何人的便便了。"他继续说，"在下水道里。它和别人的便便混到一起，成为统称的便便了。"

"伊内斯为什么生气了？"

伊内斯。这是他对她的称呼：不是妈咪，不是妈妈？

"她觉得有些尴尬。人们一般不喜谈论便便。便便是臭的。便便里面都是细菌。便便对你没什么用处。"

"为什么？"

"什么为什么？"

"那也是她的便便啊。她为什么要生气？"

"她不是生气，她只是敏感。有些人比较敏感，这是天性，你不能问为什么。其实这也没有什么值得敏感的，因为，就像我告诉你的，从某个角度来说，这不是某个人的便便，只不过是便便而已。你跟任何一个管子工说起这事儿，他都会这样说的。管子工不会看着便便对自己说，多有意思啊，谁会想到 X 先生或 Y 先生会有这样的便便！这就像殡葬人。一个殡葬人不会对自己说，多有意思啊！……"他打住了。我太兴奋，他想，我说得太多了。

"殡葬人是什么？"男孩问。

"殡葬人是处理死者尸体的人。他就像一个管子工。他照料着死者的尸体让它去恰当的地方。"

现在你又该问，什么是死者尸体了。

"什么是死者尸体？"男孩问。

"死者尸体就是让死亡折磨过的人体，等变成了那个样子，我们就不能再做什么了。但我们不必总是担心着死亡。死后总会再有另一种人生。你能够理解这事儿。我们人类在这方面是幸运的。我们不会像便便那样，留在管道里，然后搅和在一起再混入泥土。"

"我们像什么？"

"如果我们不像便便，那么我们会像什么？我们像思想。思想永远不会死的。你在学校里可以学到这一点。"

"可是我们产生便便。"

"那倒是真的。我们参与思想，可是我们也产生便便。这就是为什么我们具有双重天性的缘故。我不知道怎么把这道理说得更明白。"

男孩不作声了。让他慢慢咀嚼吧，他想。他跪在马桶旁，袖子撸得老高。"跟你妈妈一起散步去，"他说，"走啊。"

"那殡葬人呢？"男孩问。

"殡葬人？殡葬是一份职业，也跟其他的工作一样。殡葬人和我们没有什么不同。他也有双重天性。"

"我能见到他吗？"

"现在不行。我们现在还有别的事要做。下次我们进城时，我看看能不能找到殡仪馆。我们可以去看一看。"

"我们能看看死者尸体吗？"

"不能，当然不能。死亡是一件私密的事情。殡葬是一份谨慎的工作。殡葬人不会把死者尸体展示给大家看的。别再说这事儿了。"他用铁丝探进抽水马桶深处。他想方设法尽量让铁丝顺着 S 形管道往里边走。如果堵塞处不在管道里，那肯定是在外面接口处了。如果是那样，他就不知该怎么弄了。他只好放弃了，去找个管子工。或者听管子工怎么说。

简直水漫金山，水里还漂着一团团伊内斯的便便，沾在他手上，手腕上，小臂上。他一个劲儿地用铁丝在 S 形弯道里掏弄。抗菌皂，他想，过后我得找块抗菌皂好好洗洗，指甲都得彻底清刷一下。因为便便就是便便，因为细菌就是细菌。

他觉得自己不像有双重天性的存在。凭这简单的工具，他觉得自己只是寻找污水管里的阻塞物的一个人。

他抽出手臂，抽出铁丝。铁丝的弯钩拉平了。他重新拗出一个钩子。

"你可以用叉子。"男孩说。

"叉子太短了。"

"你可以用厨房里的长叉子。你可以弄弯它。"

"给我看看你的长叉子。"

男孩跑开去，转身带来一把长叉子。这玩意儿他们入住这间公寓时就有，只是他从来没用过。"如果你力气够大，可以把它弄弯。"

他把长叉子弯成钩状，顺着 S 形管道往更深的地方掏去。当他要将叉子拽出时，他感到被什么东西梗住了。一开始很慢，接下来，那阻塞物很快浮现出来：一团带塑料衬里的布头。马桶里的水很快退下去了。他拽一下水箱链子。清洁的水哗地一下出来了，把马桶彻底冲刷干净。他等了一会儿，又拽一下水箱链子。管道是畅通的。全都解决了。

"我发现了这个。"他对伊内斯说，拿出的那团东西，还在滴水，"你认出是什么？"

她的脸唰地红了，站在他面前像犯了罪似的，眼睛都不知道朝什么地方看。

"你经常这样做——把这玩意儿冲进马桶里？没人告诉过你不能这么做吗？"

她摇摇头。她脸颊上一片红晕。男孩心急地拉扯着她的裙子。"伊内斯！"他喊道。她心不在焉地拍一下他的手，"没什么，亲爱的。"

他关上卫生间门，脱下弄脏的衬衫，在澡盆里冲洗着。这儿没有抗菌皂，只有军需站里买来的那种大家都在用的普通肥皂，他拧出衬衫上的水，搓洗一番，再拧干。他还得穿上这件湿衬衫。他冲洗胳膊，冲洗腋窝，然后把身子揩干。也许做不到他想要的那么干净，不过至少没有臭味了。

伊内斯搂着男孩坐在床上，像胸前抱着一个小娃娃似的，左右摇晃着。男孩一副昏昏欲睡的样子，嘴角流出一道涎水。"我要走了，"他悄声说，"如果再有需要，可以给我打电话。"

事后，他回想起来，这次去见伊内斯给他印象至深的是，他生命中居然有如此奇异，如此不可预知的一段插曲。谁会想到，当初在网球场上第一眼见到这年轻女子，她是那么冷静，那么安然，居然有一天，他竟不得不从自己身上洗去她的粪便！那所业余学校里该怎么解释这样的事儿？那位铁灰色头发女士会诉诸怎样的说法：便便之便便性？

第十七章

"如果你想让自己释放一下，"埃琳娜说，"如果释放一下能让你感觉日子过得更自在，你不妨去男人去的那种地方。你那些朋友没告诉你吗，那些男性朋友？"

"从没提起过。你说的释放是什么意思？"

"性欲释放。如果你想寻求性欲释放，我没有必要成为你唯一的停靠港。"

"对不起，"他生硬地说，"我没想到你用这种方式提出这样的问题。"

"别生气。这是生活的真相：男人需要释放，我们都知道这个。我只是告诉你这事情可以去做。这里有这样的地方可供你消遣。问问你码头上的朋友好了，要不，如果你觉得不好意思，可以去安置中心打听一下。"

"你说的是妓院？"

"如果你愿意，叫妓院也行，可我听说她们并不龌龊，她们都很干净，也讨人喜欢。"

"那些应召女郎都统一着装吗？"

她询问似的看了他一眼。

"我是想问，她们是否都像护士那样，身着统一的服装？是否还有统一的内衣？"

"那得你自己去看个明白。"

"在妓院工作，能是一种被人接受的职业？"他知道他这个问题会惹她不高兴，可是他那种不计后果的鲁莽劲儿又上来了，自从把孩子交出之后，他一直心情苦涩，"一个女孩做着这样的事情，在大庭广众之下还能抬起头来？"

"这我就不知道了。"她说，"你去看看就知道了。这会儿要跟你说对不起，我有个学生马上要到了。"

事实上，他对埃琳娜表示自己对男人们去的地方一无所知，那是在撒谎。阿尔瓦罗最近跟他说起过那个叫"舒适沙龙"的地方，就是一个男人俱乐部，离这儿不远。

他从埃琳娜那儿出来就直接去了"舒适沙龙"。休闲与娱乐中心，门口铭牌上镂刻着这样的字样。下午2：00至凌晨2：00开放。星期一休息。本院保留准入权。可申请会员资格。还有一行小字：个人咨询。压力释放。理疗体验。

他推门进去，走进没有什么摆设的接待前厅。靠墙是一排软垫长椅。一张搁着"接待"牌子的桌子，上面摆放了一部电话机。他坐下来等着。

等了好久，才有人从后面屋子里出来，是一个中年女人。"对不起让你久等，"她说，"有什么可以帮你吗？"

"我想成为会员。"

"当然可以。你只要填写这两份表格就行，我还需要一个身份证明。"她递给他一个夹着表格的写字夹板和一支笔。

他朝第一张表格瞟了一眼，姓名，住址，年龄，职业。"你们肯定也接待过货轮上的水手，"他说，"他们也需要填写表格吗？"

"你是水手？"那女人问。

"不是，我在码头工作，但不是水手。我说水手的意思是，他们只在岸上住一两个晚上。他们如果要来你这儿，也得成为会员才行？"

"你必须成为会员才能享受这里的服务。"

"需要多长时间，审核需要多长时间？"

"审核嘛，时间不会太长。好在成为会员后，你就可以跟治疗师安排档期了。"

"我得安排档期？"

"你得列入我们哪位治疗师的时间表才行。这也许得花上一点时间。通常她们的时间表都排得满满的。"

"那么，就像我刚才说的，如果我是一个水手怎么办，水手通常只在岸上待一两个晚上，那就没有可能成为这儿的会员了。也许好不容易等到约定时间，可我的船已经在大海上了。"

"先生，这里的'舒适沙龙'不是为水手服务的，水手在他们自己的家乡自有为他们服务的地方。"

"也许他们国内有提供服务的地方，可他们没法享用那些服务。因为他们人在这儿，不是在那里。"

"是这么回事儿：我们有我们的服务机构，他们有他们的。"

"我明白了。如果你不介意我这么说的话，你的表达很像是那所业余学校毕业的——高级班学员，我想是这么说的吧——就是城里的业余学校。"

"真的吗。"

"就像他们哲学课讲的。也许是逻辑课。或是修辞学。"

"不，我不是业余学校毕业的。现在，你打定主意了没有？是否想要申请？如果是，那么请继续，填写好表格。"

第二份表格比第一份更麻烦。抬头是：个人治疗师申请。请在下方空白处填写你对自己的描述和需求。

"我是一个只有普通要求的普通男人，"他写道，"也就是说，我的需求并不过分。我刚刚结束一个孩子的全职保护人角色。自从把孩子交出去以后（终止了保护人角色），我似乎一直感觉有些孤独，不知道该怎么办。"他重复描述了自己，这是因为他使用的是钢笔，如果他拿的是铅笔和橡皮，可能会写得更利索一些，"我觉得自己需要有人以友爱之心来听我说话，帮我释放压力。我有一个亲密的女性朋友，但她总是心不在焉。我和她的关系缺乏真正的亲密感。我想，只有在真正亲密的状态下，我才能释放自己。"

还有什么？

"我对美貌有着饥渴感，"他写道，"女性的美。某种程度的渴望。我渴望得到美，这种美在我的生命经历中能够唤醒敬畏和感恩之念——想到一个人胳膊里竟能搂着一个漂亮女人，那种感恩之念让我感到莫大的幸运。"

他考虑是否将关于美的这一段说辞画掉，后来还是没有画掉。如果要根据这些话来分析他，那么率性而行也比有板有眼的表达更好。或者说比他讲究逻辑要好。

"这并不等于说我不是个男人，没有男人的需求。"他粗鲁地结束了描述。

Quel tontería①！胡言乱语！心智混乱！

他把两份表格递出去。接待员仔细地查看表格——不是假装仔细——是从头看到尾。接待前厅里只有他和她。这是一天中比较空闲的时候。美……唤醒敬畏：当她念出那行文字时，他是否觉察出一丝不易觉察的讪笑？她只是一个纯粹的接待员呢，还是她本身也在被感恩和敬畏之列？

"你这处空格没填，"她说，"每次时间长度：三十分钟，四十五分钟，六十分钟，九十分钟。你选择哪个时间长度？"

"那我们就填写最大释放那一项，九十分钟。"

"你也许得等上一段时间才能排上九十分钟的档期。因为都已经排满了。不过，我会尽可能把你第一次约会安排在长时段里。万一你以后想法变了，还可以修改的。谢谢，这样就可以了。我们会跟你联系的。我们会写信给你，通知你第一次约会是什么时候。"

---

① Quel tontería，西班牙语：胡说八道。

"真够程序化的。我现在可明白为什么水手不受欢迎了。"

"没错，沙龙不是为那些暂住者创办的。但暂住者也有自己的地盘。某人在这里是暂住者，在他自己国家就不是了，正如某人在别人的家乡是暂住者，而换一个地方又不是暂住者了。"

"Per definitionem①，"他说，"你的逻辑无懈可击。我等你们的来信。"

他在表格上填了埃琳娜家的地址。几天过去了，他去埃琳娜家询问：没有他的信。

他回到"舒适沙龙"。前厅的接待员还是上次那人。"你还记得我吗？"他问，"我上星期来过这儿。你说我会接到你们的通知。可我什么也没接到。"

"让我看看，"她说，"你叫——？"她打开橱柜里的归档文件，取出其中的一份，"我看你的申请表没有问题。之所以耽搁这么长时间，是要找一个合适的治疗师跟你成亲。"

"跟我成亲？可能是我自己没说明白。请不必考虑表格上我填写的美呀什么的。我可不是来找一个理想配偶，我只是来找一个陪伴，女性陪伴。"

"我明白。我会催问的。再给我几天时间。"

几天过去了。没有来信。他本不该使用"敬畏"那说法。人家不过是想赚几个钱，哪个年轻女子想往自己身

---

① Per definitionem，拉丁语：根据定义。

上承揽被人信托的重责？诚实是好事，但有时候不那么诚实也许更好。所以：你为什么要申请"舒适沙龙"的会员资格？回答：因为我在这个城市是新来者，与人缺少交往。问题：你想要什么类型的治疗师？回答：年轻漂亮的。问题：时间长度你想要哪一档？回答：三十分钟就行。

　　欧亨尼奥似乎有意显出并不在意他们之间的分歧，什么老鼠、历史和码头装卸区作业系统之类。而且，下班后，他往往会跟上来跟他一起走，弄得他只得再次重复上回的路线，搭乘6路公共汽车去小区了。

　　"你还没有拿定主意去学校学习？"有一次他们一起等公交车，欧亨尼奥问他，"你打算报名吗？"

　　"我恐怕还没有认真考虑过。我在一个休闲中心报了名。"

　　"休闲中心，你是说像'舒适沙龙'那种地方？你为什么要去休闲中心呢？"

　　"难道你和你的朋友们从没去过那种地方？那你怎么解决——我该怎么说——生理冲动？"

　　"生理冲动？身体冲动？我们在课堂上讨论过这个问题。你想听听我们最后的结论吗？"

　　"请说。"

　　"我们开始讨论冲动问题时，特别申明不是针对某个特定对象。也就是说，并不是某个特定的女人让我们感到冲动，而是一个抽象的女性概念，一个理想化的女性。于是，当我们为了平息这种冲动，去求助于一个所谓的休闲中心时，事实上我们是在违背了这种冲动。为什么这么说？因为那种地方宣称所能提供的理想女性，只是一种蹩脚的样本，跟一个蹩脚的样本去媾合，留给寻求者的只能是失望和悲哀。"

他试图想象欧亨尼奥，这个戴一副猫头鹰眼镜的真诚的年轻人，怀里搂着一个蹩脚样本时的情形。"你认为你在沙龙遇见的女人会让你失望，"他回答说，"但也许你应该考虑一下冲动本身。如果这种天生的本能，本能地就要去抓住它本抓不住的东西，当它无法满足时，那有什么可惊讶的？你们的学校老师没跟你们说过，拥抱一个蹩脚的样本，有可能是趋向真实善良和美好的必要步骤？"

欧亨尼奥沉默了。

"好好想想吧，问问你自己，如果没有这些作为阶梯的事物的存在，我们可能会在什么地方。我的汽车来了。明儿见，哥们。"

"我是不是有些不对劲儿，可我自己却浑然不觉？"他问埃琳娜，"我打算加入我询问过的那个俱乐部。你觉得他们为什么要拒绝我？你尽管坦率说。"

在傍晚最后一抹紫色霞光里，他和她坐在窗前望着燕子上下翻飞，其乐融融：久而久之，他俩相处得和谐起来了。成了互有默契的 Compañeros①。和睦融洽的一对儿：

---

① Compañeros，西班牙语：伴侣。

如果他提出求婚，埃琳娜会答应吗？跟埃琳娜、费德尔住在他们的公寓里，肯定要比他独自一人住在码头区的小棚屋要舒服。

"你不必那么肯定他们已将你拒之门外。"埃琳娜说，"没准他们那儿有一长串的等待名单。不过你非要这一家，我还是觉得惊讶。为什么不换一家试试？或者干脆收心算了。"

"收心？"

"结束性生活的念头。你已经到这个年岁了。这个年岁该找些别的乐子了。"

他摇摇头，"还没到那份上，埃琳娜。再闯荡一回，再失败一回，也许到那时我会考虑收心。你没有回答我的问题。我是不是有什么地方让人看不惯？比如说，我说话的腔调：是我西班牙语太烂，不受人待见？"

"你的西班牙语是不够好，可你每天都有提高。我听到许多新移民的西班牙语还不及你说得好。"

"你真会安慰人，但事实上，我的听力不够好。我经常听不懂别人在说什么，只能靠猜。比如说俱乐部那女人，我以为她说打算把那儿的一个姑娘嫁给我，但也许我是听错了。我告诉她我并不是来找新娘的，她看着我，好像我疯了。"

埃琳娜不作声。

"欧亨尼奥也一样，"他继续说，"我不由想到，我说话的方式，像是一个沉湎往事的人，一个不能撇开过去的人。"

173

"撇开过去需要时间，"埃琳娜说，"一旦你真的撇开了，你那种不安的感觉就会退去，一切就会变得容易起来。"

"我期待着那种幸福的日子。期待着我在'舒适沙龙'或是'放松沙龙'，以及在诺维拉所有沙龙大受欢迎的日子。"

埃琳娜嘲讽地瞪了他一眼，"或者，你可以选择继续重温旧梦。不过到那时，你可别来抱怨我。"

"拜托，埃琳娜，别误会我。我对过去那些累人的记忆没那么珍惜。我同意你的说法：这只是一些负累。不，这其中有另外一些东西是我不愿放弃的：不是记忆本身，而是带着过去记忆的身体的归属感，那个沉浸在往事中的身体。你能明白吗？"

"新生活就是新的生命，"埃琳娜说，"那不是一个被新东西裹得严严实实的旧生命。看看费德尔——"

"但新生活的好处是什么，"他打断她，"如果我们不被它改造，不为之改头换面，就像我这样肯定就四处碰壁？"

她给他时间让他说下去，可他说完了。

"看看费德尔，"她说，"看看大卫。他们可不是属于记忆中的生命。孩子们生活在当下，不是过去。为什么不向他们学学？与其等着改头换面，何不干脆再做一回孩子？"

第 十 八 章

他和男孩在公共草地上散步，这是他们得到伊内斯允准的第一次远足。他心里的郁闷一扫而光，脚步轻捷而富有弹性。当他和男孩在一起，年岁的感觉似乎就消失了。

"玻利瓦尔怎么样了？"他问。

"玻利瓦尔跑掉了。"

"跑掉了！这太让人吃惊了！我还以为玻利瓦尔对你和伊内斯非常忠诚。"

"玻利瓦尔不喜欢我。它只喜欢伊内斯。"

"但可以喜欢的人肯定不止一个。"

"玻利瓦只喜欢伊内斯，它是她的狗。"

"你是伊内斯的儿子，可你不光是爱伊内斯。你也爱我。你爱迭戈和斯蒂法诺。你爱阿尔瓦罗。"

"不，我不爱。"

"听你这么说真的很不好受。那么玻利瓦尔离开了。你觉得它会去什么地方？"

"它回来了。伊内斯把它的食物搁在门外，它回来了。现在她再也不让它出去了。"

"我肯定它还不习惯自己的新家。"

"伊内斯说是因为它嗅到了狗女士的气味。它想和狗女士去配对。"

"是啊，这是喂养一条狗绅士的麻烦之处——它要去找狗女士。这是自然现象。如果狗绅士和狗女士不想配对了，那就不再有狗娃娃出生了，再过一段时间，就不会再有狗狗了。所以，给玻利瓦尔一点自由也许是最好的办法。你现在睡觉怎么样？你睡得好些了？不再做噩梦了吧？"

"我梦到了船。"

"什么样的船？"

"一条大船。我们看见船上一个戴帽子的人。海盗。"

"是领航员，不是海盗。你梦见了什么？"

"船沉了。"

"沉了？那后来呢？"

"我不知道。我记不得了。鱼出现了。"

"好吧，我来告诉你是怎么回事。我们被救起来了，你和我。我们肯定被救起了，否则我们现在不会在这儿，是吗？所以这不过是个噩梦罢了。再说鱼也不会吃人。鱼是不伤害人的。鱼是好的。"

该回去了。太阳西沉，第一批星星开始显露了。

"你看见那两颗星星了吗？就是我手指的地方——那两颗明亮的星星？它们是双子座。之所以这么称呼它们，因为它们总是一起出来。还有那颗星星，就是靠近地平线的，有点儿发红的那颗——那是夜星，是太阳下山后出现的第一颗星星。"

176

"双子座是双胞胎弟兄吗？"

"是啊。我记不得它们的名字了，其实很久以前它们就非常有名了，因为太有名所以就变成星星了。也许伊内斯会记得这故事。伊内斯给你讲故事吗？"

"她给我讲睡前故事。"

"那就好。等你以后自己能读书了，你就不必依赖伊内斯和我，或是其他什么人给你讲故事了。你自己就能阅读世界上所有的故事了。"

"我会读了，我也不想自己读。我喜欢让伊内斯给我讲故事。"

"这样不是目光太短浅了吗？阅读会给你打开一个新的世界。伊内斯都给你讲什么故事？"

"三儿子的故事。"

"三儿子的故事？我倒不知道这故事。是讲什么的？"

男孩停下了，双手握在胸前，两眼凝视远方，开始讲述起来：

"很久以前，有三个兄弟，冬天来了，外面下着大雪，妈妈说，三兄弟，三兄弟，我感到身上痛得不行，我怕自己就要死了，除非你们能找到那个守护着治病的珍贵仙草的女智者。

"于是老大说，妈妈，妈妈，我去找那个女巫。他披上斗篷踏雪而去。他碰到了狐狸，狐狸对他说，兄弟，你去什么地方？老大说，狐狸，我要去寻找守护仙草的女智者，所以我没时间跟你废话。狐狸说，你给我吃的，我就告诉你上哪儿去找。老大说，滚开吧，狐狸。他踢了狐狸

177

一脚，就走进了森林里，后来就再没有他的消息了。

"然后妈妈说，两兄弟，两兄弟，我感到身上痛得不行，我怕自己就要死了，除非你们能找到那个守护着治病的珍贵仙草的女智者。

"后来老二说，妈妈，妈妈，我去吧，他披上斗篷踏着雪去了。他遇到了一条狼，狼说，你给我吃的，我就告诉你上哪儿去找女智者。老二说，滚开吧，狼。他踢了它一脚就走进了森林里。从此以后再也没有他的消息了。

"然后，妈妈对老三说，老三呀老三，我觉得自己身上难受得要死，我怕自己快要死了，除非你给我找来治病的仙草。

"于是老三说，别害怕，妈妈，我会找到女智者，把治病的仙草给你带回来。他出门走进风雪中，路上遇上一头熊。熊说，你给我吃的，我就告诉你怎么找到女巫。老三说，熊啊，我很乐意，你要什么我就给你什么。然后熊就说，把你的心给我吃吧。老三说，我很乐意把我的心给你。于是他把自己的心给了熊，熊就吃了。

"然后熊就把那条隐秘的小路指给他看，他找到了女智者的屋子，敲开房门。女智者说，你怎么浑身血淋淋的，老三？老三说，我把自己的心给熊吃了，这样他就肯把你住的地方告诉我，因为我必须把仙草带回去给我妈妈治病。

"女智者说，看哪，这就是治病的仙草，它名叫埃丝凯梅尔，因为你有信念，把自己的心掏出来了，你妈妈的病就能治好了。顺着森林里留下的血迹回去吧，你就能找到回家的路。

"老三顺着那条路回到家里，他对妈妈说，看哪，妈妈，这就是仙草埃丝凯梅尔，现在，我要跟你说再见了，我必须离开你，因为那头熊吃了我的心。他妈妈尝了仙草，病马上就好了。她说，儿啊，我的儿，我看见你全身都在闪闪发亮。真的呢，他全身都发出闪亮的光芒，然后他就飞上了天空。"

"然后？"

"完了。这就是故事的结尾。"

"那么，最后一个兄弟变成了星星，剩下妈妈一个人了。"

男孩不作声。

"我不喜欢这个故事。结尾太悲哀了。再说，你也不可能是老三，不可能像星星那样飞上天空，因为你只有自己一个人，是唯一的兄弟，所以，也是第一个。"

"伊内斯说我可以有很多的兄弟。"

"她这么说！这些很多的兄弟从哪儿来呢？她想让我带给她，就像把你带给她一样？"

"她说，她想让他们从她身体里生出来。"

"嗯，没有一个女人仅靠自己就能有孩子，她需要一个父亲来帮助她，她应该知道这一点。这是自然规律，对我们适用的这条规律同样也适用于狗、狼和熊。但即使她想要更多的儿子，你也仍然是第一个，不是第二或第三个。"

"不！"男孩的声音里有些气呼呼的，"我想当三儿子！

我对伊内斯说了，她说好的。她说我可以回到她身体里，然后再出来。"

"伊内斯这么说的？"

"是的。"

"嗯，如果你能这样出来的话，那可真是奇迹了。我从来没听说像你这么大的孩子能再回到母亲肚子里去，更不用说再出来了。伊内斯说的肯定不是这意思。也许她想说的是，你会永远是她最爱的那一个。"

"我不想做被她最爱的，我想做三儿子！她答应我了！"

"一后面是二，大卫，二后面才是三。伊内斯可以答应你，就算答应到脸色发青也没用，她没法改变的。一一二一三，这个定律甚至比自然规律还要强大。这叫作数字定律。不管怎么说，你想做那个老三，因为老三是她给你讲的那个故事里的英雄。在许多其他的故事里，英雄都是大儿子而不是三儿子。那些故事甚至都没必要有三个儿子。很可能只有一个儿子，而且他也不必把自己的心掏出去。也有可能那个妈妈只有一个女儿而没有儿子。有许多各种各样的故事，也有许多各种各样的英雄。如果你学会阅读，你就会自己去发现这些。"

"我能阅读，我只是不想读。我不喜欢阅读。"

"这可不聪明了。再说，你马上就要六岁了，等你到了六岁，就该上学去了。"

"伊内斯说我不必去上学。她说我是她的宝贝。她说我可以在家里自己学习。"

"我同意，你是她的宝贝。她找到你真的很幸运。但你肯定自己要跟伊内斯这样一直待在家里吗？如果你去上学，你就会见到和你同年龄的孩子。你可以更正确地学习。"

"伊内斯说我不能在学校里得到个别关注。"

"个别关注！这是什么意思？"

"伊内斯说我肯定想得到个别关注，因为我很聪明。她说在学校里，聪明的孩子往往在得不到个别关注后就厌倦了。"

"为什么你觉得自己很聪明？"

"我知道所有的数字。你想听听吗？我知道一百三十四，我知道七，我还知道——"他深吸，一口气，"四百六十二万三千五百五十一，我还知道八百八十八，我还知道九十二，还知道——"

"停停停！这不叫知道数字，大卫。知道数字的意思是会计数。也就是说知道数字的序列——哪些数字在前，哪些数字在后。再接下来是能够做加法以及乘法——只需一步就能省略所有的加法步骤。能说出数字并不等于数学上很聪明。你可以整天站在这儿念数字，但你不会运算这些数字，因为运算最后需要一个结果。你不知道这些吗？伊内斯没对你说过这些吗？"

"你说得不对。"

"我说得哪里不对？数字没有尽头？没人能把全部数字都念完？"

"我能把数字都念完。"

"很好。你说你知道八百八十八。那八百八十八后面是什么数字？"

"九十二。"

"错了。下一个数字是八百八十九。两个数字哪一个更大？八百八十八还是八百八十九？"

"八百八十八。"

"错。八百八十九更大，因为它在八百八十八后面。"

"你怎么知道的？你从来没有到过那里。"

"你说'到过那里'是什么意思？当然我从来没有到过八百八十八。我不需要到了那儿才知道八百八十八比八百八十九小。为什么？因为我知道数字是怎样构成的。我学过算术的规则。你要是上了学，你也会学到这个规则，那时候，数字就不会再是这种——"他搜寻着合适的词儿，"类似你生活中的纠结。"

男孩没有回答，但他眼神似乎无动于衷。他说的话，他一点都没有听进去。不，那些话都被听进去了，所有那些话：听进去又被拒绝接受了。这孩子如此聪明，如此向往踏入这个世界，却为什么又拒绝理解事物？

"你说你已经知道所有的数字了，"他说，"那你告诉我最后一个数字是什么，所有数字的最后数字。就是别说奥米茄①。奥米茄不能数的。"

"奥米茄是什么？"

"别管它，就是别说奥米茄。告诉我最后一个数字，

---

① 奥米茄（Omega），希腊字母表上最后一个字母 Ω。

182

就是最最末尾的那个。"

男孩闭上眼睛，深吸了一口气。他全神贯注地皱紧眉头。他嘴唇翕动着，却一个字也没说出来。

一对鸟儿停在他们头顶的树枝上，叽叽喳喳地叫着，打算栖息下来。

他这是第一次想到，这男孩也许并不是简单的聪明孩子——世界上可有许多聪明孩子——而是另一种存在，是什么样的存在，他此刻说不出来。他伸出手轻轻地摇晃一下男孩。"好了，"他说，"数够了。"

男孩吓了一跳。他睁大眼睛，脸上那种痴迷的神色，那种神情恍惚的目光消失了。"别碰我！"他用古怪的高分贝嗓音尖叫一声，"你弄得我忘记数字了！你为什么要害我忘了？我恨你！"

"如果你不想送他去上学，"他对伊内斯说，"至少让我来教他阅读。他已经有这个基础了，他会迫不及待地拿起书本来的。"

东村社区中心有一个小型图书馆了，有两三个书架的图书：《木工自学》《编织艺术》《夏季菜谱一百例》，诸如此类。但那些图书都一本压着一本堆在那里，看不到封面，一本插图本少儿版《堂吉诃德》的书脊都被撕掉了。

他得意地拿出自己在图书馆发现的这本书，给伊内斯看。

"堂吉诃德是谁？"她问。

"是古代一个披戴盔甲的骑士。"他翻到第一张插图：

一个骨瘦如柴的高个子男人，留着一撮胡子，全身披盔挂甲，骑在一匹疲惫的老马上，旁边是一个骑驴子的矮胖子。这两人前方是一条路，弯弯曲曲通向远方。"这是喜剧性作品，"他说，"他会喜欢的，没人淹死，没人死于杀戮，甚至那匹马也没有死掉。"

他抱着孩子坐在窗前。"你和我一起来读这本书，一天读一页，有时读两页。首先，我会把故事大声念出来，然后我们一个单词一个单词地读下去，看看这些单词凑到一起是什么意思。好不好？"

男孩点点头。

"有一个人住在拉曼查——拉曼查在西班牙，那是西班牙语起源的地方——这个人不年轻了，但也不算太老，有一天他突然想到自己也许可以成为一名骑士。于是他取下挂在墙上早已生锈的盔甲，披挂停当，又召来了自己的马，那匹马名叫驽骍难得，又喊上了他的朋友桑丘，对他说，桑丘，我想踏上骑士探险之旅——你和我一起去好吗？瞧，这就是桑丘，这里也有桑丘，这两个词是一样的，开头字母是'S'。试着记住这个词的模样。"

"什么叫骑士探险之旅？"男孩问。

"Caballero，也就是骑士的探险。为拯救危难中的漂亮女士，去跟怪物、巨人作战。你会看到的。这本书里全是关于骑士冒险的故事。

"现在，堂吉诃德和他的朋友桑丘——你看，堂吉诃德的首字母是一个带弯钩的'Q'，桑丘的名字又出现了，他们站在路边，一个高大的巨人有四条胳膊，胳膊上那四个拳头，正朝着这两个旅行者挥舞过来。

"在第一次冒险中，堂吉诃德对桑丘说，留神了，桑丘。如果我不消灭这个巨人，所有的旅人都会遭殃的。

"桑丘不解地看着他的朋友。我没看见什么巨人啊，他说。我只看见一处磨坊，有四片风叶在那儿旋转。"

"什么是磨坊？"男孩问。

"看看图画。这些大手臂就是磨坊风车的四片风叶。风叶在风中旋转，机轮就转动起来了，然后，机轮就带动磨坊里面的大石头，那叫石磨，石磨就会把麦子碾成面粉，这样就可以做成面包烤出来给我们吃了。"

"但这不真的是磨坊，对不？"男孩说，"讲下去吧。"

"也许你见到的是磨坊，桑丘，堂吉诃德说，但这是因为你被那个玛拉都达女巫给迷惑了。如果你的眼睛不被迷雾给蒙住，你就会看见四条胳膊的巨人把守在这条路上。你想知道什么叫女巫吗？"

"我知道女巫。继续念吧。"

"堂吉诃德一边说一边举起长矛，拍打着驽骍难得朝巨人冲去。巨人用他的一个拳头轻松地把堂吉诃德的长矛给架住了。哈哈哈，可怜的叫花子骑士，他笑道，你真的以为自己能打败我吗？

"于是堂吉诃德再次拔剑冲了上去。但巨人用他的第二个拳头再次轻而易举地打败了他，把骑士和他的马，还有他的剑，一起扫了开去。

"驽骍难得挣扎着想站起来。至于堂吉诃德呢，他脑袋上挨了重重的一击，两眼直冒金星。喂，桑丘，堂吉诃德说，除非我的女主人美丽的杜尔西妮亚把治伤良药涂抹到我的伤口上，否则我可能活不到明天了。——别胡说了，阁下，桑丘说，只不过是头上磕了一下，我只要带你离开磨坊，你马上就会好的。——不是磨坊，是巨人，桑丘，堂吉诃德说。——那我带你离开巨人吧，桑丘说。"

"为什么桑丘不跟巨人作战？"男孩问。

"因为桑丘不是骑士。他不是骑士所以他没有长矛和剑，只有一把用来削土豆的小刀。他所能做的——我们明天就会看到——就是把堂吉诃德扶上驴子，送他到附近的客栈里休息和养伤。"

"可是为什么桑丘不去打巨人？"

"因为桑丘知道巨人其实是磨坊，你不能跟一座磨坊去战斗。磨坊又不是一个活物。"

"他不是磨坊，他是巨人！他只在图画里是磨坊。"

他放下书。"大卫，"他说，"《堂吉诃德》是一本不同寻常的书。对于图书馆里借给我们这本书的女士来说，这只是一本给孩子看的简单的书，但事实是它一点都不简单。这本书代表了我们两种看世界的眼睛，一种是堂吉诃德的眼睛，一种是桑丘的眼睛。对堂吉诃德来说，他要战胜的是巨人。对桑丘来说，这只是一座磨坊。我们大部分人——也许你不在内，但我们大多数人——都同意桑丘的看法，认为这是磨坊。其中也包括了插图画家，他画出来的就是磨坊。也包括了写书的人。"

"这本书是谁写的？"

"一个名叫贝内恩赫利①的人。"

"他住在图书馆里吗?"

"我想不会吧。这不是不可能的,不过我得说不像是这回事儿。我在图书馆里肯定没见到过他。他应该很容易就被认出来。他穿着长袍,头上裹着缠头巾。"

"为什么我们要读贝内恩赫利的书?"

"贝内恩赫利。因为我碰巧在图书馆里看到了这本书。因为我觉得你也许会喜欢它。因为这对你的西班牙语有好处。你还想知道什么?"

男孩不作声了。

"我们今天就到这儿,明天继续堂吉诃德和桑丘的冒险之旅。明天我希望你能指出桑丘名字那个大写的'S'和堂吉诃德名字那个带弯钩的'Q'。"

"这不是堂吉诃德和桑丘的冒险之旅。这是堂吉诃德的冒险之旅。"

---

① 贝内恩赫利(Cid Hamet Benengeli),是《堂吉诃德》作者塞万提斯在书中虚构的一个阿拉伯人。塞万提斯声称《堂吉诃德》是根据贝内恩赫利的小说翻译过来的。

第 十 九 章

　　有艘大货轮抵达码头，阿尔瓦罗称之"双舱船"，前后两个货舱都装满了货。码头工人分成了两组。他，西蒙，分在前舱的那一组。

　　第一天卸货干到上午十点光景，他在船舱里听见甲板上有人跑动，还有尖厉的汽笛声。"这是火警信号，"其中一个同伴说，"大伙儿赶快出去！"

　　他们从梯子往上攀爬时，他就闻到了烟味。一团团烟雾从后舱飘过来。"大家赶快撤离！"阿尔瓦罗站在船长驾驶台旁边喊道，"都上岸去！"

　　码头工人们刚爬出梯子，船员们就把巨大的舱口关上了。

　　"他们不灭火吗？"他问。

　　"没了氧气火自然就灭了，"一个同伴回答说，"一两个小时就全灭了。只是这舱货全完了，这一点毫无疑问。我们也许得把那些货扔进海里去喂鱼。"

　　码头工人都集中在岸边。阿尔瓦罗点着人头，"阿德里亚诺……阿格斯丁……""在……在……"点到名字的人都应声回答。点到玛西阿诺时，"玛西阿诺……"没人应声。"有人看见玛西阿诺吗?"没人应声。封住的舱口里透出缕缕烟雾,升入无风的空中。

水手们再次拉开舱口,一股灰色的浓烟顿时裹住了他们。"关上!"船长命令,转过来对阿尔瓦罗说,"如果你的人在里面,那他也彻底挂了。"

"我们不会放弃他的,"阿尔瓦罗说,"我要下去。"

"只要我在这儿就不准你下去。"

到了中午,后舱口短暂地打开了一会儿,但浓烟势头不减。船长命令放水进舱。码头工人们被遣散回家了。

他向伊内斯复述了这天的经历。他说:"至于玛西阿诺,要等到明天早上他们把舱里的水抽干,我们才能知道他到底怎么了。"

"你不知道玛西阿诺怎么了? 他出什么事了?"男孩插进他们的谈话。

"我估计他是睡了。他不小心吸进太多的烟。如果你吸进太多的烟,你就会变得浑身无力,昏昏沉沉,然后就睡着了。"

"再然后呢?"

"我恐怕得说,你就喊不醒这个人了。"

"那你就死了?"

"是啊,你就死了。"

"如果他死了,他就进入了下一轮的人生。"伊内斯说,"所以,没必要为他担心。你洗澡的时间到了。快点。"

"能让西蒙给我洗澡吗?"

他很长时间没见过男孩裸体的样子了。他很高兴地注意到男孩的身体大了一圈。

"站好了。"他说着把孩子身上残留的肥皂沫冲掉，用一块浴巾裹住他，"我们得赶快把你擦干，这样你就可以穿上睡衣了。"

"不，"男孩说，"我要伊内斯来给我擦干。"

"他要你去擦干，"他对伊内斯说，"我擦得不够好。"

男孩摊开身子躺在床上，听任伊内斯摆弄，擦干脚指缝，擦干大腿之间。他大拇指含在嘴里。他两眼懒洋洋地跟着她，沉浸在无所不能的愉悦中。

她往他身上扑着滑石粉，好像他还是个小娃娃，她帮着他穿上睡衣。

睡觉时间到了，可他还是不肯放过玛西阿诺的事情。"也许他没死，"他说，"我们能去看看吗，伊内斯和你，还有我？我保证不会吸进一点儿烟雾。我们能去吗？"

"问题不在这儿，大卫。要救玛西阿诺已经太晚了。再说船舱里都是水。"

"不会太晚的！我可以游到水里去救他，就像海豹那样。我能游到任何地方。我告诉你，我是逃生专家。"

"不行，我的孩子，游进灌满水的船舱太危险了，即便你是个逃生专家也不行。你会陷在里边再也回不来了。再说，逃生专家不会救别人，他们只能救自己。而且，你也不是海豹。你没学过游泳。现在是你该懂得这些道理的时候了，人不能仅凭愿望就会游泳，或是成为一个逃生专家，这需要多年的训练。再说，玛西阿诺不需要去搭救，他已经找回了自己的生命。玛西阿诺获得了安宁。可能就在这一刻，他已经穿过海洋奔向来世去了。这对他来说也许是一番激动人心的奇遇，是一个洗却凡尘的全新的开端。他将不再是一个码头装卸工，肩扛沉重的大包了。他可能成为一只飞鸟。他可能成为他喜欢的任何东西。"

"或是一只海豹。"

"一只鸟或是一只海豹。甚至也有可能是一头鲸。来世成为什么都是有可能的。"

"你和我会有来世吗？"

"我们死后会有。我们还不会死，我们还要活很久。"

"像传说中的英雄。英雄不会死的，是吗？"

"是啊，英雄不会死的。"

"来世我们也要说西班牙语吗？"

"肯定不会。说不定，我们没准儿要学中国话呢。"

"那伊内斯呢？伊内斯也会来吗？"

"这要由她自己决定了。但我可以肯定，如果你去了来世，伊内斯也会跟着去的。她非常爱你。"

"我们会见到玛西阿诺吗？"

"那是当然。不过，我们也许认不出他了。我们也许会以为自己见到的是一只鸟，一只海豹或是一头鲸鱼。而玛西阿诺——玛西阿诺见到你的时候，会以为见到的是一匹河马。"

"不，我是说真正的玛西阿诺，码头上那个。我们会见到真正的玛西阿诺吗？"

"船舱里的水抽干后，船长会派人下去把玛西阿诺的尸体捞上来。但真正的玛西阿诺不会在我们中间了。"

"我能见到他吗?"

"不会见到真正的玛西阿诺。真正的玛西阿诺我们是看不见的。至于尸体嘛,玛西阿诺已经离开他的躯体了。等我们去码头时,尸体就会被运走了。天一亮人家就动手了,那时你还在睡觉呢。"

"运到什么地方?"

"运去埋葬。"

"可是如果他没死呢?如果他还没死他们就埋了他,那怎么办呢?"

"不会发生那样的事儿。那些埋葬死者的人,那些掘墓人,他们都很仔细的,不会把没死的人埋掉的。他们会听心跳。他们会观察呼吸。他们要是听见哪怕是最轻微的心跳,都不会埋掉他的。所以,不必为这事儿担心。玛西阿诺安息了——"

"不,你不明白!如果他肚子里塞满了烟,而他又没有真的死去,那会怎样呢?"

"那是肺。我们都是用肺来呼吸的,不是用肚子。如果玛西阿诺的肺里吸进了太多的烟,他肯定就死了。"

"不是这样的!你只是说说的!我们能不能在掘墓人到那儿之前赶到码头上?我们现在就去好吗?"

"现在,黑夜里?不,我们当然不能去。我的孩子,你为什么这么急着要看见玛西阿诺呢?一具死人的尸体并不重要。重要的是灵魂。玛西阿诺的灵魂才是真正的玛西阿诺!他的灵魂正在赶往来世的路上。"

"我要见玛西阿诺！我要把烟从他身体里吸出来！我不要他被埋葬！"

"大卫，如果我们能够从玛西阿诺肺里吸出烟雾，让他起死回生，那些水手早就这样做了，我向你保证是这样的。水手们跟我们一样，都是好心人。但你不可能通过吸去人们肺里的烟雾让人复活，死人不能复活。这是自然定律。一旦你死去，你就是死了。尸体不会再有复生的可能。只有灵魂可以永生：玛西阿诺的灵魂，我的灵魂，你的灵魂。"

"这不是真的！我不要灵魂！我要救玛西阿诺！"

"不许你这样。我们都会去参加玛西阿诺的葬礼，在葬礼上，你会有机会，像每一个人一样，亲吻他告别。事情就是这样，这就是事情的结局了。我不再跟你讨论关于玛西阿诺的死了。"

"你不能要求我做什么！你又不是我爸爸！我要去问伊内斯！"

"我敢肯定，伊内斯不会黑灯瞎火地跟你一起跑到码头上。你该懂事了。我知道你愿意救助别人，这是值得敬重的，但有时候别人不需要你这样做。别再提玛西阿诺了。玛西阿诺走了。让我们记住他的好，忘掉他的躯壳。现在，伊内斯正等着给你讲睡前故事哩。"

第二天一早，他去码头上班时，后舱的水差不多快抽干了。一小时之内，一组水手就下去了。码头工人们阒然无声地在岸边看着，很快，他们死去的同伴的尸体就绑在担架上抬上了甲板。

阿尔瓦罗对大家说："伙计们，一两天之后，我们有机会向自己的朋友好好道别。"他说，"可是现在，我们还得照常工作。货舱里现在一塌糊涂，我们得把它清理干净。"

这天剩下的时间里，装卸工都在货舱里干活，水漫过脚踝，浸湿的灰烬散发着刺鼻的味儿。每一粒谷物都烧焦了。他们要铲去舱底的黏着物，扫进桶里送到甲板上，然后倒入海里。这是毫无乐趣的苦差事，在一处死亡之地一声不吭地往外搬垃圾。傍晚，当他敲开伊内斯公寓房门时，他已累得半死，心情也极为糟糕。

"你没有什么能喝的，是吗？"他问她。

"抱歉，我这儿没喝的东西。我给你煮茶吧。"

男孩趴在床上全神贯注地看书。已经忘了玛西阿诺了。

"嗨，"他招呼他，"堂今儿怎样？他折腾什么来着？"

男孩没理会这问题。"这个单词什么意思？"他指着书上问。

"这是冒险，瞧那个大写字母 A。堂吉诃德历险记。"

"那么，这个单词呢？"

"奇情异想，第一个字母是 F。还有那个词——记得那个大写字母 Q 吗？——就是吉诃德。你以后一看见那个大写 Q 就会认出那是吉诃德。我想你跟我说过你认识这些字母了。"

"我不想念字母，我想念故事。"

"这是不可能的。故事都是由单词组成的，单词是由字母组成的。没有字母就不可能有故事，不可能有《堂吉诃德》。你必须认得字母。"

"告诉我哪个是奇情异想。"

他捏着男孩的食指点在那个单词上。"这个。"指甲很干净，修剪得很整齐，而他自己的手，曾经柔软、干净的手，现在皲裂了，脏兮兮的，污垢深深嵌入裂纹里。

男孩猛然闭上眼睛，屏住呼吸，然后睁大眼睛，"奇情异想。"

"很好。你认识了奇情异想这个词。大卫，学会阅读有两种方法。一种是一个单词一个单词地认过来，像你现在这样。另一种方法更快捷，就是先学会拼成单词的字母。一共有二十七个字母。一旦你学会了那些字母，你自己就能拼出生词，不需要每次都要我来告诉你了。"

男孩摇摇头，"我还是用第一种方法吧。巨人在什么地方？"

"就是实际上是磨坊的那个巨人？"他翻着书页，"巨人在这儿。"他捏着男孩的手指点在巨人这单词上。

男孩闭上眼睛。"我是用手指来阅读的。"他宣称。

"你怎么阅读没有什么大问题，只要能阅读就好，无论是用你的眼睛，还是像盲人一样用你的手指。告诉我吉诃德是哪个词？带 Q 的那个。"

男孩用手指点着书页，"这儿。"

"不是。"他捏起孩子的手指对准正确位置，"这是吉诃德，有一个大写 Q。"

男孩任性地拨开他的手，"这不是他真的名字——难道你不知道？"

"这也许不是他生活中的名字，只是认识他的人都知道他叫这个名字，当然这是他自己选择的名字，我们认识他也是由于这个名字。"

"这不是他真正的名字。"

"那么他真正的名字叫什么？"

男孩突然缩回自己的世界。"你该走了，"他嘟囔着，"我要自己看书。"

"好啊，我这就走了。你如果改变想法，想要学习正确的阅读方法，可以打电话找我。打电话找我，告诉我堂真正的名字。"

"我不会说的。这是秘密。"

伊内斯在厨房里忙着，他离开时她都没抬眼看一下。

过了几天，他又去那里。他发现男孩还是像以前一样对着那本书在沉思默想。他刚想说话，可男孩不耐烦地做了个手势——"嘘！"——然后就飞快地翻着书页，他啪啪翻动的样子就像书页后面藏着一条蛇要咬他似的。

那上面的图画显示被绑在吊篮上的堂吉诃德，正被缒入一处地穴。

"你要我帮你解释吗？我来跟你说说是怎么回事？"他问。

男孩点点头。

他拿起书，"这是其中的一个章节，叫作'蒙特西诺斯洞穴'。因为听说了蒙特西诺斯洞穴的许多事情，堂吉诃德决定亲自探查一下这名气很大的神奇地儿。于是他吩咐他的朋友桑丘和一个很有学问的人——这戴帽子的肯定就是那个很有学问的人了——把他缒进黑暗的洞穴里，然后耐心等待他的信号，再把他拉上来。

"学者和桑丘坐在洞口足足等了一个小时。"

"什么叫学者？"

"学者就是读了许多书，懂得许多事情的人。桑丘和学者坐在那儿等了一个小时后才感觉下面好像有信号传来了，于是再把他拽上来，堂吉诃德这才重见天日。"

"这么说堂吉诃德没有死？"

"没有啊，他没死。"

男孩欢畅地叹了口气。"那真好，不是吗？"他问。

"是的，当然很好。可你为什么要觉得他死了呢？他是堂吉诃德。他是英雄。"

"他是英雄，而且也是魔法师。你用绳子捆住他，把他塞进一个洞洞，再打开那个洞洞，他就不在了，他逃走了。"

"哦，你以为是学者和桑丘捆了堂吉诃德？不是，如果你读过这本书，而不是光看图画猜故事，你就会知道他们是用绳子把他拽出洞穴，而不是把他捆起来。要我继续往下讲吗？"

男孩点点头。

"堂吉诃德诚恳地向朋友们道谢。跟他们畅谈自己在蒙特西诺斯洞穴里所有的奇遇。他说自己在地底下度过三天三夜，许多奇异的景象让他大开眼界，尤其是那些瀑布，冲泻下来的不是水，而是晶光闪烁的钻石，还有一队队身着绸缎长袍的贵妇，还有，最最奇妙的是杜尔西妮亚夫人骑在一匹笼头装饰着珠宝的白马上，她停下来，和颜悦色地跟他说话哩。

"可是阁下，桑丘说，你肯定弄错了，你在地下并没有待上三天三夜，最多也只有一个小时。

"不，桑丘，堂吉诃德郑重地说，我肯定离开你三天三夜了，如果在你看来似乎只有一个小时，那是因为你等待的时候打盹了，时间概念模糊了。

"桑丘正欲反驳，但转念一想，堂吉诃德是多么固执己见的一个人。是的，阁下，他说，然后朝那位有学问的学者眨眨眼睛，你肯定是对的：因为这三天三夜里我们两人都睡过去了，一直睡到你回来。但求求你告诉我们，杜尔西妮亚夫人跟你说了些什么？

"堂吉诃德严肃地看着桑丘。桑丘，他说，你这没信念的朋友，什么时候才能开窍，什么时候才能开窍？然后他就不作声了。

"桑丘抓抓自己的头皮。阁下，他说，我不能否认自己很难相信你在蒙特西诺斯洞穴里度过三天三夜那段时间对我们来说只不过是一个小时，所以我不能否认自己很难相信在这段时间里我们脚底下居然有成队的贵妇走过，还有夫人骑在雪白的马上这类奇闻。如果骑在马上的杜尔西妮亚夫人向阁下你赠送了什么礼物，比如红宝石蓝宝石，你能拿出来给我们两个不相信这事儿的倒霉蛋瞧瞧，那就是另外一回事了。

"红宝石或蓝宝石，堂吉诃德笑了。我会给你们看看红宝石或是蓝宝石，以证明我没有撒谎。

"是该这么说，桑丘说，是该这么说。

"桑丘，如果我给你们看了红宝石或蓝宝石，那该怎么样？

"阁下，那我就跪下来，亲吻你的手，乞求你原谅我对你的怀疑。以后我就做你忠诚的追随者直到永远。"

他合上了书。

"然后呢？"男孩问。

"没有了。这一章结束了。明天之前没有别的故事了。"

男孩从他手里拿过书，重新翻开堂吉诃德捆在吊篮上的插图，使劲地盯着印在图画周围的正文。"指给我看——"他小声说。

"指给你看什么？"

"指给我看哪儿是这一章的结尾。"

他指着章节的结束处，"瞧，这里开始就是新的一章了，叫作'佩德罗和木偶，堂佩德罗和木偶'。'蒙特西诺斯洞穴'已经结束了。"

"那么，堂吉诃德有没有给桑丘看他的红宝石呢？"

"我不知道。贝内恩赫利先生没有说。也许他给看了，也许他没有。"

"那么，他真的有红宝石吗？他真的在地底下待了三天三夜？"

"我不知道。也许堂吉诃德的时间不是我们的时间。

也许在我们身上是一眨眼的工夫，在堂吉诃德那儿是永生永世。但如果你相信堂吉诃德从地洞上来时口袋里装着红宝石，也许你应该自己写一本书来叙述这个故事。那么我们就要把贝内恩赫利先生的书还给图书馆，然后读你写的书。但是不幸的是，你在写书之前必须先学会阅读。"

"我会阅读。"

"不，你不会。你看着书页动着嘴皮子，然后在自己的脑子里编故事，但这不是阅读。真正的阅读是你必须去理解书上写的东西。你必须放弃自己的幻想。你必须停止犯傻。你不能再做一个小娃娃。"

他以前从来没有这样直截了当，这样严厉地对这孩子说过话。

"我不要用你的方法读，"孩子说，"我要用自己的方法读。有一个很酷很酷什么什么什么都会的人，骑马的时候他是马，走路的时候他是波马。①"

"这根本是瞎说一气。再说也根本没有波马。堂吉诃德不是胡说八道。你不能自己胡说一气，又假装在读这本书。"

"我能的！这不是胡说八道，我能看书的！这不是你的书！这是我的书！"他皱起眉头愤怒地哗哗翻着书页。

"恰恰相反，这是贝内恩赫利先生写给世人的一本书，所以，它是我们大家的——属于一切有理性的人，从

---

① 这句话里"什么什么什么"（nandynandynandy）、"波马"（porse），都是孩子自己瞎编的单词。

另一种意义上来说，也是属于图书馆的，从哪一方面来说都不仅仅属于你。别再这么撕书。你为什么要这么粗鲁地对待书籍？”

“因为，因为如果我不这么快点翻，洞洞就会张开。”

“在哪儿张开？”

“在一页一页之间。”

“这是瞎扯。书页之间根本没有什么洞洞。”

“有一个洞洞。就在书页里。你看不见是因为你什么都看不见。”

“好了，别这样了！”伊内斯吼道。

一开始，他还以为她在朝着男孩吼。他还以为她至少会由于他的粗鲁而责备他几句。但不是的，她是在朝他吼。

“我以为你会希望他学会阅读。”他说。

“不是以这种没完没了的斗嘴为代价。另找一本书啊。找一本简单点的。这本《堂吉诃德》对小孩来说太难了。把它还给图书馆去。”

“不！”男孩紧紧夹着书，“你不能拿走！这是我的书！”

第二十章

自从伊内斯住进来以后，这房子里就失去原先简朴的气息。确切说，现在已变得凌乱不堪，还不仅是她的物品满坑满谷。最糟的是角落里男孩床边，那只硬纸盒里，他收集来的和买回家的小玩意儿都盛不下了。什么鹅卵石、松果、枯萎的花、骨头、硬壳，还有一小堆瓷片和一些废金属。

"这些乱七八糟的玩意儿是不是该扔出去了？"他建议道。

"这不是乱七八糟的玩意儿，"男孩说，"这些东西是我抢救下来的。"

他用脚推一下纸板盒，"这都是垃圾。你不能把你新碰上的每一样东西都抢救下来。"

"这是我的博物馆。"男孩说。

"塞进一堆废旧物品不能算是博物馆。在博物馆里能占有一席之地的物件都是有一定价值的。"

"什么叫价值？"

"如果这物件是有价值的，就意味着人们通常会珍惜它，承认它是有价值的。一只破旧的杯子是没有价值的。

没有人会珍惜它。"

"我珍惜它。这是我的博物馆，又不是你的。"

他转向伊内斯，"这都是你纵容的？"

"让他去好了。他说旧东西扔了他会心疼。"

"你没必要为一只缺柄的旧杯子感到心疼。"

男孩不解地盯着他。

"杯子是没有感觉的。如果你把它扔掉，它也不会怎么样。不会伤害它的。如果你对一个旧杯子感到心疼，你可能也会对——"他有些恼怒地搜肠刮肚想着词儿，"对天空，对空气，对你脚下的地球感到不好意思。你也许会对任何事情都感到心疼。"

男孩还是那样看着他。

"物品不会永远存在，"他说，"每一件物品都有自然期限。那个旧杯子曾经有过好时光，现在该是它退场的时候了，它应该给一只新杯子让位。"

男孩脸上那种固执的神情是他非常熟悉的，这会儿又显现出来了。"不!"他说，"我要留着它! 我不让你拿走它! 这是我的!"

伊内斯每一次的当面袒护，都使这男孩变得越来越固执和任性。没有一天不发生争执，没有一天不是在吼叫和跺脚中度过。

他催促她送他去学校。"家里的天地对他来说越来越小了，"他说，"他需要去面对真实的世界。他需要更宽广的视野。"但她还是不肯。

"钱是从哪儿来的？"男孩问道。

"这要取决于你脑子里想的是哪一类钱。硬币是从那个称作造币厂的地方制造出来的。"

"你的钱是你从造币厂拿来的吗?"

"不是,我的钱是从码头上发薪水的出纳员那儿拿来的。你见过那人。"

"为什么你不从造币厂拿钱?"

"因为造币厂不会直接给我们发钱。我们为了拿到钱要去工作。我们必须去挣钱。"

"为什么?"

"因为世界就是这样。如果我们不必为了挣钱而工作,如果造币厂直接把钱发给我们每一个人,那钱就没有任何价值了。"

他带着男孩去看足球赛,在旋转栅门那儿付了钱。

"为什么我们要付钱?"男孩问,"我们以前不用付钱的嘛。"

"这是冠亚军决赛,这个赛季最后一场比赛。在比赛结束时,获胜者要享用蛋糕和酒。所以就有人收钱去买蛋糕和酒。蛋糕师呢,拿不到钱也就没法买面粉、糖和黄油去做蛋糕。这是规则:如果你要吃蛋糕,你就得付钱。酒也是一回事。"

"为什么?"

"为什么?对你所有的为什么、所有的问题来说,过去、现在和将来,答案就是:因为世界就是这样。世界不是为了我们的方便而设立,我的小朋友。我们必须去适应它。"

男孩张开嘴巴想要回答。他马上用一根手指压在他嘴唇上。"别说了,"他说,"别再问为什么了。安静看比赛吧。"

看完比赛后他们回到公寓。伊内斯正在炉子上忙着,空气中有一股烤焦的肉味。

"吃饭了!"她喊道,"快去洗手!"

"我得走了,"他说,"再见,我明儿再来看你们。"

"你要走?"伊内斯说,"你不想留下来看他吃饭吗?"

那张餐桌只为一个人摆设,为这个小王子。伊内斯从煎锅里把两段香肠拨到他的盘子里,她把切成两半的熟土豆、几片胡萝卜和西兰花围着香肠摆成一道弧形,又从煎锅里往那堆菜肴上滴了几滴油。那条狗玻利瓦尔,躺在敞开的窗边睡觉,这会儿爬起来啪嗒啪嗒地走过来。

"唔,香肠!"男孩说,"香肠最好吃了。"

"我可有日子没见到香肠了,"他对伊内斯说,"你在哪儿买的?"

"迭戈弄来的。他跟居留点那儿厨房里的人关系不错。"

男孩把香肠切成小片,又切了土豆,兴致勃勃地咀嚼着。他似乎相当安然自若地让两个大人站在一边看他吃饭,那条狗将脑袋枕在他膝盖上,看着他的每一个动作。

"别忘了吃胡萝卜。"伊内斯说,"它能让你在黑暗中也看得清清楚楚。"

"就像一只猫。"男孩说。

"就像一只猫。"伊内斯说。

男孩吃了胡萝卜，"那西兰花吃了有什么好处？"

"西兰花对你健康有好处，肉能使你强壮，对不对？"

"没错，肉能使你强壮。"

"我得走了。"他对伊内斯说，"肉确实能使你强壮，但你在给他吃香肠之前也许应该多想想。"

"为什么？"男孩问，"为什么要让伊内斯多想想？"

"因为他们塞进香肠里的那些东西。香肠里的东西对你的健康并不都有益处。"

"香肠里塞进了什么？"

"嗯，你想那是什么？"

"是肉。"

"是的，可那是什么肉？"

"袋鼠肉。"

"你这会儿又在犯傻了。"

"大象肉。"

"香肠里塞的是猪肉，但有时候也不一定，而猪不是洁净的动物。它们不像羊和牛那样吃草。它们碰上什么就吃什么。"他瞟一眼伊内斯，她也紧抿着嘴唇看着他，"比方说，它们会吃便便。"

"在马桶里吃？"

"不，不是在马桶里吃。可如果它们碰巧在野地里碰上便便，它们想也不想就吃下去了。它们是杂食动物，也就是说，它们什么都吃。它们甚至互相吃来吃去。"

"根本不是这回事儿。"伊内斯说。

"香肠里面有便便吗？"男孩问。他放下了叉子。

"他是在胡说八道，别听他的，香肠里面根本没有便便。"

"我并不是说你的香肠里面真的有便便，"他说，"可那里面有便便肉。猪是不洁净的动物。猪肉是便便肉。当然这只是我的看法。并不是每个人都同意我的说法。你自己决定吧。"

"我不想再吃了。"男孩把盘子推到一边，"玻利瓦尔可以吃。"

"把盘子里东西吃光，我就给你巧克力。"伊内斯说。

"不。"

"我希望你自重些。"伊内斯说着转向他。

"这是一个卫生问题。卫生伦理问题。如果你吃了猪肉，你就变得像猪。部分像猪，不是整个儿，只是部分。你就有几分猪的意思了。"

"你疯了。"伊内斯说。她对男孩说，"别听他的，他已经疯了。"

"我没疯。这种情形称之合质说。你想为什么还会有食人族？食人族就是合质说发展到极端状态的人。如果我们吃了另一个人，我们就变身为另一个人了。食人族相信这个。"

"什么叫食人族?"男孩问。

"食人族是野蛮人，"伊内斯说，"你不用担心，这里没有食人族。食人族只是神话传说。"

"什么叫神话?"

"是古时候流传下来，现在不再有人信的故事。"

"给我讲个神话吧。我要听神话。给我讲三兄弟的神话。要不就讲个天上的兄弟。"

"我不知道什么天上的兄弟。现在你得赶快把饭给吃了。"

"如果你不给他讲那对兄弟的故事，那就给他讲讲小红帽的故事吧。"他说，"告诉他狼怎样吞吃了小姑娘的外婆，然后又扮成外婆，一个狼外婆。这就是合质说的结果。"

男孩站起来，把盘子里的东西全都拨到狗碗里，然后把盘子扔进厨房水槽里。狗大口吞吃了香肠。

"我要当一个救生员，"男孩宣称，"迭戈会在游泳池里教我的。"

"那好啊。"他说，"除了当救生员、逃生专家和魔术师，你还想当什么？"

"没了。就这些了。"

"把别人从游泳池里救出来，从封闭的空间逃逸，还有变魔术，这些只能算是爱好，不是职业，不是人生的工作。你打算做什么工作来赚取生活费呢？"

男孩朝他母亲瞥一眼，像是在寻求保护。然后他壮了壮胆，说："我不必去做赚取生活费的工作。"

"我们都必须做赚取生活费的工作。这是人生状况的一部分。"

"为什么？"

"为什么？为什么？为什么？这不是正确的谈话态

度。如果你把所有时间都花在救人和挣脱链子逃生上，而不想工作，那你吃什么呢？你从什么地方得到食物让自己强壮起来呢？"

"从商店里。"

"你去商店，人家就给你食物。一分钱也不付。"

"是啊。"

"如果不用付钱，人们把商店里食物都拿走了，那会有什么后果？商店拿空了怎么办？"

平静中，孩子嘴角微微漾开一丝古怪的微笑，他回答："为什么？"

"什么为什么？"

"为什么商店会空了？"

"因为如果你拿了 X 条面包却一点钱都不付，那就再也没有面包了，因为没有钱去采购新的面包。因为 X 减 X 等于零。等于什么都没有。等于空了。等于一个空空的肚子。"

"X 是什么？"

"X 可以代表任何数字，十，百，或是千。如果你有某样东西，但你给出去了，你就不再有了。"

男孩紧闭上眼睛，做了个滑稽的鬼脸。然后他开始咯咯大笑。他攥住母亲的裙子把自己的脸压在她的大腿间，咯咯咯地笑得满脸通红。

"怎么啦，亲爱的？"伊内斯说。但男孩还是笑个不停。

"你最好还是走吧，"伊内斯说，"你把他给惹疯了。"

"我在教育他。如果你把他送到学校去，那就不必上这样的家庭教育课了。"

男孩和 E 幢的一个老人交上了朋友，那人在楼顶上养着一窝鸽子。从门厅的信箱上看，他的名字叫帕拉马基，但男孩管他叫帕洛马先生，鸽子先生。帕洛马先生允许男孩用手喂鸽子。他甚至把自己的一只鸽子送给了他，一只纯白的鸽子，男孩给它取名布兰科。

布兰科很安静，这只感觉迟钝的鸟甚至会停在男孩伸出的手腕上，有时是蹲在肩膀上，让他带出去散步。它似乎不想飞走，或者说它根本就不会飞。

"我觉得布兰科的翅膀可能被剪过，"他对男孩说，"所以它不会飞。"

"才不是，"男孩说，"瞧!"他把鸟抛向空中，只见它懒洋洋地飞了一两圈，然后又停到他肩膀上，歇在那儿了。

"帕洛马先生说布兰科会送信。"男孩说，"他说如果我走丢了，可以把信拴在布兰科的腿上，然后布兰科就会飞回家，然后帕洛马先生就能找到我。"

"帕洛马先生真是太好了。不过你得确保自己身边带着铅笔和细绳，能把纸条拴在布兰科腿上。你会写什么呢？让我看看，万一需要营救，你会怎么写。"

他们穿过空荡荡的游乐场。走到沙坑里，男孩蹲下来，抚平沙面，用一根手指写了起来。他从男孩身后看过去——先是一个 O，随后是一个 E，接着写不出了，就再写一个 O，然后是 X，然后又是 X。

男孩站起来。"你念念。"他说。

"我读不懂。是西班牙语吗？"

男孩点点头。

"不行，我认不出来。你写的是什么？"

"我写的是，请跟着布兰科，布兰科是我最好的朋友。"

"见鬼了。费德尔曾经是你最好的朋友，之前是国王。为什么费德尔不再是你的朋友了，为什么他的位置让一只鸟儿占去了？"

"费德尔对我来说年龄大了点。费德尔也太粗鲁。"

"我从来没见到费德尔粗鲁过。伊内斯跟你说他粗鲁？"

男孩点点头。

"费德尔是个挺文雅的男孩。我很喜欢他，你以前也很喜欢他。我告诉你一些事情吧。费德尔因为你不再跟他玩，感到很伤心呢。在我看来，你对待费德尔的态度很不对。事实上，是你对他太粗鲁。在我看来，你应该少跟帕洛马先生待在屋顶上，多跟费德尔在一起。"

男孩抚摸着胳膊上的鸽子。他接受了他的责备没有顶嘴，要不也可能只是把这话当成耳旁风了。

"还有，我觉得你应该对伊内斯说，该让你上学去了。你应该坚持这一点。我知道你是个聪明孩子，自己会学习阅读和写作，但是在现实生活中，你要能够像别人那样掌握写作的规则。你拴在布兰科腿上的纸条如果没人看得懂，甚至帕洛马先生也看不懂，那可一点用处都没有。"

"我看得懂。"

"你看得懂因为那是你写的。但信息的要点在于能让别人看懂它。如果你走丢了，送信让帕洛马先生来救你，他就必须能读懂你写的信息。不然，你就只好把你自己拴在布兰科腿上，让它带你飞回家了。"

男孩困惑地看着他。"可是——"他说。接着他明白这是个玩笑，他们两人一起大笑起来，笑个不停。

他们在东村的游乐场上。男孩坐在秋千上，他把它摆荡得老高，弄得男孩开心得一惊一乍地大喊大叫。这会儿，他们并排坐在一起喘着气，在最后的暮色中喝着饮料。

"伊内斯肚子里会生出双胞胎吗？"男孩问。

"当然能啊。双胞胎也许不常见，但是有可能的。"

"如果伊内斯生了双胞胎，那我们就是三兄弟了。双胞胎必须总在一起吗？"

"未必须，但他们喜欢在一起。双胞胎天生就喜欢对方，就像星星的双子座一样。如果它们各自游荡开去，那就可能迷失在天空中了。但是，彼此的眷恋总是将它们拴在一起。它们会一直拴在一起，直到永远。"

"但它们并不是总在一起，那双子座星，并不真的是在一起。"

"是的，你说得对，它们在天上并不紧挨在一起，它们当中有一个小小的间隔。这是自然之道。想想那些恋人吧，如果恋人一天到晚都黏在一起，他们就不会再彼此相爱了。他们就成了一个人了。他们不再需要什么了。这就是为什么天然会有间隔的原因。如果宇宙中所有的东西都紧贴在一起，那就不会有你、我或是伊内斯了。这会儿你我就不会在这儿聊天了，那就没有声音了——一个人，也就无话可说了。所以，总的来说，每样东西之间有隔离是好事，你就是你，我就是我，不是连成一体的。"

"但我们可以掉下去，我们可以掉进那个间隔。掉进裂缝里。"

"间隔和裂缝不是一回事，我的孩子。间隔是事物本来就有的一部分，是事物的组成方式。你不能掉进间隔就消失不见了。那种事情不会发生的。裂缝就完全不同了。在自然的次序中，一道裂缝就是一个破口。就像用刀子在你身上割了个口子，或是把一张纸撕成两半。你一直在说我们要注意裂缝出现，可是裂缝在哪儿呢？你在我俩之间什么地方看到了裂缝？指给我看。"

男孩不吭声了。

"天上的双子星座就像地上的双胞胎。它们也好比是数字。"对于一个孩子来说，这是不是太难以理解了？也许吧。但男孩对他的话很着迷，他肯定怀着这样的希冀——吸收进去，然后仔细思索这些话，也许就开始明白其中的道理。"就像一和二这两个数字。一和二是不一样的，它们之间的区别在于间隔而不是裂缝。这样我们才能数数字，从一数到二，而不必担心掉进裂缝里。"

"我们能不能哪天去看看它们，看看天上的双胞胎？我们能坐船去吗？"

"我想是可以的，如果我们能找到合适的船。不过到达那儿需要很长时间。双子星座离我们非常遥远。据我所知，还没有人到过那里。这——"他的脚在地面上踏了一下，"是我们人类可以访问的唯一的星球。"

男孩不解地看着他。"这不是星星。"他说。

"它是的。只不过因为凑近看，它跟别的星星不一样。"

"它不会发光。"

"从近处看是没有光亮。但从远处看，所有的东西都有光亮。你有光亮，我有光亮，星星当然是闪亮的。"

男孩似乎挺开心。"所有的星星都是数字吗？"他问。

"不是。我说双子星座像数字，那只不过是一种表达方式。不是的，星星不是数字。星星和数字是相当不同的两种事物。"

"我觉得星星就是数字。我觉得这是数字十一——"他伸出手指，指向天空，"那是数字五十，那是数字三万三千三百三十三。"

"哦，你的意思是，我们可以给每颗星星标上一个数字？这当然是辨别星星的一个好办法，不过这办法太单调了，非常缺乏想象力。我觉得更好的办法是给它们一个恰当的名字，比如熊之星、夜之星，以及双子星什么的。"

"不，太傻了，我说的是每颗星星都是一个数字。"

他摇摇头，"一颗颗星星不是一个个数字。星星和数字在少数情况下是相似的，但在大部分情况下，它们相当不同。举例来说，星星散乱地分布在空中，而数字却像一排航行中的船队，是有次序的，每一个数字都知道自己的位置在哪里。"

"它们会死去的。数字会死去。如果它们死了，那会怎么样？"

"数字不会死的。星星不会死的。星星是永恒的。"

"数字会死的。它们可以从天空掉下来。"

"你说得不对。星星不可能从天空掉下来。有些星星似乎坠落了，那些流星，但它们并不是真正的星星。至于数字嘛，如果一个数字放弃了序列中的位置，那就会出现一个裂缝，一个破口，而数字是不会这样的。数字之间从来没有裂缝。没有一个数字会永远消失。"

"会的！你不明白！你什么都记不得了！数字会从天空掉下来，就像堂吉诃德掉进了裂缝。"

"堂吉诃德不是掉进了裂缝。他下到洞里去了，用绳子结成的软梯。再说，堂吉诃德和这事儿没什么关系。他又不是真人。"

"他是的！他是英雄！"

"对不起。我刚才说的不是那个意思。当然堂吉诃德是一个英雄，他当然是真的。我的意思是说他身上发生的事情，不会发生在别人身上。人们自始至终过着自己的日子，而并没有掉进什么裂缝里去。"

"他们掉进去的！他们掉进了裂缝里，你再也看不见他们了，因为他们再不能出来了。你自己这么说过的。"

"你这是把裂缝和洞穴搞混了。你在想人们死后被埋到坟墓里了，埋在地下一个洞穴里。坟墓是掘墓人用铲子挖掘的。它不是裂缝那种有悖常理的东西。"

　　随着一阵衣裙的窸窣声，伊内斯从夜幕中冒了出来。"我喊了又喊，"她气恼地说，"就没有一个人听见吗？"

第二十一章

他下一次去那公寓敲门，男孩猛然地把门打开，兴奋得满脸通红。"西蒙，猜猜怎么回事？"他喊道，"我们看见达加先生了！他有一支魔术笔！他给我看的！"

他都忘了谁是达加先生了，原来就是在码头上羞辱阿尔瓦罗和工薪出纳员那家伙。"一支魔术笔！"他说，"听起来挺有意思啊。我能进来吗？"

玻利瓦尔威严地过来在他两腿之间嗅来嗅去。伊内斯弓着背忙着针线活计：有那么一刻，他恍惚瞥见她变成老妇人的样子。她没顾得上寒暄就开口说："我们进城去了，去援助中心领取孩子的津贴，那个人就在那儿，你们的朋友。"

"他不是我的朋友。我从来没跟他说过一句话。"

"他有一支魔术笔，"男孩说，"里面有一个女人，你会以为那是画的，但其实不是，是真的女人，一个很小很小的女人，当你把笔杆倒过来，女人的裙子就倒垂下来，她就成了光身子了。"

"嗯。达加先生除了那个小女人，还给你看了别的什么？"

"他说，阿尔瓦罗手被割伤不是他的错。他说是阿尔瓦罗先起的头。他说那是阿尔瓦罗的错。"

"人们就是喜欢这么说。总是别人先起的头。总是别人的错。达加先生有没有顺便说起他拿走的自行车弄到哪儿去了？"

"没有。"

"好吧，下回你再见到他就问问他，问他工薪出纳员没了自行车，只好自己走回去，那是谁的错。"

一阵沉默。让他惊讶的是，有个男人把小男孩们拽到一边，给他们看里面有光身子女人的魔术笔，伊内斯对这事竟几乎不置一词。

"那是谁的错呢？"男孩问。

"你想说什么？"

"你说总是别人的错。那是达加先生的错吗？"

"是说骑走自行车的事儿？是的，那是他的错。不过，我说总有人说是别人的错，那是笼统的说法。每当发生什么不好的事情，我们马上声称这不是自己的错。我们会一直追溯到万物的起源。这似乎已是我们根深蒂固的本性。我们似乎从来就不打算承认自己的过错。"

"那是我的过错吗？"男孩问。

"你的过错？当然不是，不是你的过错。你只是个孩子，怎么可能是你的过错？但我觉得你真的应该躲开达加先生。他不是年轻人应该跟从的好榜样。"他语气郑重，说得很慢：这是对男孩的警告，也是对伊内斯的提醒。

几天之后，他正从码头边一艘卸完货的船里出来，惊讶地发现伊内斯站在作业区，专注地跟阿尔瓦罗在说着什么。他的心猛地抽紧了。她以前从来不到码头上来：只有一种可能，准是坏消息。

男孩失踪了，伊内斯说，被达加先生拐走了。她已经报过警，但他们没有办法。没人能帮上忙。阿尔瓦罗必须做点什么。他，西蒙，必须做点什么。他们必须追踪达加先生，找到他——这应该不难，因为他跟他们一起工作过——找到她的孩子还给她。

码头区附近很少看见女人。男人们都好奇地看着这个抓狂的女人，看着她蓬乱的头发，她那身城里人的装束。

他和阿尔瓦罗从她嘴里渐渐听清了整个事情的来龙去脉。援助中心那儿队伍排得很长，男孩等得不耐烦了，达加先生碰巧在那儿。他给男孩买了冰淇淋，她再回头看他们，人都不见了，两人好像从地球上消失了。

"可是你怎么能让他跟这种人来往呢？"他指责道。

她倔强地把脑袋一抬，不理会这个问题，"一个成长中的男孩，生活中需要一个男人。他不可能总是跟母亲在一起。我以为他是个好人。我以为他是个诚实的人。大卫对他的耳环很着迷。他也想要一对耳环。"

"你说过你会给他买一对吗？"

"我告诉他，等他再大一点可以戴，但不是现在。"

"你们两个先商量着吧，"阿尔瓦罗说，"需要我的时候喊我一声。"

"在这事情里面，你自己都做了什么？"只有他们两个人时，他问，"你怎么能把自己的孩子托付给这么个人？

你还有什么没告诉我的？你是不是也觉得他的耳环挺迷人的，还有魔术笔里的裸体女人？"

她假装没听见他说什么。"我等啊，等啊，"她说，"等我看见公交车时，还以为他们也许已经回到家里了。可他们没在家里。我打电话给我哥哥。他说他会给警察打电话，但他又打来电话说，警察没法管这事因为我不是……因为我和大卫的关系没有证明。"

她停了一下，目光瞟向远方。"他告诉我……"她说，"他告诉我，他会给我一个孩子。他没告诉我……他没告诉我他会带走我的孩子。"她突然无助地抽泣起来，"他没有告诉我……他没有告诉我……"

他怒气未消，但却还是同情起这女人了。他朝码头区随意扫了一眼，把她揽入怀中。她伏在他肩膀上哭泣，"他没有告诉我……"

他告诉我，他会给我一个孩子。他脑袋晕眩起来。"走吧，"他说，"我们找个僻静些的地方。"他领她走到棚屋后面，"听我说，伊内斯。大卫是安全的，这一点我可以保证。达加不敢把他怎么样。回到家里去等着。我会打听到他住的地方，然后找上门去。"他停了一下，"他说他会给你一个孩子，那是什么意思？"

她从他手里挣脱出来，停止了抽泣。"你以为他是什么意思？"她的口气硬邦邦的。

半小时后，他来到安置中心。"我有紧急情况需要查询一些信息，"他对安娜说，"你知道一个叫达加的人吗？三十岁左右，戴耳环。在码头上临时干过一阵。"

"你问这干什么？"

"我要找他问话。他把大卫从他母亲那儿带走了。如果你不帮我，我就只好去找警察了。"

"他的名字叫埃米利奥·达加。每个人都知道他。他住在都市小区。至少他是这么登记的。"

"都市小区在什么地方？"

她走到里面卡片柜台抽屉旁，回来时拿着一张纸条，上面写着地址。"下次你来这儿，"她说，"跟我说说你是怎么找到他母亲的。如果你有时间的话，我想听你说说。"

都市小区是安置中心管辖范围内最令人向往的居民区。他根据安娜给的地址找到主楼顶层的一套公寓。他敲门。来开门的是一个漂亮的年轻女人，脸上的化妆过于浓艳，步履不稳地踩着极高的高跟鞋。其实还算不上是女人——他怀疑她顶多只有十六岁多一点。

"我找一个名叫埃米利奥·达加的人，"他问，"他住这儿吗？"

"没错，"女孩说，"进来吧。你来带大卫的吧？"

屋子里有一股陈年累月的烟味。达加，穿着棉T恤、牛仔裤，光着脚，面朝大窗户坐在那儿欣赏落日余晖中的城市景色。他转过椅子举起一只手跟他打招呼。

"我来接大卫。"他说。

"他在卧室里看电视。"达加说，"你是他叔叔吗？大卫！你叔叔来了！"

男孩兴冲冲地从隔壁房间跑出来，"西蒙，来看！米老鼠！他有一条狗叫柏拉图①，他正在开火车，那个红脸印第安人在向他射箭。快点来！"

他没理会男孩，对达加说："他母亲担心得要命。你怎么能这样？"

他以前没有从近处打量过达加。这颗无耻的脑袋上长着一头乱蓬蓬的金发，这会儿变得粗糙而油腻。

T恤的腋窝下露出一个窟窿。让他惊讶的是，他一点都不怕这家伙。

达加没有起身。"冷静点，老家伙。"他说，"我们在一起玩得挺开心。然后这小家伙就睡着了。他睡得死死的，像个天使似的。这会儿他在看儿童节目。这有什么不对劲的？"

他没有回答。"来呀，大卫，"他说，"我们要走了。跟达加先生道别。"

"不！我要看米老鼠！"

"你可以下次来看米老鼠，"达加说，"我向你保证。我们会让他留在这儿等你回来。"

"那还有柏拉图呢？"

"还有柏拉图。我们把布鲁托也留下，是不是，甜心？"

"就是，"那女孩说，"我们会把他们锁在老鼠盒子里等你下次来看。"

"来吧，"他对孩子说，"你母亲担心得要命。"

---

① 柏拉图的英文 Plato 和米老鼠动画中狗的名字 Pluto 相近。

"她不是我母亲。"

"她当然是你母亲。她非常爱你。"

"她是谁，小伙子，你说不是你母亲的人？"达加问。

"她只是一个女人。我没有母亲。"

"你有母亲，伊内斯就是你母亲。"他，西蒙说，"把手给我。"

"不！我没有母亲，我也没有父亲。我就是我。"

"这是胡说八道。每个人都有母亲，我们每个人都有父亲。"

"你有母亲吗？"男孩问达加。

"没有。"达加说，"我也没有母亲。"

"瞧！"男孩得意扬扬地说，"我要和你住在一起，我不去伊内斯那里。"

"到这儿来。"达加说。男孩奔过去，他把男孩举起坐在自己膝上。男孩赖在他的怀里，大拇指含在嘴里。"你要和我住在一起？"男孩点点头。"你要和我，和弗兰妮一起，就我们三个人？"男孩再次点点头。"喂，最亲爱的宝贝，大卫要和咱们住在一起，行吗？"

"行啊。"女孩说。

"他没有权利选择，"他，西蒙说，"他只是个孩子。"

"你说得没错。他只是个孩子。这得由他的双亲来决定。但是，你听到的，他没有父母。所以，我们该怎么办？"

"大卫有母亲，她很爱他，就像世界上所有的母亲一样。至于我，我也许不是他的父亲，但我很关心他。关心他，为他着想，照料他。他是跟着我来到这儿的。"

达加静静地听完这番话，出乎他的意料，竟朝他微笑一下，相当迷人的微笑，露出他完美的牙齿。"很好，"他说，"你把他带回女士母亲那儿吧。告诉她，他玩得很开心。告诉她，他和我在一起总是很安全的。你和我在一起很安全的，是不是？小家伙？"

男孩点点头。他的大拇指仍然含在嘴里。

"好吧，现在该跟着你的绅士监护人一起走了。"他把男孩放下来，"很快会回来哦，说好了？来看米老鼠。"

第二十二章

"为什么非要我说西班牙语?"

"我们必须要说某种语言,我的孩子,除非我们像动物一样只会咆哮或嚎叫。如果我们想说话,最好就是大家都说同一种语言。是不是这个道理?"

"可为什么是西班牙语?我讨厌西班牙语。"

"你不必讨厌西班牙语。你西班牙语说得挺好。你的西班牙语比我好。你只是在闹脾气。那么你想说什么语言呢?"

"我想说我自己的语言。"

"根本不可能有什么自己的语言。"

"有啊!啦啦法法也英土土。"

"是莫名其妙的胡言乱语。什么意义都没有。"

"有意义的。对我有意义。"

"也许有吧,可是对我就没有任何意义。语言必须对我对你都有某种意义,否则就不能算是语言。"

男孩蔑视地把脑袋一甩,"啦啦法法也英!看着我啊!"这姿态肯定是从伊内斯那儿学的。

他盯着孩子的眼睛。有那么短暂的一瞬间,他看出了什么东西。他说不出那是什么。那东西像是——他脑子里闪过这样一个念头。就像是一条鱼，你试图要抓住它，它却拼命挣脱开去。但又不像鱼——不，像是鱼的相似物。或者说像是鱼的相似物的相似物。像是像是的像是。这一瞬过去了，他只是默不作声地站在那儿，凝视着。

"你看见了吗？"男孩问。

"我不知道。停下来吧，我都感到头晕了。"

"我知道你在想什么!"男孩脸上带着胜利的微笑说。

"不，你不知道。"

"你在想我会变魔术。"

"根本不是。我想什么你根本不知道。现在，你可听好，我要说的是关于语言的事儿，很严肃的话题，我想让你牢记在心。

"每个人来到这个国家都是异乡人。我来的时候是异乡人，你来的时候是异乡人。伊内斯和她的兄弟也是异乡人。我们从不同的地方来到这里寻找新的生活。但现在，我们都在同一条船上。所以，我们必须彼此协作。我们协作的一个方式就是说同样的语言。这是规则。一条很好的规则，我们应该遵守这条规则。不仅是遵守它，而且还要非常用心地遵守，不能倔得像头驴。要用心，还要心存善意。如果你拒绝这样做，如果你不好好对待西班牙语，坚持说你自己的语言，那你就会发现自己生活在一个孤独的世界里。你会没有朋友。你会被人遗弃。"

"什么叫被人遗弃？"

"就是哪儿都没有你的位置。"

“我反正没有朋友。”

“你进了学校情况就会改变。在学校里，你会交到许多新朋友。再说，你是有朋友的。费德尔和埃琳娜是你的朋友。阿尔瓦罗是你的朋友。”

“还有国王是我的朋友。”

“国王也是你的朋友。”

“还有达加先生。”

“达加先生不是你的朋友。达加先生试图诱惑你。”

“什么叫诱惑？”

“他想用米老鼠和冰淇淋把你从母亲身边引开。记不记得他给你吃冰淇淋那天，你多么难受？”

“他还给我喝火水了。”

“火水，你说的是什么玩意儿？”

“那东西让我喉咙火辣辣的。他说是一种魔水，你觉得不舒服时可以喝上两口。”

“达加先生从口袋里掏出的魔水，装在一个小银瓶里？”

“是啊。”

“大卫，以后绝对不能再喝达加先生小瓶里的魔水了。那也许是成年人的药剂，但对小孩没有好处。”

他没把火水的事情告诉伊内斯，只是跟埃琳娜说了。“他正在掌控这孩子。”他告诉她，“我没法跟他竞争。他戴着耳环，拿着刀子，还喝烈酒。他有一个漂亮的女友。他家里的电视播着米老鼠。我不知道怎样才能让这孩子头脑清醒。伊内斯也被这男人迷惑了。”

"你还能指望怎样？从她的角度来看看。她那个年纪的女人没有孩子——她自己的孩子——开始焦虑起来了。从生物学意义来说就是这样。从生物学来说，她现在处于发情期。我真奇怪你居然毫无感觉。"

　　"我觉得伊内斯不是这么回事——不是生物学意义上的事儿。"

　　"你想得太多了。只是想来想去一点用处都没有。"

　　"埃琳娜，我看不出为什么伊内斯还需要一个孩子。她有一个男孩了。他是作为礼物来到她身边的，完全出乎意料，一个完美而天真无邪的礼物。对任何一个女人来说，这样一件礼物应该足够了。"

　　"是的，但他不是她自己生的孩子。她永远都不会忘记这一点。如果你在这件事情上不做点什么，过段时间，小大卫就该由达加先生做他的继父了，接着就会出现带有达加血统的弟弟妹妹。如果不是达加先生，那也会是别的什么男人。"

　　"你说如果我不做点什么，那是什么意思？"

　　"如果你不给她一个你自己的孩子。"

　　"我？我连做梦都没想过这种事儿。我不是做父亲的材料。我被派定做叔叔了，不是父亲。再说，伊内斯不喜欢男人——至少我的印象是这样。她不喜欢男人的大嗓门，不喜欢男人的粗鲁和秃发。如果她不想让大卫成长为一个男人，我也不感到奇怪。"

　　"做父亲又不是一门职业。也不是某种形而上的命运。你不必喜欢那女人，她也不必喜欢你。你只要跟她交媾就是了，你看着吧，九个月后，你就能做父亲了。简单得很。任何男人都会的。"

"绝非如此。做父亲不只是去跟一个女人交媾，而做母亲也不只是给一个男人的精子提供容器。"

"好吧，那你怎么形容现实世界中为人父母这回事？如果不是某个男人的精子进入某个女人的子宫里使之妊娠，然后通过那女人的产道分娩出来，你不可能来到这世上。你只能由女人和男人生出来。没有别的来路。原谅我说话这么直白。那么，问问你自己：是让我的朋友达加把他的精子播到伊内斯身体里，还是让我自己来？"

他摇摇头，"够了，埃琳娜。我们换个话题好吗？大卫告诉我有一天费德尔朝他扔了块石头。那是怎么回事？"

"不是石块，是一颗小石子。如果他母亲不让他跟别的孩子好好相处，这样的情况就难以避免，如果她总是这么怂恿他那种自我优越感，别的男孩就会结伙对付他。我说过费德尔了，我责备过他了，但不会有用的。"

"他们曾是最好的朋友。"

"你把伊内斯带进来之前他们曾是最好的朋友，那是放任她那种古怪的育儿念头之前的事儿，这也是你应该收复自己家庭的一个理由。"

他叹了口气。

"我们可以私下谈谈吗？"他对伊内斯说，"我有事想跟你谈谈。"

"能等一会儿吗?"

"你们在说什么悄悄话?"男孩在隔壁房间喊道。

"不关你的事。"然后对伊内斯说,"对不起,只要一会儿,我们到外面去好吗?"

"你们在说达加先生的悄悄话?"男孩喊着。

"跟达加先生一点关系都没有。是你母亲和我之间的一点私事。"

伊内斯揩干手取下围裙。她和他离开屋子,穿过游乐场走到公共场地。男孩倚在窗前一直望着他们。

"我想说的是跟达加先生有关。"他停了停,吸了口气,"我能理解你想再要一个孩子。是这回事吗?"

"谁告诉你的?"

"大卫说你想再给他生个弟弟。"

"那是我给他讲睡前故事。那桩事情发生后就过去了,那不过是个念头。"

"哦,念头可以成为现实的,就像精子可以成为血肉之躯。伊内斯,我不想让你尴尬,所以,我以极度尊重的态度跟你简单说几句,如果你考虑要和一个男人建立一种生养孩子的关系,你也许应该考虑我。我准备扮演这样的角色。扮演好角色,然后退场,然后继续做你们的保护人,为你和你的任何孩子提供必需的帮助。你可以把我称作孩子们的教父。或者,如果你喜欢,可以把我说成是他们的叔叔。我会忘掉我们之间发生的事情,你和我之间的事情。它会从记忆中抹去。就像从来没有发生过一样。

"就这样。我说完了。请不要马上回答。考虑一下。"

暮色降临，他们默不作声地走回公寓。伊内斯大步走在前面。她显然很不开心，或是很不安：她都不愿再多看他一眼了。他责备埃琳娜让他处于这么个境地，也责备自己。居然用这么粗鲁的方式来推销自己！就像在推销安装水泵！

　　他追上她，抓住她的胳膊，把她的脸转向自己。"那是不可原谅的，"他说，"对不起。请原谅我。"

　　她没有说话。她站在那儿活像是一尊木雕，她胳膊垂在两边，等着他放她走。他松开了手，她蹒跚地走开了。

　　他听见男孩从高处的窗子里朝外喊："伊内斯！西蒙！快来！达加先生来了！达加先生来了！"

　　他暗自咒骂着。如果她是在等候达加先生，为什么不提示他一下？再说她看上了这男人身上哪一点，那副趾高气昂的派头，头上那股润发香脂味儿，还是那口不卷舌的鼻音？

　　达加先生不是一个人来的。他那个漂亮的小女友也来了，穿着闪亮的红色荷叶边白裙子，戴着一副双轮战车轮子形状的沉甸甸的耳环，随着她的动作不停颤动着。伊内斯矜持而冷淡地跟他们打了个招呼。而达加先生就像在家里一样，随意地往床上一躺，也不管那姑娘是不是自在。

　　"达加先生要带我们去跳舞。"男孩宣布说。

　　"我们说好要去居留点。你知道的。"

　　"我不想去居留点！太无聊了！我要去跳舞！"

　　"你不能去跳舞，你年纪太小。"

　　"我可以跳舞的！我不小了！我给你看。"他在地板上旋转了一圈，他穿着蓝色软鞋的脚轻轻移动着，倒也不失优雅，"看！看见没有？"

"我们不能去跳舞，"伊内斯果断地说，"迭戈就要来接我们了，我们要和他一起去居留点。"

"那么达加先生和弗兰妮也要一起去！"

"达加先生有他自己的计划。你不能指望他放弃自己的打算跟我们走。"她说这话好像达加不在屋里似的，"再说，你也完全知道，居留点不允许外人进去。"

"我就是外人，"男孩不服气地说，"他们就让我进了。"

"是的，可你的情况不同。你是我的孩子。你是我的生命之光。"

*我的生命之光。*当着外人说这样的话，太奇怪了！

迭戈出现了，另一个兄弟也一起来了，那个兄弟从来不开口说话。伊内斯看到他们来了，松了口气。"我们准备好了。大卫，拿上你的东西。"

"不！"男孩说，"我不走。我要开派对。我们可以搞个派对吗？"

"没时间搞派对了。我们也没有什么东西来招待客人。"

"不对！我们有酒！在厨房里！"一眨眼工夫，他就爬上厨房碗柜摸到最上面一层搁板，"瞧！"他嚷喊着，得意扬扬地拿出一瓶酒，"我们有酒！"

伊内斯的脸唰地红了，她想从男孩手里夺过酒瓶——"这不是红酒，这是雪利酒。"她说。但他躲开了。"谁要酒？谁要酒？"他喊叫着。

"我！"迭戈说。"我！"他那个沉默寡言的兄弟也说。瞧着自己姐妹的恼怒样儿，他们大笑起来。达加先生也加入进来，"还有我！"

酒杯不够六个人使用，男孩便拿着酒瓶子和一只平底杯绕着大家走来走去，他把雪利酒倒入杯中，等那人庄重地喝干再倒给下一个。

他走到伊内斯身边。她蹙着眉头推开酒杯。"你一定得喝！"男孩命令道，"我是今晚派对之王！我命令你一定要喝下去。"

伊内斯拿过杯子，像贵妇人似的抿了一口。

"现在该我了。"男孩宣称，没有人阻拦他，他举起瓶子对嘴狂饮一口。那一瞬间，他得意扬扬地凝视着聚集在周围的人，但这工夫他噎住了，咳了起来，酒都咳出来了。"太呛了！"他喘息着说。酒瓶差点从他手里滑落，达加先生眼疾手快地接住了。

迭戈和他的兄弟一阵大笑。"你怎么啦，高贵的王？"迭戈说，"撑不住酒劲了？"

男孩咳呛平息下来。"再来点！"他嚷喊着，"再来点酒！"

如果伊内斯再不出来制止，那就该他，西蒙，站出来说话了。"够了！"他说，"太晚了，大卫，咱们的客人要走了。"

"不！"男孩说，"不晚！我要玩游戏。我要玩'我是谁'的游戏。"

"'我是谁'?"达加问,"你怎么玩这个游戏?"

"你必须把自己装扮成另一个人,然后每个人都来猜你是谁。上一次我装扮玻利瓦尔,而迭戈马上就猜到了,是不是,迭戈?"

"可是怎么罚你呢?"达加问,"如果我们猜对了,该怎么罚你?"

男孩似乎不知怎么说才好。

"我们以前是这样来玩的,"达加说,"如果我们猜中了,你就得讲出一个秘密,你最珍惜的一个秘密。"

男孩不作声了。

"我们得走了,没有时间玩游戏了。"伊内斯无精打采地说。

"不!"男孩说,"我要玩另一个游戏。我要玩'真话连环问'。"

"听起来这个游戏更好,"达加说,"告诉我们怎么玩这个'真话连环问'?"

"我问一个问题,然后你回答,不能撒谎,必须说真话。如果不说真话你就得受罚。好不好?我要开始了,迭戈,你的屁股干净吗?"

一阵沉默。第二个兄弟脸红了,接着爆发出一阵大笑。男孩也欢快地笑了起来,像跳舞似的旋转了一圈。"快说!"他叫喊着,"说真话说真话!"

"只玩一轮,"伊内斯退让一步,"不能提粗鲁的问题。"

"不提粗鲁的问题。"男孩同意了,"又轮到我了。我的问题是——"他将房间里的人环视过来，从一张脸看到另一张脸，"我的问题是问……伊内斯的！伊内斯，你在这个世界上最爱谁？"

"你，我最爱你。"

"不，不是我！我问的是，你最喜欢让哪个男人在你肚子里生一个娃娃？"

一阵沉默。伊内斯嘴唇紧抿着。

"你喜欢这个，还是这个，这个，还是这个？"男孩把屋里的四个男人一个个指过来。

他，西蒙，第四个男人，出声制止了。"不准提粗鲁的问题，"他说，"你这就是粗鲁的问题。一个女人不能和自己的兄弟生娃娃。"

"为什么不能？"

"她就是不可以。这里不存在为什么。"

"就是有为什么！我可以随便问什么问题！游戏就是这样的。你想让迭戈在你肚子里生一个娃娃，还是想要菲利普？"

为了伊内斯的缘故，他又出来制止了，"够了！"

迭戈上前制止。"该走了。"他说。

"不！"男孩说，"说真话说真话！你更爱谁，伊内斯？"

迭戈转向自己妹妹，"说点什么吧，随便说说。"

伊内斯不作声。

"伊内斯不想跟任何男人有什么关系。"迭戈说，"好了，你的问题有答案了。她不想要我们当中的任何一个。

她想要自由。现在我们可以走了。"

"真的吗?"男孩转向伊内斯,"不是真的吧,是不是? 你答应过要给我一个弟弟的。"

他又出面来制止他了。"一次只能问一个问题,大 卫。这是规则。你问了问题,你有了答案。就像迭戈说 的,伊内斯不想要我们任何一个。"

"但是我要一个弟弟!我不要做独生子!太无聊了!"

"如果你真的是想要一个兄弟,到外面自己找去。从 费德尔那儿开始。把费德尔当作你的兄弟。兄弟不必一定 从自己母亲子宫里出来。你可以自己去建立兄弟情。"

"我不知道什么叫兄弟情。"

"听你这么说我很惊讶。如果两个男孩都愿意把对方 称作兄弟,他们就开始有了兄弟情。很简单,就是这么回 事。他们还可以聚集起更多的男孩,把他们也都变成自己 的兄弟。他们可以发誓互相忠诚,并选定一个名称——七 星兄弟会,或是洞穴兄弟会,诸如此类。甚至,如果你喜 欢,也可以叫大卫兄弟会。"

"或者也可以组建一个秘密兄弟会。"达加先生插进 来说。他两眼放光,微微带着笑容。男孩似乎从不听他、 西蒙的话,现在却似乎完全呆住了。"你们可以宣誓保守 秘密。没人会发现你们这个秘密兄弟会。"

他打破了沉默,"今天晚上就到此为止。大卫,去把你的 睡衣拿来。你让迭戈等得太久了。给你的兄弟会想一个好名 称吧。然后,等你从居留点回来,你可以邀请费德尔做你第 一个兄弟。"他转向伊内斯,"你同意吗?你批准吗?"

第二十三章

"国王上哪儿去了?"

马车停在码头边,准备装货,但原先那匹国王的位置被另一匹马占着,他们以前没见过那匹马,一匹骟过的黑马,前额有一块白斑。男孩凑近时,新来的这匹马就紧张不安地翻着眼球,用蹄子刨地。

"嗨!"阿尔瓦罗招呼驾车人,那人昏昏欲睡地坐在那儿,"那匹大母马上哪儿去了?这小伙子特地来看她的。"

"得了马流感了。"

"他的名字叫国王,"男孩说,"他不是母的。我们可以去看他吗?"

阿尔瓦罗和驾车人互相交换了一个提防的眼神。"国王回到马厩里去了,在休息。"阿尔瓦罗说,"马医生要给他吃药。我们等他好起来就可以去看他。"

"我现在就要去看他。我能让他好起来。"

他,西蒙,出来制止了。"不能现在去,我的孩子。我们先跟伊内斯说,然后,我们三个人也许明天一起去马厩看他。"

"再等几天更好。"阿尔瓦罗说着给他使了个眼色，他不明白是怎么回事，"让国王有时间恢复健康。马流感是挺重的病，比人的感冒更厉害。如果你得了马流感，你就需要休息和静养，不能让人来探视。"

"他就是需要有人去看他，"男孩说，"他要我。我是他的朋友。"

阿尔瓦罗把他，西蒙，拽到一边。"你最好别带孩子去马厩。"他说，转而，看他还是不明白，"母马老了。她天数尽了。"

"阿尔瓦罗刚从马医生那儿得到消息，"他对男孩说，"他们决定把国王送到马农庄去，这样他可以恢复得更快。"

"什么叫马农庄？"

"马农庄就是小马出生的地方，老马在那儿休养安息。"

"我们可以去那儿吗？"

"马农庄不在本地，我也不知道确切的地点。我会打听的。"

四点钟人们下班时，男孩不见了。"他跟着最后一批运货马车走的，"人群中有人对他说，"我还以为你知道呢。"

他马上追去。等他赶到谷仓时，太阳已经落山了。仓库那儿没人了，大门已锁上。他心跳加快，四处搜寻男孩。他发现他躲在仓库后面一个装货平台上，蹲在国王的尸体旁边，抚摸着马头，一边驱赶着苍蝇。起吊时用的宽皮带仍然捆在这匹母马的肚子上。

他艰难地攀上平台。"可怜的，可怜的国王！"他嘟囔着。这时他注意到马耳里淌出的血已经凝成块了，上面有一个弹孔，他不作声了。

"没事的，"男孩说，"他三天之后又会好的。"

"是马医生告诉你的？"

男孩摇摇头，"国王。"

"国王自己告诉你——三天之后？"

男孩点点头。

"可这不是马流感，我的孩子。当然你已经看见了。他是被枪打死的，是安乐死。他肯定遭受了许多痛苦。他太痛苦了，所以他们决定帮助他解脱痛苦。他不会再好起来了。他死了。"

"不，他没死。"眼泪从男孩脸颊上淌下来，"他要去马农庄，他会好起来的，你说过的。"

"他是要去马农庄了，是啊，但不是这个马农庄，不是这儿的马农庄，他要去另一个马农庄，在另一个世界里。他在那儿不必再架上轭具拉沉重的大车，他可以在草地上溜达，在灿烂的阳光下吃着毛茛草。"

"不是这样的！他要去马农庄治疗康复。他们会把他放在大车上送他去马农庄。"

男孩弯下身子，把嘴贴近马儿粗大的鼻孔。他使劲拽着男孩的胳膊，把他拖开，"别这样！这不卫生！你会生病的！"

男孩从他手里挣脱开，放声大哭起来。"我要救他！"

他哭着说，"我要让他活过来！他是我的朋友！"

他哄着不停挣扎的男孩，让他平静下来，紧拽住他不放，"我最亲爱的，最亲爱的孩子，有时候，我们所爱的会死去，我们对此无能为力，只能期待着某一天能再度相逢。"

"我要让他呼吸！"男孩哭着说。

"他是马，他太大了，你给他吹气根本不够。"

"那你给他吹进去！"

"那没用。我不知道怎么让他呼吸正常。我不会复活生命。我所能做的只有悲哀。我所能做的就是悲悼，跟你一起悲悼。现在，我们得快点，趁着天还没黑，你和我，为什么不去河边找些花朵献给国王呢？他会喜欢的。他是一匹文静的马儿，不是吗？尽管他身个儿挺大。他去马农庄的一路上，准会喜欢脖子上套着鲜花做的花环。"

他哄着孩子离开马尸，带他到河边，帮他采摘花朵，然后编成一个花环。他们回到那儿，男孩用花环遮住了那双死去依然睁着的眼睛。

"好了，"他说，"现在，我们该离开国王了。他还有很长一段路要走，最终要通往美妙的马农庄。当他抵达那儿，其他的马就会看到他的花冠，他们彼此就会说起，'他在他来的那个地方肯定是一个王！''他肯定就是我们听说过的那个了不起的国王，是大卫的朋友。'"

男孩拉住他的手。他们在满月照耀下沿着小路走回码头。

"你觉得，现在国王站起来了吗？"男孩问。

"他站起来了，他摇了摇身子，他发出一声长长的嘶叫，你知道的，他出发了，咯噔—咯噔—咯噔，向着新的生命进发。别再哭了。别哭个没完。"

　　"不哭了。"男孩说，他振作起来，甚至露出了一丝微笑。

第二十四章

他和男孩生日是同一天。是这样的，因为他们乘坐同一条船在同一天抵达，他们一起抵达的那天，作为开始新生活的日子，被指定为共同的生日。男孩被定为五岁，因为他看上去五岁的样子，而他被定为四十五岁（如其身份证所示），因为那天他看上去是这个年纪。（他曾为此愤愤不平：他觉得自己还更年轻些。现在，他感到自己老多了。他觉得自己有六十岁，有时他觉得有七十岁了。）

由于男孩没有朋友，甚至没有一匹马做朋友，所以没有必要为他搞一个生日派对。不过，他和伊内斯都觉得这一天应该体面地庆祝一番。于是，伊内斯烤了蛋糕冷藏起来，还在蛋糕上插了六支蜡烛，他们暗自给他买了礼物，她买的是一件套头衫（冬天马上就要到了），他买了一个算盘（他对男孩如此抵触算数很担心）。

邮箱里一封来信使生日庆祝蒙上了阴影，来信提醒他，鉴于大卫的六岁生日就到了，他应该进入公立学校去念书了，这是他的父母或监护人的职责。

直到现在，伊内斯都一直鼓励男孩相信自己是聪明绝顶的，不必接受学校教育，只需在家里接受一些辅导就可以了。可是他对于《堂吉诃德》表现的任性，他自己声称既能读也能写，其实却不能，这让她不禁心生疑虑。她现在让步了，说也许这样更好，让一个训练有素的教师去指导他。于是，他们共同为他买了第三样礼物，一个皮制红色小文具袋，一个角上印着金色的大写字母"D"，里面装着两支新铅笔，一把卷笔刀，一块橡皮。他们把这件东西和算盘、套头衫一起作为生日礼物送给他。这皮制文具袋让男孩感到意外，他们告诉他一个幸福而惊讶的消息，他很快（也许是下周）就要上学去了。

男孩冷冷地听着这个消息。"我不想和费德尔在一起。"他说。他们向他保证：费德尔比他大，费德尔肯定在别的年级。"我要把《堂吉诃德》带去学校。"他说。

他想劝说男孩不要把《堂吉诃德》带到学校去。书是东村图书馆的，他说，如果丢失了，他不知道他们是否还有一本这样的书。再说，学校肯定有自己的图书馆，有他们自己的图书。但男孩一点都听不进。

星期一早上，他早早来到公寓，和伊内斯一起陪着男孩去车站，他乘公交车开始上学的第一天。男孩穿着新套头衫，拿着那个印着首字母 D 的皮制红色文具袋，胳膊下夹着东村图书馆那本破损的《堂吉诃德》。费德尔已经在车站了，另外还有小区里的五六个孩子也在等车。大卫故意而明显地不理睬费德尔。

因为他们想让上学这事儿成为正常生活的一部分，他们商定不主动向男孩打听课堂上的情况。而他，他这一方，并非总是能够保持缄默。"你今儿在学校过得好吗?"

到了第五天，他壮着胆子去问男孩。——"啊—嗯。"男孩支吾道。——"你交上新朋友了吗?"男孩没有屈尊作答。

这样的状况持续了三个星期，四个星期。然后，收到了一封来信，信封左上角写着学校地址。信的抬头写着"特别沟通"，信上请"问题学生"的父（母）与学校联系，以便他们尽快与相关的年级教师确定约见时间，向他（她）汇报孩子在学校的问题。

伊内斯给学校打电话。"我整天都有空，"她说，"说个时间我就会过来。"秘书建议她第二天上午十一点到学校来，因为那时候里奥先生有空。"最好孩子的父亲也一起过来。"对方提出。"我儿子没有父亲，"伊内斯回答，"我会让他叔叔一起过来。他叔叔对他很关心。"

里奥先生是一年级的教师，一个高个子年轻人，留着深色小胡子，只有一只眼睛。另一只假眼是用玻璃做的，镶在眼眶里不能转动。他，西蒙，心想不知孩子们会不会为此感到不安。

"我们只有一点点时间，"里奥先生说，"所以我就直截了当说了。我发现大卫是个很聪明的男孩，非常聪明。他的头脑反应很快，一下子就能抓住新的思路。但是，他要融入现实的教学班级却有困难。他总是想按着自己的想法来。也许这是因为他比班上其他孩子平均年龄要大一些。也有可能是他在家里按自己的想法行事太过容易。无论如何，这都不是一种积极的发展趋势。"

里奥先生停下了，一只手的指头抵住另一只手的指头，指尖对着指尖，等着他们的回答。

"孩子应该是自由的，"伊内斯说，"孩子应该享受自己的童年。我很怀疑送大卫来上学是不是太早了些。"

"恰恰相反，"里奥先生说，"六岁上学不算早。"

"但他还小，习惯了自由自在。"

"孩子上学不是放弃自己的自由，"里奥先生说，"他坐着不动不是放弃自由。他听老师讲课不是放弃自由。自由和纪律，自由和努力学习，并不是不兼容的。"

"大卫没有安静地坐着？大卫没有在听你讲课？"

"他显得焦躁不安，搞得别的孩子也都跟着焦躁不安了。他离开座位走来走去。他不经许可就离开了教室。而且，他并没有在听我讲课。"

"这就奇怪了。他在家里并没有走来走去呀。如果他在学校里走来走去，那肯定是有理由的。"

那只独眼盯着伊内斯。

"至于焦躁不安，"她说，"他总是显得那样。他睡眠不足。"

"饮食略加调节就能解决这个问题，"里奥先生说，"不要吃辣，不要吃刺激性食物。我可以给你更具体的食谱。在阅读方面，很不幸，大卫没有什么进步，完全没有。其他那些并不是很有天赋的孩子在阅读方面都比他要好。在阅读理解方面，他似乎有某种问题，使他不能好好理解。算术也是同样的问题。"

他，西蒙，插进来说："可是他很喜爱书籍。你肯定看见了。他无论走到哪儿都带着那本《堂吉诃德》。"

"他喜欢那本书是因为那里面有图画。"里奥先生回答，"通常来说，从书上的图画里无法得到良好的阅读训练。图画将大脑的注意力从语言转移开去。而《堂吉诃德》，无论从哪方面来说，都不太适合一个初学者阅读。大卫的西班牙语不差，但他不能阅读。甚至不能读出字母表的字母。我从来没有遇到过这样极端的例子。我想提出的建议是，我们应该找一个特殊教育专家，一个特殊治疗师。我有这种感觉——我和我的同事们也有同感——也许这是某种缺失。"

　　"缺失？"

　　"与符号认知有关的特定缺失。对于词语和数字的感知。他不能阅读。他不能书写。他不能数数。"

　　"他在家里可是又会读又会写的。每天都在这些事情上折腾好几个小时。他对阅读和写作非常专注。而且他会数一千，会数一百万。"

　　里奥先生第一次露出微笑，"他会背诵许多数字，是的，可是不能以正确的数序来数数。至于他用铅笔做的记号，你也许可以把它称作写字，他也许把它称作写字，但这不是我们通常意义上的写字。他写的那些东西是否有什么个人意义，我无法判断。也许是有的。也许那些东西暗示了某种艺术天赋。这也是他需要去看特殊治疗专家的另一个原因。大卫是一个兴趣很广的孩子。班上缺了他是一个遗憾。一位特殊教育治疗专家也许能告诉我们，这里面是否一方面存在通常意义上的缺失，而另一方面是某种创造力的表现。"

铃响了。里奥先生从口袋里掏出一个笔记本，在上面草草画了几下撕下一页。"这是我推荐的特殊教育治疗专家的名字和电话号码。她一周来学校一次，所以，你们可以在这里见到她。先给她打个电话约定时间。同时，大卫和我还要继续我们的努力。谢谢你们前来。我肯定我们会有一个满意的结果。"

他去找埃琳娜，叙说这次和教师会面的事儿。"你认识里奥先生吗？"他问，"他是不是教过费德尔？我觉得他的抱怨让人难以置信。譬如他说大卫不听老师的话。他有时候也许有些任性，但不会不听大人话的，我从来没见过他这样。"

埃琳娜没有回答他，而是喊来房间里的费德尔。"费德尔，亲爱的，跟我们说说里奥先生的事儿。大卫和他似乎合不来，西蒙很担心。"

"里奥先生没什么问题的，"费德尔说，"他只是很严厉。"

"他严厉是对于孩子不守规矩乱讲话吗？"

"我想是的。"

"你觉得大卫和里奥先生为什么合不来？"

"我不知道。大卫说了一些很疯的话。也许里奥先生不喜欢这样。"

"很疯的话？怎么个疯法？"

"我不知道……他在操场上说那些疯话。每个人都觉得他疯了，甚至那些大男孩也这样认为。"

"可究竟是什么样的疯话？"

"他说他能让人消失。他能让自己消失。他说每个地方都有火山，我们看不见，只有他能看见。"

"火山？"

"不是大火山，是小火山。没人能看见的火山。"

"他编出什么谎话威胁别的孩子吗？"

"我不知道。他说他要成为一个魔术师。"

"他这话跟我讲过好长时间了。他跟我说过，你和他总有一天要去马戏团表演节目。他要去变戏法，而你要当一个小丑。"

费德尔和母亲交换了一下眼神。

"费德尔要成为一个音乐家，不是魔术师也不是小丑。"埃琳娜说，"费德尔，你对大卫说过你要当小丑？"

"没有。"费德尔说着不安地挪动着身子。

跟心理专家会面地点是在学校里。他们被带进一个灯火通明的房间，里面有一股防腐剂味儿，奥特莎太太正在那儿做咨询服务。"早上好，"她微笑着伸出手，"你们是大卫的父母。我见过你们儿子了。他和我聊了很长时间，我们各自都发表了意见。真是个有意思的小家伙！"

"在我们谈正事之前，"他插进来说，"让我先说明一下我的身份。尽管我认识大卫很长时间了，但对他来说我只是个监护人。我不是父亲。无论如何——"

奥特莎太太举起一只手，"我知道，大卫告诉我了。大卫说他从来没见过真正的父亲。他还说——"说到这儿她转向伊内斯，"你也不是他真正的母亲。在我们讨论别的事情之前，先说说他这些念头的问题。因为，尽管也可能是阅读障碍这类机体因素的关系，但我的感觉是，大卫在课堂里的不安分行为，更像是——对一个孩子来说——是因为神秘的家庭环境：因为他不能确定自己的身份，他是从哪里来的。"

他和伊内斯交换了一下眼神。"你用了真正这个词，"他说，"你说我们不是他真正的父亲和母亲。你说的真正是什么意思？这显然是过高估计生物学意义了。"

奥特莎抿紧嘴唇，摇摇头，"我们还是不要太理论化了。我们最好把注意力集中在大卫的感受，以及大卫对真正的理解上面。我所说的真正，是指大卫生命中的缺失。这种缺失真正的感受，包括缺失真正的父母。大卫的生命中没有精神支柱。因此他要退缩到一个虚幻的世界里，他觉得只有在那儿他才能够把握自己。"

"可是他有精神支柱的，"伊内斯说，"我就是他的精神支柱。我爱他。我爱他胜过爱这个世界。他知道这一点。"

奥特莎太太点点头，"确实如此。他告诉我你有多爱他——你们两个有多爱他。你的善意使他幸福，他也以最大的善意给予回报，回报你们两个。但是，缺失的问题仍然存在，有些事情是善意和爱无法提供的。因为，尽管正面的情感环境非常有价值，但那是不够的。真正父母的缺失是有区别的，我们今天想讨论的就是这一点。为什么？你们会问。因为，就像我说的，我感到大卫的学习困难缘于一种困惑，他对缺失生身父母的这个世界的困惑，他不知道是怎么来到这个世界的。"

"大卫是坐船来的，就像每个人一样。"他反驳说，"从船上再到营地，从营地再到诺维拉。我们没有人知道自己的来源。我们的记忆都被洗掉了，或多或少吧。大卫的情况有什么特殊的呢？这跟大卫在课堂上的阅读写作问题有什么相干？你提到了阅读困难。大卫有阅读困难吗？"

"我说到阅读困难是指可能性，我没有对他做过测试。但如果确实存在这个问题，我估计那只是一种促成因素。不，对于你们的主要问题，我想说的是，大卫的特殊之处在于他觉得自己与众不同，甚至是超乎寻常的。当然他并非那么异常。至于特殊嘛，让我们把这个问题暂且放在一边。我们不妨，我们三个，不妨尽可能用他的目光来观察这个世界，而不是用我们加之于他的方式来看世界。大卫想知道真正的他是谁，可是当他问起时，他得到的回答总是躲躲闪闪的，诸如'你说的真正是什么意思'或者'我们都没有历史，我们任何人都没有，都被洗掉了'。如果他感到受挫而反叛，然后躲进一个隐蔽的世界在里面随意编造，你们怎么能责备他呢？"

"你是说，他写给里奥先生那些鬼画符的东西都是关于自己从哪里来的故事？"

"是，也不是。那是他自己的故事，不是给我们看的。这就是他为什么会有这种私密写作的原因。"

"既然你也看不懂，你怎么知道的？他翻译给你听了？"

"先生，大卫和我的关系需要互相信任，最重要的是他可以相信我不会透露我们之间说过的任何事情。即便是一个孩子，他也有权拥有一些小秘密。不过，从大卫和我的谈话来看，是啊，我相信在他自己看来，他写的是他自己和他真正的父母。但他不想引起你的注意，不想引起你们两人的注意，他想保守这个秘密，怕你们不高兴。"

"那么，他真正的父母呢？照他的说法，他本身是从什么地方来的？"

"这不由我来回答。不过他提到一封信。他说那封信上有他真正父母的名字。他说先生您，知道这封信的，不是吗？"

"谁写的信？"

"他说他上船时带着一封信。"

"哈，那封信！不，你弄错了，那封信在我们上岸之前就弄丢了。在旅途中丢失的。我从来没见过那封信。就因为他丢了信，我才担负起照顾他的责任，帮他找到母亲。否则，他会陷于无助的境地。仍然待在贝尔斯塔，被遗忘在地狱的边境。"

奥特莎太太在记事簿上用力地写着什么。

"我们今天已经谈到，"她说着放下钢笔，"大卫在课堂上举止不当的问题。他不服从师长的问题。他的进步障碍问题。因为他无法进步，因为他不服从师长，给里奥先生和班上其他孩子带来了影响。"

"不服从师长？"他等着伊内斯和他一起抗议，可是伊内斯不作声，她让他一个人说，"太太，大卫在家里可是非常温和，而且行为举止也得当。我觉得很难相信里奥先生的这些说法。他究竟怎么不服从师长？"

"他一直在挑战他作为教师的权威。他拒绝接受指导。这些促使我形成一个重要的建议。我考虑，我们是否应该让大卫从普通班撤出来，至少撤出一段时间，让他去上一种根据他的个人需要设置的特殊课程。鉴于让他困惑的家庭环境，他到了那儿可以有自己的步骤。直到他能够适应自己的课程为止。我相信他能够做到的，因为他是个聪明孩子，非常敏慧。"

"这种特殊课程……？"

"我想到的是蓬塔·阿雷纳斯的特殊教育中心，离诺维拉不远，在海边，环境很优美。"

"多远？"

"五十公里，差不多。"

"五十公里！对于一个每天来回上学的小孩来说路程太远了。有公交车吗？"

"没有。如果选择去那儿，大卫要住在教育中心，每隔一个周末回家一次。我们的经验是，孩子在那儿寄宿的效果最好。离家一段距离有助于解决问题。"

他和伊内斯交换了一下眼神。"如果我们拒绝呢？"他问，"如果我们宁愿让他留在里奥先生的班上呢？"

"如果我们宁愿让他离开这个什么都没学到的学校呢？"伊内斯插进来说，她提高了嗓门，"再说他也太小了。这是他学习困难的真正原因。他太小了。"

"里奥先生不准备让大卫留在他班上了，据我询问的结果来看，我能够理解其中的原因。至于他的年纪，大卫是上学的正常年龄。先生，太太，我为大卫着想，向你们提出这个建议。他在学校里一点进步都没有。他还要干扰别的孩子。把他从学校转回让他觉得不安的家庭环境，不可能是一个好的解决办法。所以，我们必须做出某种选择，迈出更大胆的一步。这就是我推荐蓬塔·阿雷纳斯教育中心的原因。"

"如果我们拒绝呢？"

"先生，我希望你不要采用这样的措辞。请接受我的劝告，蓬塔·阿雷纳斯是摆在我们面前最好的选择。如果你和伊内斯太太想事先去看看蓬塔·阿雷纳斯，我可以安排，这样你们可以亲自接触一下那个第一流的教育机构。"

"可是，如果我们看了那个教育机构，仍然选择拒绝，那会怎么样？"

"那会怎么样？"奥特莎太太两手一摊，做了个无可奈何的姿势，"咨询一开始的时候，你说过，你不是这男孩真正的父亲。他没有任何有关双亲的证明，我是说他亲生的父母。我想说……我想说的是，对于他要在什么地方接受教育，你的决定权实在是非常有限。"

"所以，你要把我们的孩子从我们身边带走？"

"请不要这么想。我们没有把孩子从你们身边带走。你可以定期去看他，每隔一个星期。你们的家依然是他的家。在所有的实际意义上，你们依然是他的父母，除非他希望和你们分开。这一点他根本没有提过。相反，他非常喜欢你们，你们两个——喜欢你们，依恋你们。

"我再说一遍，蓬塔·阿雷纳斯是我们面前最好的解决办法，也是最根本的解决办法。好好想想，不急。如果愿意，去蓬塔·阿雷纳斯看一下。然后，再和里奥先生商谈一下细节问题。"

"那么这段时间？"

"这段时间，我建议大卫跟你们回家去。他留在里奥先生班上对他没什么好处，当然对班上也没有什么好处。"

第二十五章

"我们为什么这么早回家？"

公交车上，他们三个，正在回小区的路上。

"因为这一切都是一个错误，"伊内斯说，"对你来说那些人年纪太大，你班上那些孩子。还有那老师，那位里奥先生，不懂得怎么教学生。"

"里奥先生有一只魔法眼。他能把它从眼眶里拿出来再搁进去。有个男生看到过的。"

一阵沉默。

"我明天还去上学吗？"

"不去了。"

"你有自己的独特性，"他插进来说，"你不会再去里奥先生的学校了。你母亲和我正在商量给你另找一个特殊的学校。也许是这样。"

"我们可没商量另找学校的事儿，"伊内斯说，"从一开始上学就是个错误。我不知道我怎么会答允这事儿。那女人说的阅读困难指什么？什么是阅读困难？"

"不能按正确的语序阅读。不能从左读到右。诸如此类吧。我也说不好。"

"我没有阅读困难，"男孩说，"我什么问题都没有。他们要把我送到蓬塔·阿雷纳斯去吗？我可不想去。"

"关于蓬塔·阿雷纳斯，你听说了些什么？"他问。

"那地方围着带刺的铁丝网，你必须睡在集体宿舍里，还不能回家。"

"不会把你送到蓬塔·阿雷纳斯去的，"伊内斯说，"只要我还活着就不会。"

"你会死吗？"男孩问。

"不会，当然不会。这只是一种表达方式，你不会去蓬塔·阿雷纳斯的。"

"我忘了拿本子了。我的写作本。在我的课桌里。我们可以回去拿吗？"

"不，现在别去了。过几天我会去拿的。"

"还有文具袋。"

"我们给你的那个装铅笔的生日礼物？"

"是啊。"

"我也会去拿的。别担心。"

"他们要送我去蓬塔·阿雷纳斯，是因为我讲的那些故事？"

"不是他们非要送你去蓬塔·阿雷纳斯，"他说，"主要是因为他们不知道怎么教你。你是那种特殊儿童，他们不知道怎么教育特殊儿童。"

"为什么说我特殊？"

"这不是你该问的问题。你就是跟别人不一样，而你又必须面对现实。有时候这种特殊给你做事带来方便，有时候却更困难。现在要解决的是你的特殊带来困难的一种情况。"

"我不想去学校。我不喜欢学校。我可以自己教自己。"

"我觉得不能这样,大卫。我觉得你的自我教育阶段差不多该结束了。这也是问题的一半。拿出一点更谦虚的态度,向别人更多学习一点阅读,这才是你需要的。"

"你可以教我。"

"谢谢。你真是善解人意。你是否还记得,我以前曾教过你几次,可都被你拒绝了。如果你肯让我教你阅读和书写,教你用正常方式数数,我们本来可以避免这些麻烦的。"

他迸发而出的一番话,显然让男孩大吃一惊:他向他投来惊讶的一瞥,带着一种痛感。

"不过,这一切都过去了。"他赶快说,"我们,你和我,要开始翻开新的一页了。"

"为什么里奥先生不喜欢我?"

"因为他自己过于傲慢了。"伊内斯说。

"里奥先生喜欢你的,"他说,"只是他要负责整个班级的教学,所以没有时间给你做个别辅导。他希望孩子们能够自己主动学习。"

"我不喜欢学习。"

"我们都必须学习,所以你最好还是习惯它。学习是人类命中注定的。"

"我不喜欢学习,我喜欢玩儿。"

"没错，可你不能所有的时间都玩儿。你在结束一天的学习之后可以玩儿。当你早上走进班里时，里奥先生就会给你布置作业。这是顺理成章的。"

"里奥先生不喜欢我的故事。"

"他不可能不喜欢你的故事，因为他根本看不懂那是什么。他喜欢什么样的故事？"

"度假的故事。度假期间大家都在做什么的故事。什么叫度假？"

"度假就是空闲的日子，你不必学习的日子。你今天剩下的时间就是在度假了。你不必再学习了。"

"那么明天呢？"

"明天你就要和别人一样学习阅读、写字和数数。"

"我要给学校写封信，"他对伊内斯说，"正式通知他们，我们让大卫退学了。我们自己来照料他的学习。你同意吗？"

"好的。你给学校写信同时，也给里奥先生写封信，问问他是怎么教小孩子的。告诉他这可不是一个男人的工作。"

"尊敬的里奥先生。"他写道。

"谢谢你给我们介绍了奥特莎太太。

"奥特莎太太建议我们把儿子大卫转送位于蓬塔·阿雷纳斯的特殊教育学校。

"经过再三斟酌，我们决定不采取这一举措。根据我们的判断，大卫还不到离开父母的年龄。我们也很怀疑他在蓬塔·阿雷纳斯的学校是否能够得到适当的关注。所以，我们将在家里对他进行学习教育。我们由衷地希望他能很快克服学习上的困难。如果你能宽容地看待他，大卫是个学习能力很强的聪明孩子。

"我们对你为他做出的努力而表示感谢。谨附上我们确认大卫退学的通知原件请呈交学校校长。"

他们没有收到任何回复，却收到一份来自蓬塔·阿雷纳斯学校长达三页的申请表格，附有新生住校所需衣服及个人用品的列表（牙刷、牙膏、梳子），还有一张公交卡。他们没搭理此事。

接下来，他们接到一个电话，既非来自原来的学校，也不是蓬塔·阿雷纳斯打来的。但据伊内斯推测，是城里某个行政机构办公室打来的。

"我们决定不让大卫回到学校里，"她告诉电话里那个女人，"他没有从学校教学中受益。他将在家里学习。"

"只有父母是经过认证的有资格的教师，孩子才能在家里接受教育。"那女人问，"你是具有资格认证的教师吗？"

"我是大卫的母亲，只有我才能决定他应当怎样受教育。"伊内斯这样回答，然后就挂断了电话。

一周后，又来了一封信，抬头是"法庭通知"，里边不指名地规定"父母或监护人"须于2月21日上午九时接受一个委员会的调查，陈述问题儿童不能转送蓬塔·阿雷纳斯特殊教育学校的理由。

"我不去，"伊内斯说，"我不去他们的法庭。我要带大卫去居留点，把他留在那儿。如果有人问起我们上哪儿去了，就说我们离开本地了。"

"请再考虑一下，伊内斯。如果你这样做，就让自己陷入逃亡者的境地了。居留点的人——譬如那个官腔十足的门房——就会向当局汇报你的行踪。我们还是去法庭吧，你，我，还有大卫。让他们有机会看看这孩子并不是头上长角，他只是一个正常的六岁男孩，他这个年纪离开母亲还太早。"

"这不再是一场游戏了。"他告诉男孩，"如果你不能让那些人相信你有学习能力，他们就要把你送到蓬塔·阿雷纳斯带倒刺的铁丝网里去。把你的书拿来。你得学会阅读。"

"可是我会阅读啊。"男孩耐着性子说。

"你不能只用你那种胡说八道的方式来阅读。我来教你正确的阅读。"

男孩快步走出房间，拿来了他的《堂吉诃德》，然后翻开第一页。"在拉曼查的某个地方，"他念起来，虽然很慢，却很有自信，每个词都念得很重，"那地方的名字我想不起来了，住着一位绅士，他有一匹骨瘦如柴的老马和一条狗。"

"很好。可我怎么相信你不是凭记忆背出来的呢?"他随机抽了一页，"念啊。"

"上帝知道这世界上到底有没有杜尔西妮亚，"男孩念道，"她是米人的还是不米人的。"

"迷人的。继续。"

"有些事情是无法证实的或是被证明无法成立的。我既没有播种，也没有生下她。什么叫播种？"

"堂吉诃德说自己既不是杜尔西妮亚的父亲也不是她的母亲。播种就是父亲帮着生出娃娃。继续。"

"我既没有播种，也没有生下她，但我崇拜她，将她视为因美德而赢得世界名声的值得崇拜的贵妇人。什么叫崇拜？"

"崇拜就是敬仰。你为什么不对我说你会阅读？"

"我告诉过你的，可你没听。"

"你假装自己不会阅读。那你会写字吗？"

"会啊。"

"去把铅笔拿来。我念你写。"

"我没有铅笔了。我的铅笔留在学校里了。你说过会去拿回来的，你保证过。"

"我没忘。"

"等我下一次过生日，我能得到一匹马吗？"

"你的意思是国王那样的马？"

"不是，一匹小马，能够和我一起睡在我的房间里。"

"懂事点吧，孩子。公寓里是不能养马的。"

"伊内斯养了玻利瓦尔。"

"没错，可是马要比狗大多了。"

"我可以要一匹小娃娃马。"

"小娃娃马会长成大马的。我这样跟你说吧，如果你表现良好，让里奥先生同意进他的班级，我们就给你买一辆自行车。"

“我不要自行车，你又不能用自行车来救人。”

“唔，你不能要一匹马，这事情到此为止。写下：‘上帝知道这个世界上有没有杜尔西妮亚。’写给我看看。”

男孩拿练习簿给他看。Deos sabe si hay Dulcinea o no en el mundo①，他念道。这一行字从左到右写得很端正，甚至字母之间的空当也完全正确。“我太吃惊了。”他说，“有一个小问题：西班牙语中上帝的拼法是 Dios，而不是 Deos。除此之外都很好，第一流的。看来你一直以来既能念又能写，可你却在作弄你妈妈，作弄我和里奥先生。”

“我没有作弄人。谁是上帝？”

“上帝知道，这是一种表达方式，意思是没有人知道。你不要——”

“上帝什么人都不是？”

“别转换话题。上帝并非什么人都不是，但他住的地方也离我们很远，所以没法跟他说话，也没法跟他打交道。至于他是否在注意着我们。Dios sabe②。我们要对奥特莎太太说什么呢？我们要对里奥先生说什么呢？我们怎么向他们解释你在愚弄他们，你一直都是会念也会写！伊内斯，快来！大卫要给你看一样东西。”

他给她看男孩的练习簿。她念了一遍。“谁是杜尔西妮亚？”她问。

────────────

① Deos sabe si hay Dulcinea o no en el mundo，西班牙语：上帝知道这个世界上有没有杜尔西妮亚。

② Dios sabe，西班牙语：上帝知道。

262

"这没有什么关系。她是堂吉诃德爱上的一个女人。并非实有其人。一个想象的人物。堂吉诃德脑子里想象的人物。看他的字母写得多好。他一直都会写。"

"他当然会写。他什么都能干——不是吗，大卫？你什么都能干的。你是妈妈的男孩。"

男孩脸上漾开颇为自得的笑容（似乎是做给他看的），他爬上床去，伸出胳膊朝着母亲扑去，她一下把他搂进怀里。他闭上了眼睛，沉浸在无比的喜悦之中。

"我们要回学校去，"他向男孩宣布，"你，伊内斯和我。我们要带上《堂吉诃德》。我们要让里奥先生瞧瞧，你能够阅读。我们走到这一步，你就得对你所引起的一切麻烦向他道歉。"

"我不想回学校。我不需要回去。我早就会读也会写了。"

"现在的选择不是去里奥先生的学校还是待在家里，现在的选项是去里奥先生的学校还是去围着倒刺铁丝网的学校。再说，学校不仅仅是学习阅读和书写的地方。也是学习如何与其他男孩女孩相处的地方。它教会你怎样在社会上生存。"

"里奥先生的班上没有一个女孩。"

"没错。但是你会在课间休息和放学后遇到女孩。"

"我不喜欢女孩。"

"男孩都会这么说。后来，突然有一天，他们就爱上了一个女孩，跟她结婚了。"

"我才不要结婚。"

"男孩也都这么说。"

"你就没有结婚。"

"是啊，但我是个特殊的例子。对我来说结婚已经过了年龄。"

"你会和伊内斯结婚吗？"

"大卫，我和你母亲是一种特殊的关系。你太小还不能理解。除了这不是婚姻关系之外，我不想就这种关系再多说什么。"

"为什么不能多说？"

"因为我们每个人心里都有一种声音，有时候会从心里发出某种声音，告诉我们对某个人的感觉。我对伊内斯的感觉更像是某种友善，而不是爱情，不是像结婚那样的爱。"

"达加先生会和她结婚吗？"

"你还在操心这事儿？不会的，我不太相信达加先生会和你母亲结婚。达加先生不是那种想结婚的人。再说，他已经有了一个相当满意的女朋友了。"

"达加先生说他要和弗兰妮去放烟火。他说他们要在月亮底下放烟火。他说我可以去看的。"

"不，你不能去。达加先生说烟火的时候并不真的是在说烟火。"

"他是真的！他有满满一抽屉爆竹。他说伊内斯有着完美的乳房。他说这是世界上最完美的乳房。他说他要为了她的乳房而和她结婚，他们要多生几个小孩。"

"他这样说了吗？伊内斯对这个问题一定会三思而行。"

"你为什么不想让达加先生和伊内斯结婚？"

"因为你母亲要是真的想和什么人结婚，她可以找到更好的男人。"

"谁？"

"谁？我不知道。我又不认识你母亲认识的所有男人。她在居留地一定认识很多男人。"

"她不喜欢居留地的男人。她说他们都太老了。乳房是做什么用的？"

"凡是女人都有乳房，这样她就有奶来喂养她的宝宝。"

"伊内斯乳房里有奶吗？我长大以后，我的乳房里会有奶吗？"

"不会。你会长成一个男人，而男人是没有乳房的，没有真正的乳房。只有女人的乳房里会产生奶水。男人的乳房是干的。"

"我也要有奶嘛！为什么我不能有奶？"

"我告诉你了：男人不能产生奶水。"

"那男人会产生什么？"

"男人产生血。如果一个男人愿意从自己身体里给出什么，那就是血。他会去医院，把他的血献给那些因偶然事故而需要输血的人。"

"使他们好起来？"

"使他们好起来。"

"我要献血。我很快就能献血了吗？"

"不行。你得等到长大以后，等你身体里面有更多的血才能献血。现在我有其他事情要问你。你在学校时，是不是因为自己不像别的孩子那样，唯独自己，缺少一个正常的父亲而感到别扭？"

"没有。"

"真的吗？因为奥特莎太太，学校里那个女士告诉我们，你可能会因为没有一个真正的父亲而忧虑。"

"我才不忧虑呢。我什么都不忧虑。"

"我很高兴听到你这么说。因为，你知道，相对母亲来说，父亲并不那么重要。是母亲把你从身体里带到这个世界上来。她给你喂奶，就像我提到的那样。她把你抱在怀里保护你。而父亲有时可能是一个游来荡去的角色，就像堂吉诃德那样，当你需要他的时候，他并不总在那儿。他帮助母亲生出了你，只是在一开始的时候，但是后来，他就走开了。等你来到这个世界的时候，他也许已经消失，去寻找另一种新生活了。这就是我们为什么要有监护人、信托人，还有传统意义上的教父和叔叔的缘故。这样，当父亲不在的时候，会有人来替代他的位置，有人能让我们求助。"

"你是我的教父还是叔叔？"

"都是。你想把我看成什么就是什么。"

"那谁是我真正的父亲呢？他叫什么名字？"

"我不知道。上帝知道。他的名字可能就在你随身携带的那封信里，可是那封信丢了，被鱼吞吃了，现在就是流泪哭泣也不管用了。就像我说过的，我们不知道父亲是谁那是常有的事儿。甚至母亲也并不总是能够确定孩子的父亲是谁。现在，你准备好去见里奥先生了吗？准备好让他瞧瞧你有多聪明了吗？"

第二十六章

他们在学校办公室外面等了一个小时，等到最后一遍铃声响过，最后一间教室走空。这时候里奥先生走过他们身边，手里夹着个包，正要回家去。他显然不想见到他们。

"里奥先生，只耽误你五分钟时间，"他请求道，"我们想让你看看大卫在阅读方面有多大的进步。快呀，大卫，让里奥先生看看你的阅读能力。"

里奥先生做了个手势让他们进教室。大卫翻开《堂吉诃德》。"在拉曼查的某个地方，那地方的名字我想不起来了，住着一位绅士，他有一匹骨瘦如柴的老马——"

里奥先生粗暴地打断他的朗读。"我不准备听你背书。"他走到教室另一边，打开壁橱，拿了一本书走回来，在孩子面前翻开，"念给我听。"

"从哪儿念起？"

"从开头念起。"

"胡安和玛丽亚去海边。今天，胡安和玛丽亚要去海边。父亲告诉他们，他们的朋友保罗和蕾蒙娜也一起去。胡安和玛丽亚高兴极了。母亲为他们的出游做了三明治。

胡安——"

"停下!"里奥先生问,"你怎么在两个星期内学会了阅读?"

"他在《堂吉诃德》上花了许多功夫。"他,西蒙插进来说。

"让孩子自己说。"里奥先生说,"你两个星期前不会阅读,你今天怎么就会了?"

男孩耸耸肩,"很容易的。"

"很好,如果阅读有这么容易,那么跟我说说你读到了什么。跟我说说《堂吉诃德》的故事。"

"他掉进地下的一个洞里,没人知道他在哪儿。"

"后来呢?"

"后来他逃脱了,用绳子。"

"还有呢?"

"他们把他关进笼子里,他把大便拉在裤子里了。"

"他们为什么要这样——把他关起来?"

"因为他们不相信他是堂吉诃德。"

"不对。他们这样做是因为没有像堂吉诃德这号人。因为堂吉诃德是一个杜撰的人名。他们要把他带回家去,好让他神志清醒。"

男孩朝着他,西蒙,投来疑惑的一瞥。

"大卫在用自己的方式读书,"他对里奥先生说,"他有着活跃的想象力。"

里奥先生不屑搭理他。"胡安和保罗去钓鱼,"他说,"胡安钓了五条鱼,把这写在黑板上:五。保罗钓了三条鱼，把这写在五下面：三。他们两个一共钓了几条鱼，胡安和保罗？"

男孩站在黑板前，使劲闭上眼睛，好像在倾听远处传来的絮语。粉笔没有移动。

"算啊。算上——二—三—四—五，现在，再加上一个三。一共有多少？"

男孩摇摇头。"我看不见。"他小声说。

"你看不见什么？你不需要看见鱼，你只要看见数字就行。看着这些数字。五加三。一共是多少？"

"这一次……这一次……"男孩的声音仍然很小，很无力，"是……八。"

"好。在三下面画一道线，写下八。这样看来，你一直都假装不会计数。现在让我们看看你的书写能力。写这样一句话，Conviene que yo digo la verdad（我必须说出真相）。写呀，Con-viene。"

从左到右，每个字母都写得清清楚楚，虽然慢了些，男孩写的是：Yo soy la verdad（我就是真相）。

"你看，"里奥先生转向伊内斯，"这就是我每天在班上对付你儿子的情形。我说，班里只有一个权威，不能有两个。你不同意？"

"他是一个特别的孩子。"伊内斯说，"如果你们不能应付一个特别的孩子，那你们办的是什么学校啊？"

"拒绝听从教师并不意味这是一个特别的孩子，只表示他是一个不服从纪律的孩子。如果你坚持说你的孩子需要被特殊对待，那就应该送他去蓬塔·阿雷纳斯的学校。

他们知道怎样对付特殊学生。"

伊内斯嗖地站了起来，眼里冒着火花。"要让他去蓬塔·阿雷纳斯，除非踏着我的尸体！"她说，"走，亲爱的！"

男孩小心翼翼地把粉笔搁进盒子。并不左顾右盼，跟在母亲身后出去了。

走到门口，伊内斯回过身冲着里奥先生发出最后一炮："你不配教孩子！"

里奥先生无所谓地耸耸肩膀。

这些日子，伊内斯情绪越来越暴躁。她一连几个钟头跟她的兄弟通电话，商量来商量去，她打算离开诺维拉去别处，跑到教育机构手伸不到的地方去开始新的生活。

至于他，对教室里的一幕仔细思量过来，则认为很难判断那是在虐待学生。他不喜欢里奥先生的专横，他同意伊内斯所说不应该由他这样的人负责幼童教育。可是，这孩子为什么抵制教导呢？是与生俱来的反叛精神因母亲的煽动而发作，还是师生之间的龃龉有着更为特别的原因？

他把男孩拽到一边。"我知道里奥先生有时候会非常严厉，"他说，"你和他相处得不是很好。我想明白到底是怎么回事。里奥先生是不是对你说过什么不好的话，你没告诉我们？"

男孩朝他投来不解的目光，"没有。"

"我说过，我不会把责任归咎哪一方，我只想弄明白是怎么回事。除了他的严厉之外，你还有什么别的原因不喜欢里奥先生？"

"他有一只玻璃眼睛。"

"我知道。他可能是在一次事故中失去了那只眼睛。他对眼睛的事儿也许比较敏感。可是我们不会因为人家只是装了玻璃眼睛而成了仇人。"

"他为什么要说没有堂吉诃德这个人？堂吉诃德明明就在那儿。他在书里。他拯救别人。"

"没错，书里是有这么一个人，他自称堂吉诃德，他还救了别人。但是，他救出的某些人却并不认为需要他来拯救。他们认为自己本来已经很幸福了。他们对堂吉诃德很生气，朝他大喊大嚷。他们说，他不知道自己在做什么，他把整个社会秩序给搞乱了。大卫，里奥先生喜欢秩序。他喜欢教室里安静有秩序。他喜欢这个世界有秩序。这都没有错。混乱会让人非常不安。"

"什么叫混乱？"

"这个我那天告诉过你。混乱就是没有秩序，没有可遵循的规则。混乱就是周围的事物都搅成了一团。我没法形容得更准确了。"

"那是不是数字都裂开了，你掉下去了。"

"不，不会这样，完全不是。数字永远不会裂开的。我们的数字很安全。数字是和宇宙联在一起的。你应该跟数字交朋友。如果你对它们更有诚意，它们也会对你更友好。那么你就不用担心它们会在你脚底下溜走。"

他说话时尽量使出严肃的口吻，男孩显然听进去了。"为什么伊内斯和里奥先生干起来了？"男孩问。

"他们不是干仗。他们之间是发生了争执，现在既然有时间让他们都好好想一想，他们也许对这事儿彼此都会感到遗憾。可这并不是干仗。话说得重一些并不是干仗。有时候，我们不得不站出来为我们所爱的人说话。你母亲要站出来为你说话。这才是一个好母亲，一个勇敢的母亲就得为孩子挺身而出：只要她还有一口气，就要站出来为孩子说话，保护孩子。你应该为自己有这样的母亲而感到骄傲。"

"伊内斯不是我母亲。"

"伊内斯是你母亲。她对你确实是一位母亲。她是你真正的母亲。"

"他们要来把我带走？"

"谁要来把你带走？"

"蓬塔·阿雷纳斯的人。"

"蓬塔·阿雷纳斯是一个学校。蓬塔·阿雷纳斯的教师不拐带孩子。那不是教育系统干的事儿。"

"我不要去蓬塔·阿雷纳斯。你要保证他们不会把我带走。"

"我保证。你母亲和我不允许任何人把你送到蓬塔·阿雷纳斯。你已经看见，你母亲在需要保护你的时候简直就像一只老虎。没人能够绕开她把你带走。"

听证会在诺维拉教育局本部举行。他和伊内斯在指定时间赶到那儿。等了一小会儿，他们被带进一个大厅，室内带有回声，放眼看去是一排排空座椅。在大厅那头，高高的仲裁席上坐着两个男人和一个女人，他们是仲裁人或是审理员。里奥先生早已到场了。彼此没打招呼。

"你们是那个叫大卫的男孩的父母？"坐在中间的仲裁人问。

"我是他母亲。"伊内斯说。

"我是他的监护人，"他说，"他没有父亲。"

"他父亲去世了？"

"他父亲的情况不详。"

"这男孩跟谁一起生活？"

"这男孩跟他母亲住在一起。他母亲和我不住在一起。我们不是配偶关系。不过，我们三人是一个家庭。算是吧。我们两人都深爱大卫。我每天都去看他，差不多每天。"

"我们知道大卫一月份刚进学校，被分配在里奥先生的班上。几个星期后，你们被叫到学校去磋商孩子的事情。是这样吗？"

"是的。"

"里奥先生是怎么向你们汇报的？"

"他说大卫在学习上进步不大，还说他不服从老师。他建议我们把大卫从他班上转出去。"

"里奥先生，是这样吗？"

里奥先生点点头。"我和奥特莎太太，学校里的心理专家讨论过。我们都认为大卫转到蓬塔·阿雷纳斯的学校会有改善。"

仲裁人环视场内。"奥特莎太太来了吗？"

一位听证官员在他耳边悄悄说了几句。仲裁人说："奥特莎太太无法到场，不过她呈交了一份报告——"他翻着面前的文件，"就像你说的，里奥先生，她建议转到蓬塔·阿雷纳斯。"

坐在左边的仲裁人说："里奥先生，你是否能解释一下为什么转学是必要的？把一个六岁的孩子送到蓬塔·阿雷纳斯去，这似乎是一个非常严厉的措施。"

"太太，我是一个具有十二年教学经验的教师。在我的教学生涯中还从未遇到过这样的案例。这个叫大卫的男孩并不愚笨。他也不是那种弱智。相反，他有天赋，人又聪明。但他不接受教导，他也不肯学习。我为他全身心地投入，花费了许多时间，试图哄劝他进入阅读、书写和计算的基础训练，全班其他孩子都为此付出了代价。可他一点进步都没有。他什么都没有掌握。更过分的是，他假装什么都没掌握。我说假装是因为事实上在他上学期间，已经学会了阅读和书写。"

"是这样吗？"仲裁人问。

"阅读和书写，是啊，有时会有时不会。"他，西蒙回答说，"他时好时坏。在计算方面，他有一个时期有困难，我宁愿称之抽象意义上的困难，这种困难阻碍了他的进步。他是一个特殊的孩子。他特别有灵性，在其他各方面也比较特殊。他自己学会了阅读专为儿童改写的简写本《堂吉诃德》。我只是最近才了解这些情况。"

"问题是，"里奥先生说，"并不在于这男孩是否掌握了阅读和书写，或是谁教会了他，而在于他是否适合于一所普通学校。我没有时间来对付一个拒绝学习并且以自己的行为干扰班级正常教学的孩子。"

"他只有六岁!"伊内斯发作了,"你是什么教师啊,竟对付不了一个六岁的孩子?"

里奥先生生硬地说:"我不是说我对付不了你儿子。我是说他在班上妨碍了我对其他孩子的教学。你儿子需要一种特殊辅导,而我们这所普通学校无法提供这种辅导。这就是我建议送他去蓬塔·阿雷纳斯学校的理由。"

一阵沉默。

"你还有什么话要说,太太?"主持的仲裁人问。

伊内斯气愤地甩甩脑袋。

"先生?"

"没有。"

"现在我请你们退下——你也退下,里奥先生——等待我们的裁决。"

他们退到等待室,三个人待在一起。伊内斯根本不朝里奥先生看一眼。几分钟后,他们又被叫了回去。"这是审理委员会的裁决,"主持的仲裁人说,"由里奥先生提出的,推荐男孩大卫转至蓬塔·阿雷纳斯学校的建议,得到了驻校心理专家及校长的支持,转学事宜将尽快进行。结束。谢谢各位出席。"

"阁下,"他说,"请允许我问一下,我们是否有权上诉?"

"当然,你们有权向民事法庭上诉,这是你们的权利。但上诉程序也许无法改变审理委员会的仲裁。也就是说，无论你们是否上诉，转学至蓬塔·阿雷纳斯的裁决一定生效。"

"迭戈明天晚上会来接我们，"伊内斯说，"所有的事情都安排好了。他要把一些生意上的事务处理掉。"

"你们打算去什么地方？"

"我怎么知道？只想去一个那些人管不到的地方，能躲开他们迫害的地方。"

"伊内斯，你真的要让那帮学校行政官员像猎狗似的把你撵出这个城市？你们怎么生活？你，迭戈和孩子？"

"我不知道，我想是像吉卜赛人那样生活吧。你为什么不帮着我们还要提出反对？"

"什么叫吉卜赛人？"男孩插进来说。

"像吉卜赛人那样生活，只是一种说话方式。"他说，"你和我，我们住在贝尔斯塔营地时，就是过着吉卜赛人那样的生活。做一个吉卜赛人就意味着你没有一个像样的家，没有一个可以安放你脑袋的地方。做吉卜赛人并不是什么好玩的事儿。"

"我还得上学吗？"

"不用。吉卜赛人的孩子不去学校。"

"那我就要和伊内斯、迭戈一起做吉卜赛人。"

他转向伊内斯，"你这事情本来应该和我商量一下。你真的打算为了逃避法律那样做，睡在灌木丛里，拿浆果填肚子？"

"这没你什么事儿，"伊内斯冷冷地回答，"你不在乎大卫去少年管教所，我在乎的。"

"蓬塔·阿雷纳斯不是少年管教所。"

"那儿是扔弃不良儿童的垃圾场——不良儿童和孤儿。我的孩子不能去那种地方，决不能去，决不，决不。"

"我同意你的说法。大卫不应该被送到蓬塔·阿雷纳斯。但那是因为他太小，还不能离开父母，而不是因为那儿是垃圾场。"

"那你为什么不站出来反驳仲裁人？为什么还点头哈腰地说，是，先生，是，先生？难道你不相信孩子？"

"我当然相信他。我相信他是个特殊的孩子，他的长处需要特殊对待。但那些人背后有法律给他们撑腰，我们的境况无法挑战法律。"

"就算法律是坏的也不能？"

"问题不在好坏，伊内斯，这是权力的问题。如果你逃之夭夭，他们会派警察来追你，而警察一定会逮住你的。你会被宣布为不称职的母亲，孩子会从你身边被带走。他会被送到蓬塔·阿雷纳斯，而你将为重新获得监护权而卷入永无休止的死缠滥打之中。"

"他们永远不能把我的孩子从我身边带走。因为我会先死。"她的胸部上下起伏，"你为什么不帮着我，而总是站在他们那边？"

他凑过去想让她平静下来，可她身子一躲把他闪开了，跌倒在床上，"让我一个人待着！别来烦我！你不是真的相信这孩子。你不知道什么叫相信。"

男孩靠向她，抚摸着她的头发。他嘴唇间透出一丝微笑。"嘘，"他说，"嘘。"他在她身边躺下。大拇指含在嘴里，眼神看起来呆滞而迷离，几分钟后，他睡着了。

第二十七章

阿尔瓦罗把码头工人召集到一起。"伙计们，"他说，"有个事情我们得讨论一下。你们还记得吧，我们的伙伴西蒙曾建议采用机器吊车来替代手提肩扛的装卸方式。"

大家点点头。一些人朝他这边看来。欧亨尼奥冲他闪过一丝微笑。

"好吧，今天，我要告诉你们一个消息。道路施工局的一个朋友告诉我，他们的仓库里有一台吊车闲置了好几个月。他们欢迎我们借来试用一下。

"伙计们，我们应该怎么办？我们应该接受他的建议吗？我们是否应该看一下，是不是就像西蒙曾说过的，一台吊车就能改变我们的现状？谁先说说？西蒙，你来？"

他完全惊呆了。他的脑子里全都是伊内斯和她的逃亡计划，有好几个星期都没想过吊车、老鼠或是谷物输送的经济方式了，说实在的，他已经习惯了这种一成不变的繁重的耗尽体力的劳作，他感激这种劳动让他一下子就能沉入无梦的熟睡。

"我没什么可说的，"他说，"我要说的已经说过了。"

"谁来说？"阿尔瓦罗问。

欧亨尼奥开口了，"我说我们应该试一下吊车。我们的朋友西蒙有一个聪明的脑袋。谁知道呢，他也许是对的。我们也许真的是在消耗时间。如果我们不试一下，那就永远不会知道那玩意儿到底好不好。"

人群中响起赞同的低语声。

"那么我们就要试一下吊车了？"阿尔瓦罗说，"我得告诉我们在道路施工局的朋友，要去把那玩意儿搬来了？"

"好啊！"欧亨尼奥举起了手。"好啊！"码头工人们纷纷举手赞同。至于他，西蒙，也举起了手。投票一致通过。

第二天一早，吊车装在卡车后边运抵码头。吊车原先漆成白色，现在油漆斑驳开裂，露出生锈的金属，看样子是好长时间搁在户外淋雨。吊车比他预想的要小。是在咔咔作响的钢轨上转动的，司机坐在钢轨上方的车厢里，操纵手柄转动机械臂，再转动绞盘。

他们花了大半个钟头才把机器从卡车上卸下。阿尔瓦罗那位道路施工局的朋友急着要走。"谁担任司机？"他问，"我得跟他讲讲控制手柄的操作方法，然后我就要走了。"

"欧亨尼奥！"阿尔瓦罗喊道，"你是赞成吊车的人。你来驾驶好吗？"

欧亨尼奥环顾四周，"如果没有别人要干，我来好了。"

"好！那就是你了。"

欧亨尼奥证明了自己学得很快。他不一会儿就开动吊车在小轨道上前前后后跑动起来，还摆动着带钩子的机械臂做出花哨的动作。

"我把我会的都教给他了。"操作司机对阿尔瓦罗说，"一开始这几天让他小心操作，以后就没事了。"

吊车的机械臂只能伸到船的甲板。码头工人们还像以前那样把货包一个一个从舱里扛出来，只是现在不必再身负重荷走跳板了，只需把货包扔到帆布吊袋里就行。帆布袋里第一次装满货包，他们朝欧亨尼奥喊了一声。吊钩提起帆布袋，钢缆抽紧了，吊袋升起越过甲板栏杆，欧亨尼奥开心地将货包旋了一圈，划过一个很大的弧度，然后往下降落。人们欢呼起来，可是他们的欢呼马上变成了惊叫，因为吊袋猛然坠落在码头前沿，这堆失控的重物打着旋儿颠踬着飞了开去。人们四散逃奔，只有他，西蒙，抑或由于过于沉浸在自己的心事之中，或是太迟钝了竟未挪动。他瞥见欧亨尼奥在操纵室里朝下望着自己，嘴里嚷着什么，他一点都听不见。接着裹着重物的吊袋撞上了他的腹部，接着又砸到他后背上。他摇摇晃晃地抵着缆桩，从缆绳上侧翻过去，掉进了码头和船身之间的缝隙里。有那么一瞬间，他被紧紧卡在那儿，被挤得透不过气来。他强烈地意识到船身只消移动一英寸，他就会像一只昆虫似的被挤扁。后来，卡住他的那股压力减轻了，他双脚落进了水里。

"救命！"他呼吸急促地喊叫着，"救救我！"

一只漆着鲜亮的红白两色的救生圈啪地落进水里，扔在他身边，上面传来阿尔瓦罗的声音："西蒙！听着！挺住，我们会把你拉上来的。"

他抓住了救生圈，身子却像一条鱼似的沿着岸边漂向开阔的水面。阿尔瓦罗的声音又响起："抓住救生圈，我们会拉你上来！"可是当救生圈开始往上拉的时候，他身上突然一阵剧烈的疼痛。他抓不住救生圈，又掉进水里。他全身被一层浮油裹住了，蒙住了眼睛，灌进了嘴里。就这么完了？他问自己。就像一只老鼠似的？太丢人了！

但此时阿尔瓦罗来到他身边，从水里一蹿一蹿地游过来，头发上也沾了一层浮油。"放松，老伙计。"阿尔瓦罗说，"我会抱住你的。"他心怀感激地在阿尔瓦罗的怀抱中松弛下来。"拉！"阿尔瓦罗大喊一声。他们两人，紧紧抱在一起，被拽出水面。

他感到自己一直在发蒙。他仰面躺在那儿凝望着茫然的天空。几个模糊的人影围着他，传来嗡嗡的说话声，可他发不出一点声音。他闭着眼睛，又昏过去了。

在砰然而起的喧闹声中，他再次醒来。这阵喧闹好像来自他的体内，从他脑袋里发出的。"醒醒，老伙计！"一个声音说。他张开一只眼睛，看见一张胖胖的脸，湿漉漉的脸，俯视着他。我醒着呢，他想说话，可他发不出声音。

"看着我！"胖胖的嘴唇在说，"你能听见我说话吗？如果能听见，就眨一下眼睛。"

他眨一下眼睛。

"好。我要给你吃一颗止痛片，我们要让你离开这儿。"

止痛片？我不痛啊，他想说。我为什么会痛呢？可无论他想说什么，今天都说不成了。

因为他是码头工人联合会成员——他也不知道什么时候入会的——他被安排到医院一间单人病房。这间病房里有一组和蔼的护士照料他，其中有一个叫克拉拉的中年女护士，那双灰眼睛常带着平静的笑容，他在以后的几个星期里将变得越来越依赖她。

大家都觉得他似乎在这次事故中运气不错。他断了三根肋骨。一根细长的骨头正好扎到了肺里，他做了一个不大的外科手术把骨头拿掉了（他想，这根骨头能留作纪念品吗？——就像床边这只小药瓶）。他脸部和上半身有伤口和瘀青，有几处皮肤擦破了，但没有证据表明脑部受到创伤。经过几天的观察，几个星期的治疗，他又恢复到原来的样子了。这期间，控制疼痛自是首要之务。

经常过来探望他的是欧亨尼奥，他对自己没有控制好吊车充满歉疚。他竭力安慰这年轻人——"你怎么可能在那么短的时间内就掌握新机器操作呢？"——但欧亨尼奥却不肯接受这样的安慰。当他从昏睡中醒过来，多半又是欧亨尼奥游进了他的视线，俯视着他。

和码头上其他工友一样，阿尔瓦罗也来探视过。阿尔瓦罗对医生谈起，带来了这样一个消息，即使他完全康复了，在他这个年纪上再回到码头上干活还是不太明智。

"也许我可以做吊车司机。"他提出，"我不会做得比欧亨尼奥更差。"

"如果你想做吊车司机，你就得转到道路施工局去。"阿尔瓦罗回答，"吊车太危险了，今后码头上没有必要使用吊车。吊车总归不是一个好主意。"

他希望伊内斯来探视，可她没有来。他担心发生最坏的事情：她实施了自己的计划，带着男孩逃之夭夭了。

他把自己的担忧告诉了克拉拉。"我有一个女友，"他说，"我很喜欢她年幼的儿子。由于种种原因我不能进入他们的生活，现在教育机构一直威胁要把他从母亲身边带走，把他送进特殊学校。我能不能请你帮个忙，给她打个电话，看看事情现在是否有什么变化。"

"当然可以，"克拉拉说，"可你不想亲自跟她说吗？我可以把电话拿到你床头。"

他给小区那边打了电话。电话是邻居接的，对方正要出门，又回来接了电话。说伊内斯不在家。这天晚些时候他又打过去，还是没能联系上她。

第二天早晨，在半睡半醒之间，他做了个梦，或者说看见了某种景象。简直异乎寻常地清晰，他看见一辆双轮马车在他床脚边盘桓。马车用常青藤或是镶饰着常青藤的某种金属制成，拉车的是两匹白马，其中一匹是国王。男孩一手紧攥缰绳，另一只手指向高处做出帝王般的手势，除了胯间一小块遮羞布，他全身赤裸。

双轮马车和两匹马怎么能塞进小小的医院病房，这真是不可思议。无论是驭手还是马车似乎都毫不费力地悬浮在空中。那两匹马并非一动不动，它们不时地凌空尥起蹄子，或是甩头打个响鼻。而男孩呢，他似乎毫不倦怠地一直高擎手臂。他脸上有一种放肆的表情：自鸣得意，甚至也许是欣喜若狂。

男孩从某个角度直视他。看着我的眼睛，他似乎在说。

这个梦，或者说这种景象，持续了两三分钟。然后消逝了，病房里恢复了正常。

他把这事情告诉了克拉拉。"你相信心灵感应吗?"他问，"我有一种感觉，大卫想要跟我说什么事儿。"

"什么事儿?"

"我说不准。也许，他和他母亲需要帮助。也许不是。这个信息是——我怎么解释呢——是黑暗的。"

"哦，记得你服用的止痛药是一种麻醉剂。麻醉剂会让我们产生梦幻，幻觉。"

"那不是幻觉，那是真事。"

从那以后，他就拒绝服用止痛药了，于是只好忍受随之而来的疼痛。夜里的情况最糟：甚至最轻微的动作都会给胸部带来一阵电击般的刺痛。

没有什么东西能借以分散注意力，他没任何可以阅读的东西。这家医院没有图书馆，只提供一些过期的大众杂志（菜谱、业余消遣、女性时装）。他在欧亨尼奥面前抱怨这事儿，欧亨尼奥马上给他带来自己的哲学课本（"我知道你是个有深度的人"）。那些书，正如他所担心的，都是拿桌子和椅子说事的。他把书搁到一边，"真抱歉，这不是我的哲学。"

"那么你想读哪一类的哲学呢？"欧亨尼奥问。

"能够震撼人的那种，能够改变人生的哲学。"

欧亨尼奥迷惑不解地看着他。"你生活里出了什么问题？"他问，"除了受伤这件事之外。"

"我错失了某些东西，欧亨尼奥。我知道事情不应该是这样，可就是这样了。对我来说人生欠缺太多。我希望某个人，某个救赎者，突然从天而降，挥舞着魔杖说，注意啦，读这本书，你所有的问题都能找到答案。或者，看哪，这是为你设置的全新的生活。你不能理解这样的谈话，是不是？"

"是啊，我不能理解你说的。"

"请别介意。这只是一阵子的情绪。明天，我就会恢复老样子了。"

他的医生跟他说，他应该为出院后的事情做些安排。他将住到什么地方？是否有人能为他做饭，照料他，在他康复期间在身边陪伴他？他愿意和社区工作人员谈谈吗？"不需要社工，"他回答，"这事情让我跟朋友们商量一下，看怎么安排。"

欧亨尼奥主动提出在他和另两个同事合住的公寓里给他一个房间。他，欧亨尼奥，很乐意睡在沙发上。他谢了欧亨尼奥，但拒绝了。

应他的要求，阿尔瓦罗询问了几家疗养院。他说，西村有一家，是简易型的那种，专门照料老年人的，也接受康复疗养的病人。他让阿尔瓦罗给他在这家疗养院等候名单上挂个号。"说起来有些难为情，"他说，"但我希望等待空缺的时间别太长。""如果你心里没有恶意，"阿尔瓦罗安慰他说，"这份期望是可以理解的。""可以理解的?"他问。"可以理解。"阿尔瓦罗肯定地说。

突然间，这时候他的苦恼全都一扫而光。从走廊里传来一阵欢快的童声。克拉拉出现在门口。"你有客人来访。"她宣布说。她站到一边，费德尔和大卫冲了进来，后面跟着伊内斯和阿尔瓦罗。"西蒙!"大卫喊道，"你真的掉进海里了?"

他的心狂跳起来。他战战兢兢地伸出胳膊，"到这儿来!是的，我出了点小事故，我掉进水里了，好在只是把身上弄湿了。我的朋友把我拉了上来。"

男孩爬上高高的床铺，床颠了起来，一阵刺痛穿过他的身体。但这点疼痛不值一提。"我最亲爱的孩子!我的宝贝!我生命的光!"

男孩挣脱了他的拥抱。"我逃了，"他宣布说，"我告诉你，我会逃走。我穿过了有倒钩的铁丝网。"

逃跑?穿过铁丝网?他给搞糊涂了。这孩子在说什么?他为什么穿了这么古怪的一身新衣服:紧身高翻领套头衫，短裤（非常短），鞋子上面露着长及膝盖的白袜子。"谢谢你们大家来看我，"他说，"可是大卫——你从哪儿逃出来了?你是说蓬塔·阿雷纳斯?他们把你带到蓬塔·阿雷纳斯去了?伊内斯，你让他们把他带到蓬塔·阿雷纳斯去了?"

"我可没让他们带走他。他在外面玩的时候他们来了。他们开着车把他带走了，我怎么拦得住他们?"

"我做梦都没想到会有这样的事儿。可你逃脱了，大卫？告诉我怎么回事。告诉我你是怎么逃脱的。"

但阿尔瓦罗打断了他，"过后我们再谈这个，西蒙，我们可以讨论一下你出院的事情吗？你觉得什么时候能够行走？"

"他不能走吗？"男孩问，"你不能走吗，西蒙？"

"只要再过一小段时间，我再需要一点儿帮助。等身上都不痛了，就能走了。"

"你得坐轮椅吧？我能推你吗？"

"是啊，你可以推我的轮椅，你别走得太快就行了。费德尔也可以推。"

"我去问过了，"阿尔瓦罗说，"我去问过那个疗养院了。我跟他们说你只是在那儿做完全康复疗养，不需要特别护理。他们说，如果是这样，他们可以让你马上入住，只要你不介意和别人共用一个房间就行。你觉得怎样？这样一来似乎就解决了许多问题。"

和另外一个老人合用房间。听人夜里打呼噜，看人往手帕里吐痰。听人抱怨女儿对他不理不管。看着人家满腹怨恨地朝他发火，因为新来者侵入了他的空间。"我当然不介意，"他说，"有个确定的地方可去，这下我可放心了。所有人的负担都可以放下了。谢谢，阿尔瓦罗，谢谢来看我。"

"当然，工会将支付你的费用，"阿尔瓦罗说，"你的住宿费、伙食费，以及你在此期间所有的必要开支。"

"那太好了。"

"好吧，我得赶快回去干活。我把伊内斯和男孩们留给你了。我肯定他们会有许多话要跟你说。"

是他的想象，还是阿尔瓦罗离开时伊内斯确实向他悄悄投去一瞥？别把我和这人单独留在一起，我们正做背叛他的事！在这偏远的西村，在这充满消毒剂味儿的病房里，他一个人都不认识。他留在这儿等着腐朽。别把我和他单独留在一起！

"坐下，伊内斯，大卫，把你们的事情从头到尾都跟我说说。什么都别遗漏。我们有的是时间。"

"我逃了，"男孩说，"我跟你说过我要逃走的。我穿过那道有倒刺的铁丝网。"

"我接到一个电话，"伊内斯说，"是一个完全陌生的人打来的，一个女人。她说她发现大卫没穿衣服在街上乱走。"

"没穿衣服？大卫，你从蓬塔·阿雷纳斯跑出来没穿衣服？当时怎么回事？难道没人阻止你？"

"我把衣服留在铁丝网那边了。我不是保证过我会逃脱吗？我能从任何地方逃脱。"

"那个女人在什么地方发现了你？给伊内斯打电话的那个女人？"

"她在街上发现他的。在夜里，裸着身子，冻得要死。"

"我没有挨冻，我没有裸着身子。"男孩说。

"你身上什么都没穿，"伊内斯说，"那不就是裸着身子嘛。"

"别管那个了。"西蒙打断了他们，"那女人为什么跟你联系？为什么没有跟学校联系？照理是应该跟学校联系的。"

"她讨厌学校。每个人都讨厌学校。"男孩说。

"那儿真的是一个可怕的地方？"

男孩郑重地点点头。

费德尔第一次开口说话："他们打你了？"

"十四岁之前不会挨打。等你到了十四岁，如果你不听话就得挨打了。"

"跟西蒙说说鱼的事儿。"伊内斯说。

"每到星期五，他们都让我们吃鱼。"男孩夸张地做出瑟瑟发抖的样子，"我讨厌鱼。鱼眼睛就像里奥先生的眼睛。"

费德尔咯咯地笑了。一瞬间，两个男孩放声大笑起来。

"除了鱼之外，阿雷纳斯角还有什么可怕的事情？"

"他们让我们穿凉鞋。他们不让伊内斯来看我。他们说她不是我母亲。他们说我是被监护人。被监护人既没有母亲也没有父亲。"

"这是胡说。伊内斯是你母亲，而我是你的监护人，监护人就相当于父亲，有时候比父亲更好。你的监护人一直在看顾你。"

"你没有看顾我。你让他们把我带到蓬塔·阿雷纳斯去了。"

"你说得对。我是个不称职的监护人。在本该看顾你的时候我睡着了。但我已经吸取了教训。我以后会更好地看顾你。"

"如果他们再来的话，你会跟他们干一仗吗？"

"是的，我会尽量这么做。我会去借一把剑。我会说，你们又想来偷我的孩子了，堂吉诃德会来对付你们的。"

男孩高兴了。"玻利瓦尔也会。"他说，"玻利瓦尔会在夜里保护我。你会和我们住在一起吗？"他转向母亲，"西蒙会来跟我们住在一起吗？"

"西蒙要去疗养院做恢复治疗。他不能走路。他不能爬楼梯。"

"他能走！你能走的，是吧，西蒙？"

"我当然能走。一般来说是不能走，因为我还有伤痛。但为了你，我可以做任何事情：爬楼梯，骑马，任何事情。你只需说那个词就行。"

"什么词？"

"那个有魔力的词。那个词会治好我的。"

"我知道这个词吗？"

"你当然知道。说吧。"

"这个词是……阿巴拉克达巴拉！"

他掀开床单（所幸他穿着医院的睡衣），把两条腿晃到床边，"我需要一点儿帮助，孩子们。"

费德尔和大卫在他两边，他一边按着一个孩子的肩膀摇摇晃晃地站起来，慢慢走出了第一步，第二步。"瞧，你确实知道这个词，你可以帮我把轮椅拉过来吗？"他坐进了轮椅，"现在，让我们去散步吧。在里面关了这么长时间，我想看看外面世界的样子。谁来推轮椅？"

"你不跟我们一起回家吗？"男孩问。

"这会儿不行。要等我恢复体力之后。"

"可是我们要去做吉卜赛人了！如果你待在医院里，你就做不成吉卜赛人了。"

他转向伊内斯，"这是怎么回事？我想我们已经把吉卜赛人那事儿抛开了。"

伊内斯生硬地说："他不能回到学校去。我不允许这样。我兄弟会跟我们在一起，他们两个都来。我们开车走。"

"四个人坐在那辆吱嘎作响的老爷车里？如果车坏了怎么办？你们住哪里？"

"这没什么关系。我们会打零工。我们可以采野果。达加先生借给我们一些钱。"

"达加！那么这一切背后都是他在策划！"

"嗯，大卫不能再回那个学校去。"

"他们让你吃鱼和穿凉鞋。在我听来并不是很可怕的事情。"

"那儿有些男孩抽烟喝酒，还拿着刀子。那是个罪犯学校。如果大卫回到那里，他的人生将带有伤痕。"

男孩问："这话什么意思，人生带有伤痕？"

"这只是一种表达方式，"伊内斯说，"意思是，那所学校会给你留下坏影响。"

"就像伤口？"

"就像伤口。"

"我已经有许多伤口了，是在倒钩铁丝网那儿弄的。你要看看我的伤口吗，西蒙？"

"你母亲说的是另一种意思。她的意思是你心灵的伤口。那种伤口不容易治好。学校里真的是有男孩带着刀子？你肯定带刀子的不止一个男孩？"

"许多男孩都带刀子。他们弄来一只母鸭子和几只小鸭子，其中一个男孩踩在小鸭子上，它的肚肠就从屁股那儿钻出来了，我想把他们推开，可老师不让，他说我必须让小鸭子死掉。我说我要给它吹气，可他不让。我们还得做园艺活儿。每天下午放学后，他们就让我们掘地。我讨厌掘地。"

"掘地对你有好处。如果没有人想去掘地，我们就不会有粮食，没有食物。掘地使你身体强壮。让你长肌肉。"

"你可以让种子在吸墨纸上发芽。我们老师给我们展示过的。不需要掘地。"

"一两颗种子或许是可以的。但如果你要种出正常的庄稼，如果你要有足够的麦子供给人们做面包，喂饱人们的肚子，种子就得播进地里。"

"我讨厌面包，面包吃厌了。我喜欢冰淇淋。"

"我知道你喜欢冰淇淋。但你不能靠冰淇淋过日子，你还得靠面包过日子。"

"可以靠冰淇淋过日子的。达加先生就是。"

"达戈先生只是假装自己靠冰淇淋过日子。在私下里，我肯定他像每个人那样吃面包。再说，你不应该把达加先生当作榜样。"

"达加先生给我礼物。你和伊内斯从来没给过我礼物。"

"这样说不对，我的孩子，不对，也缺乏善意。伊内斯爱你，照顾你，我也是一样。而达加先生，他的心里对你完全没有爱。"

"他爱我的！他要我和他住在一起！他告诉了伊内斯，伊内斯告诉了我。"

"我肯定她绝不会同意的。你属于你的母亲。这就是我们一直以来为此而努力的目的。达加先生也许在你看来挺有魅力也够刺激，可是当你年纪再大一些，你就会明白，很有魅力也够刺激的人不一定是好人。"

"什么叫有魅力？"

"那种魅力就是戴着耳环，拿着刀子。"

"达加先生爱伊内斯。他要在她肚子里生娃娃。"

"大卫！"伊内斯猛喝一声。

"是真的！伊内斯说，我不能告诉你，你会妒忌的。真的吗，西蒙？你会妒忌吗？"

"不，我当然不会妒忌。这不关我什么事儿。我想告诉你的是，达加先生不是好人。他也许邀请你去他的家，给你吃冰淇淋，可他心里不会顾及你的终身利益。"

"什么叫我的终身利益？"

"你最主要的人生利益就是要长大成为一个好人。就像一颗好种子，要在土壤里深深扎下根去，然后时候一到，就能发芽生长，结出许多籽粒。你应该是这样的。就像堂吉诃德。堂吉诃德拯救了少女们。他保护穷人不受富人和强权者欺辱。把他作为你的榜样吧，而不是达加先生。保护穷人。拯救被压迫者。尊重你的母亲。"

"不！我母亲要尊重我！再说，达加先生说堂吉诃德过时了。他说现在没人再骑马了。"

"嗯，如果你想要这样，你轻易就能证明达加先生是错的。骑上你的马，高举起你的剑。这就能让达加先生闭嘴了。骑上国王。"

"国王死了。"

"没有。国王没有死，它活着。你知道的。"

"哪里？"男孩悄声问。他眼里突然盈满泪水，嘴唇颤抖起来，他只能说出这个词。

"我不知道。但国王肯定在什么地方等着你。如果你去寻找，你一定能找到它。"

第二十八章

出院的日子到了。他向护士们道别。他对克拉拉说："很难忘记你对我的照顾。我宁愿相信这里面有比善意更多的东西。"克拉拉没有回答。但从她直视他的目光中，他知道自己说得没错。

医院安排了汽车和司机送他去西村的新家，欧亨尼奥主动陪他一同前往，要看着他顺利入住。他们上路后，他要求司机绕道先去东村。

"我不能这样做，"司机回答，"这超出了我的职责。"

"对不起，"他说，"我需要拿几件衣服。只耽搁你五分钟时间。"

司机不情愿地照办了。

"你提起过你那个小孩上学一直有麻烦，"汽车转向东村时，欧亨尼奥问，"是什么麻烦？"

"教育部门想把他从我们身边带走。必要时会强制执行。他们要把他送回蓬塔·阿雷纳斯。"

"去蓬塔·阿雷纳斯？为什么？"

"因为他们在蓬塔·阿雷纳斯为一些特殊的孩子建了一所学校，那些孩子对胡安和玛丽亚在海边的故事感到厌倦。他们感到厌倦，还把这种厌倦给表现出来了。那些孩子不服从教师讲的加减法规则。那些人为的规则。二加二等于四，等等。"

"那可真是糟糕。可为什么你的孩子不按老师教给他的方法做呢？"

"为什么一定要那样做呢，如果这时候内心有个声音跟他说老师的方法是不对的？"

"这我就不明白了。如果这个规则对你对我，对每一个人来说都是对的，那么在他那儿怎么就不行了？为什么你把那些规则称作人为的规则？"

"因为，如果我们愿意，二加二也可以等于三，或是等于五，或是九十九。"

"可是二加二就是等于四。除非你的等于是某种奇怪的特殊的意思。你可以自己去数啊：一二三四。如果二加二真的等于三，那么所有的一切都将崩溃而陷入混乱了。我们没准就置身于另一个宇宙，有着另一套物理规则了。在现存的宇宙中，二加二就是等于四。这是宇宙规则，是独立于我们的，根本不是人为的规则。即便你我想要停止这样的加法，二加二还依然等于四。

"没错，可是什么样的二加上什么样的二会等于四？欧亨尼奥，大部分时间里，我觉得孩子其实不能理解数字，就像猫和狗不能理解数字一样。可我经常会问自己：这世上是否有人能够捕捉到对他们来说是更真实的数字？

"我在医院里无所事事的时候，我试着做一个心智练习，想通过大卫的眼睛来看这个世界。把一个苹果摆在他面前，他看见了什么？有个苹果：那不是一个苹果，只是有个苹果。把两个苹果摆在他面前，他看见了什么？苹果和苹果：不是两个苹果，不是同样的苹果的两倍，只是有个苹果，又有个苹果。现在来看里奥先生（里奥先生是他的班主任）的要求：孩子，有几个苹果啊？答案是什么？复数的苹果是什么意思？什么样的苹果构成了复数苹果的单数？三个男人坐在车里往东村驶去：这三个男人中谁算是其中的单数——是欧亨尼奥还是西蒙还是我们这位不知姓名的司机朋友？是我们三个，还是我们一个加一个再加一个？

"我看见你激动地举起手来，我明白你的意思。你是说，一加一加一等于三，我不得不同意这一点。三个人在一辆车上：很简单。但大卫不会像我们这样看问题。他不会用我们这样的步骤来计数：步骤一，步骤二，步骤三。数字就好像是漂浮在茫茫大海中的一座座岛屿，他每次都会在提问中闭上眼睛，好让自己凌空穿过其间。如果我掉下去怎么办？——这是他问自己的问题。如果我掉下去了，还一直往下掉，怎么办？半夜里躺在床上，有时候，我发誓，我也掉下去了——掉进了擒住孩子的同样的咒语里。我问自己，如果由一到二是如此艰难，从零到一又该如何？从虚无到实有：那似乎每一次都需要一个奇迹了。"

"漂浮的岛屿。"欧亨尼奥开玩笑说，"这孩子显然具有很活跃的想象力。不过，他会成长起来的。他肯定会从那种长久占据着的不安觉里走出来的。人家忍不住就会注意到他的紧张程度有多严重。你是否知道这背后的原因？他父母经常吵架吗？"

"他父母？"

"他亲生父母。他是否带有过去的伤痕，某种创伤什么的？没有吗？别介意。一旦他对自己周围的环境有了安全感，一旦周围世界变得明朗起来——不光在算术领域，也包括其他方方面面——变得有规则可循，没有什么事物会是偶然发生的，这样他就会趋于理性，也会安宁下来。"

"这就是他学校的心理专家，奥特莎太太说的话。一旦他找对了自己在世界上的位置，一旦他接受了自己，他学习上的困难就会迎刃而解。"

"我肯定她是对的。但这需要时间。"

"也许吧。也许吧。但如果我们是错的，而他是对的，那怎么说？如果一和二之间根本就没有纽带，只是一个空当，那怎么说？如果我们自信满满地采取步骤，原以为能让我们穿越空当，殊不知我们却只是在坚持自己的盲目？如果这孩子是我们之中唯一眼明心亮的人，那怎么说？"

"那就像俗话说的，如果疯子是正常的，而正常人就是疯子，是那么说的吗？西蒙，如果你不介意我这么说，这是学校男生的哲理思辨。有些道理就是这么简单而确凿无疑。一个苹果是一个苹果就是一个苹果。一个苹果和另一个苹果加起来就是两个苹果。西蒙加上欧亨尼奥就是车上的两个乘客。一个孩子不会觉得这是难以接受的事

300

实——一个正常的孩子。他不觉得这难以接受，因为这确凿无疑，因为我们，这么说吧，从我们出生以来都在适应这个确凿无疑的事实。至于说到对数字之间那些空当的恐惧，你是否向大卫强调过，数字的排序是无限的?"

"不仅如此。我告诉过他，没有一个最终的数字。数字会永远排列下去的。但这么说又能怎么样呢?"

"西蒙，有好的无限和坏的无限。我们之前谈论过坏的无限——记得吗? 一个坏的无限就像你发现自己套在一个又一个梦里，醒来是另一个梦，再醒来又是另一个梦，如此无限衍生开去。或者，你发现自己的生活只是另一种生活的序幕，序幕又是另者的序幕，等等，等等。可数字不是这样。数字构成一个好的无限。为什么? 因为，数字是无穷的，它们填满了宇宙所有的空间，像砖块一样，一个挨一个排列起来。所以我们是安全的。不会掉进虚无的空隙里。向孩子指出这一点。这会让他安心的。"

"我会这样做的。但不管怎么说，我都不认为这会给他带来慰藉。"

"别误解我，我的朋友。我不是站在学校体制那一边。我承认，学校里那套东西听上去是有些死板僵硬，非常老套。在我看来，还有更多不同的学校，有多种类型的职业学校，比如说，大卫可以学着做一个管子工或是木匠。做这个不需要更高的数学水平。"

"或是在码头上干活?"

"或是在码头上干活。码头装卸绝对是应该受人尊重的职业，我们两个都知道。算了，我同意你的说法，你的小孩受到不好的待遇。不过，他的老师难道不是抓到了要点？这不是一个遵循算术规则的问题，而是要学着如何遵循普适的规则。伊内斯太太是一个非常出色的女士，但她对孩子过于宠溺了，任何人都可以看出来。如果一个孩子总是沉溺在自己是特殊的氛围里，如果由着他自己编造规则，怎么还能长大成人呢？也许，在这个阶段上有点约束，对小大卫来说没有什么坏处。"

尽管他对欧亨尼奥怀有最大的善意，尽管为这位老同事的友情，为他的诸多体贴所感动，尽管他丝毫都不想责怪他在这次码头事故中的责任——吊车操纵中匆忙行事，他本可以做得更好些——他从未发现他内心原来是这样的人。他发现这人很古板，目光短浅而又自以为是。他对伊内斯的批评让他很不高兴。不过，他耐着性子没有表露出来。

"欧亨尼奥，关于教育，在教养孩子方面，有两种观点。一种认为，我们应该像用黏土造物一样塑造他们，把他们变成有道德的公民。另一种认为，我们的童年只有一次，一个幸福的童年是日后幸福生活的基础。伊内斯属于后一种教育思路。再说，因为她是他的母亲，因为孩子和母亲之间的联系是神圣的，我就听从她的。因而，不，我不相信太多的教室纪律对大卫有好处。"

此后他们一路无语。

到了东村，他叫司机等他一会儿，欧亨尼奥帮他从车里下来。他们一起慢慢走向楼梯。刚走到二楼走廊，就看到了让人惊讶的一幕。伊内斯房门外面站着两个人，一男一女，穿着一模一样的深蓝色制服。门开着，里面传来伊内斯高亢而愤怒的声音。"不！"她嚷着，"不，不，不！你们没有权利！"

他们走近时，发现阻止陌生人进入房间的是那条狗，玻利瓦尔，它蹲在门边，耳朵竖起，龇牙咧嘴，低声咆哮着，盯着他们的一举一动，随时准备跃起。

"西蒙！"伊内斯向他喊道，"叫这些人走开！他们要把大卫带到那个可怕的少年教养所去。告诉他们没有权利这样做！"

他深深吸了一口气。"你们没有权利这样对待这孩子。"他对穿制服的女人说，那女人娇小而端正，像只小鸟，在她那个体格魁梧的同伴面前形成鲜明的对比，"我是把他带到诺维拉来的人。我是他的监护人。实质上就整个关系来说，我可以说是他的父亲。而伊内斯太太——"他指了指伊内斯，"无论从哪方面来说都是他的母亲。你们不像我们这样了解自己的儿子。他并未犯有任何需要去矫正的错误。他是一个敏感的孩子，在学校的功课方面有某些困难——仅此而已。他看见了陷阱，哲学意义上的陷阱，那是普通儿童看不到的。你们不能因为一个哲学上的不同意见而惩罚他。你们不能把他从家里带走。我们不允许这样。"

他的话带来长时间的沉默。伊内斯站在自家看门狗后面，好斗地看着那女人。"我们不允许这样。"她重复了他最后那句话。

"先生，你怎么看？"那女人问欧亨尼奥。

"欧亨尼奥先生是一位朋友，"他，西蒙插进来说，"他好心陪我从医院出来。他跟这事儿毫无关系。"

"大卫是个特殊的孩子，"欧亨尼奥说，"他父亲全身心地爱着他。这是我亲眼所见。"

"倒钩铁丝网！"伊内斯说，"你们学校里有什么样的流氓，需要用倒钩铁丝网关起来啊？"

"倒钩铁丝网是一个谣言，"那女人说，"完全是编造出来的。我不知道是怎么编出来的。蓬塔·阿雷纳斯没有什么倒钩铁丝网，相反，我们有——"

"他从倒钩铁丝网钻出来的！"伊内斯打断了她，再次提高了嗓音，"那铁丝网把他的衣服都撕烂了！你还有脸来说没有倒钩铁丝网！"

"相反，我们有一个进出自由的门岗，"那女人坚持说下去，"我们的孩子们可以自由出入。那门上甚至都不上锁。大卫，老老实实告诉我们，蓬塔·阿雷纳斯有倒钩铁丝网吗？"

此时他站得更近了，他看见男孩一直就在争吵的现场，只是一半身子掩在母亲身后，一本正经地听着，大拇指含在嘴里。

"那儿真的有倒钩铁丝网吗？"那女人又问了一遍。

"有倒钩铁丝网，"他慢吞吞地回答，"我是从倒钩铁丝网里出来的。"

女人摇摇头，露出怀疑的微笑。"大卫，"她声音柔和地说，"你知道，我也知道，那只是一个小小的谎言。蓬塔·阿雷纳斯没有倒钩铁丝网。我请你们所有的人都亲自去看一下。我们可以坐车去，开车到那儿用不了一会儿工夫。没有倒钩铁丝网，根本没有。"

"我不需要去看，"伊内斯说，"我相信我的孩子。如果他说了那儿有倒钩铁丝网，那就是有的。"

"可那是真的吗？"那女人面朝男孩说，"真有倒钩铁丝网吗？我们亲眼看到过，摸到过了？或者只是某些人，某些充满想象力的人才能看得见摸得到？"

"是真的有，真的。"男孩说。

一阵沉默。

"那么问题就出在这儿了，"女人最后说，"倒钩铁丝网。如果我能向你们证明那儿没有倒钩铁丝网，太太，那就是这孩子在编故事了，你会让他走吗？"

"你永远都证明不了。"伊内斯说，"如果孩子说有倒钩铁丝网，那我就相信他，那儿就有。"

"那你呢？"女人问他。

"我也相信。"他，西蒙回答。

"你呢，先生？"

欧亨尼奥看上去有些不自在。"我愿意亲眼去看一下，"他最终回答说，"看没看见，你不能预先就让我来举证。"

"嗯，看来我们陷入一个僵局了。"那女人说，"太太，让我告诉你吧。你有两个选择：一是服从法律，让孩子跟我们走；要不，我们只好召来警察了。你选哪一个？"

"你们要带走他，除非从我尸体上踏过去。"伊内斯说着转向他，"西蒙！有点儿行动吧！"

他无助地看着她，"我能做什么？"

"这不是永久性的分离，"那女人说，"大卫可以每两周回家一次。"

伊内斯阴沉着脸一言不发。

他做了最后的恳求，"太太，请再考虑考虑。你的建议会让一个母亲心碎。而那是为了什么呢？我们这儿有个孩子，他碰巧有些自己的想法，在所有的事情中，只是算术——不是历史，不是语言，而是卑微的算术——那些想法不久就会被他自己放弃。一个孩子，就说了二加二等于三，那算是犯了哪门子的罪？这怎么就动摇社会秩序了？可你们却要把他从父母身边带走，把他关进倒钩铁丝网里去！才六岁的孩子啊！"

"没有倒钩铁丝网。"那女人耐心地重复道，"不过，这孩子要被送到蓬塔·阿雷纳斯去，不是因为他不会算术，而是因为他需要特殊对待。保罗，"她对身边那个一直没说话的同伴说，"在这等一会儿。我想和这位先生单独说几句。"然后对他说，"先生，你可以跟我来吗？"

欧亨尼奥挽起他的胳膊，但他把年轻人的手拨开了，"我没事，谢谢你，只是走不快。"又对女人解释道，"我刚从医院里出来。一起工伤事故。身上还有点痛。"

他和她单独站在楼梯井里。"先生，"那女人压低嗓音说，"请你理解，我不是那种训导员。我是受过训练的心理专家。我在蓬塔·阿雷纳斯为孩子们工作。大卫在那儿不长的时间里，还没有逃跑之前，我自己仔细地观察过他。因为——我同意你的说法——他这个年纪离家还太

306

小，我怕他有被遗弃的感觉。

"我看到的是一个甜美的孩子，非常诚实，非常坦率，不怕说出自己的感受。我还观察到其他一些情况。我看见他很快就抓住了另外一些男孩的心，特别是那些大男孩，甚至那些最粗鲁的男孩。我说他们都很崇拜他可不是夸大之辞。他们要把他当作自己的吉祥物。"

"他们的吉祥物？我所知道的吉祥物只是某种动物，头上戴着花环和铁丝拧成的王冠的动物。被当作吉祥物算是什么可以骄傲的事儿？"

"他是他们的宝贝，他们大家伙儿的宝贝。他们不明白他为什么要逃走。他们心都碎了。他们每天都在问起他。我为什么要跟你说这些呢？因为这样你可以了解，从一开始，大卫就在蓬塔·阿雷纳斯给自己找到了位置。蓬塔·阿雷纳斯不是一个普通学校，那儿的孩子每天要花一两个小时专心地接受指导，然后回宿舍。在蓬塔·阿雷纳斯，教师、学生以及督导们的关系非常紧密。也许你会问了，那么为什么大卫要逃走呢？不是因为他在那儿不快活，我可以向你保证。而是因为他心太软，不能承受伊内斯太太惦念他的想法。"

"伊内斯太太是他的母亲。"他说。

那女人耸耸肩，"如果他能再等几天，他本来可以等到回家的日子。你是否能劝劝你妻子放他走？"

"太太，你想我怎么能劝得了她？你都看见了。你觉得我有什么魔法套路能让那样一个女人改弦易辙？不，你的问题不是怎样把大卫从他母亲身边带走。你有这种能耐。你的问题是你不能留住他。一旦他打定主意要回家跟父母在一起，他就会走的。你没法拦阻他。"

"只要他相信他母亲在召唤他，他就会继续逃跑。这就是为什么我要你去跟她说的理由。你去说服她，因为他跟我们一起走才是最好的办法。因为这是对他最好的。"

"你永远也别想说服伊内斯，别想让她相信把孩子从她身边带走是对他最好的。"

"那至少说服她，别让他在眼泪和威逼之下上路，别让他难过。因为，不论这样或那样，他都必须得走。法律就是法律。"

"也许是这样，但还可以遵从比法律更高的考虑，更高的律令。"

"是吗？我倒不知道。对我来说，谢谢，法律就足够了。"

第二十九章

两名教育官员走了。欧亨尼奥走了。司机也走了，其任务算是半途而废。他和伊内斯还有男孩，关上门躲在他的旧公寓里算是安全了。玻利瓦尔，它的职责也尽到了，回到散热器前的老位置上，蛰伏在那儿观望着，等待着，竖起耳朵注意着下一个入侵者。

"现在我们能不能坐下来平静地商量一下？我们三个？"他建议道。

伊内斯摇摇头，"没时间再商量什么了。我要打电话给迭戈，让他来接我们走。"

"接你们去居留点？"

"不，我们要开车一路跑，一直跑到那些人管不到的地方。"

这一点是明确的：没有长远的考虑，没有精心策划的逃亡计划。他在心里想着这个女人，这个执拗的一本正经的女人，她生活里原先只有网球和黄昏的鸡尾酒，当他把这个孩子交给她时，她的生活就完全颠覆了。她的未来只是在偏僻的道路上漫无目标地驱车乱跑，一直跑到她的兄弟们厌烦，或是他们的钱用光。她别无选择，除非回去投

309

降交出心爱的货物。

"大卫，你看这样好吗，"他问，"是不是回蓬塔·阿雷纳斯去，就回去一段时间——让他们看看你会成为班级顶尖聪明的人？让他们看看你的算术比任何人都好，看看你有多服从纪律，是个多么优秀的男孩。我保证，一旦他们明白地看到了，你就可以回家，就可以重新过上正常的生活，做一个正常的男孩了。谁知道呢，没准有一天，他们甚至会在蓬塔·阿雷纳斯给你立一块碑：著名的大卫曾于此就读。"

"我因为什么著名？"

"咱们还得等着瞧瞧。也许你会成为一个著名的魔术师。也许是一个著名的数学家。"

"不，我要跟伊内斯和迭戈一起上车。我要做一个吉卜赛人。"

他回过头对伊内斯说："我恳求你，伊内斯，再想想。不能采取这种莽撞的举动。肯定还有更好的办法。"

伊内斯挺直了身子。"你又改主意了？你要我放弃这孩子，把他扔给陌生人——放弃我生命中的光？你以为我是什么样的母亲？"然后对男孩说，"去，收拾好你的东西。"

"我都收拾好了。我们走之前，能不能让西蒙再给我荡一回秋千？"

"我说不准能不能荡起一个人，"他，西蒙说，"你知道，我没有原来的力气了。"

"就一小会儿，求你。"

他们慢慢走到游乐场。已经在下雨了，秋千的座位是湿的。他用袖子擦了擦。"只推一点点。"他说。

他只能用一只手推，秋千稍稍动了几下。但男孩似乎很快乐。"现在，该你了，西蒙。"他说。他释然地坐上秋千架，让男孩推他。

"西蒙，你有过父亲或是监护人吗？"男孩问。

"我很肯定，我有父亲，他曾推我荡秋千，就像你在推我一样。我们都有父亲，这是自然规律，就像我跟你说过的。不幸的是，有的父亲突然就不见了，或是失踪了。"

"你父亲能在秋千上把你推得很高吗？"

"推得非常高。"

"你摔下来了吗？"

"我不记得摔下来过。"

"你摔下来会怎么样？"

"那得看情况。如果还算幸运，你只是摔个跟斗，如果运气很不好，没准胳膊腿都会摔断。"

"不是这个，问你摔下来会是什么样子？"

"我不明白，你是指从空中降落那段时间？"

"是啊，就像飞一样吗？"

"不，完全不是。飞和摔不是一回事。只有鸟儿才会飞，我们人类身体太重了。"

"当然只是一小会儿，当你荡得很高时，就像飞一样，不是吗？"

"我想是吧，如果你忘了自己是在摔下来。你为什么要问这个？"

男孩露出谜一般的微笑，"就问问。"

在楼梯上，他们遇上一脸阴沉的伊内斯。"迭戈改主意了，"她说，"他不来了。我早知道会这样。他说我们只能搭火车走。"

"搭火车？搭到什么地方？搭到铁路线的尽头吗？到那儿以后你打算怎么办？只有你和这孩子？不能这样。给迭戈打电话。叫他把车开过来。我来开车好了。我不知道我们要上哪儿，不过我会和你们一起走。"

"他不会同意的，他不会放弃车子的。"

"那不是他的车。那是属于你们仨的。告诉他，他用的时间够长了，现在该你用了。"

一小时后，迭戈来了，显然是一副气鼓鼓的样子。但伊内斯打断了他的抱怨。她穿着靴子和外套，他以前从没见过她这副专横的样子。这工夫迭戈站在一旁，双手插在衣袋里看着，她将沉重的手提箱搁到汽车顶上捆扎起来。男孩拖着他那个百宝箱出现时，她坚决地摇摇头。"三件东西，不能再多，"她说，"只能拣小的。"

男孩挑了一个破闹钟，一块带白色纹理的石头，一只搁在玻璃罐里的死蟋蟀，一根烘烤过的海鸥胸骨。她没说一个字就用两根手指捏起那根骨头扔出去了，"现在，把剩下的东西扔进垃圾桶里。"男孩瞪着眼睛，呆若木鸡。"吉卜赛人不会随身带着博物馆的。"她说。

东西都塞进了车里。他，西蒙，颤颤巍巍地钻进后座，男孩跟着进来了，接着是玻利瓦尔，它蹲在他们脚下。车开得飞快，上了公路，迭戈便朝居留点方向驶去，到了那儿，他一句话不说就下了车，砰地关上车门，大步走掉了。

"迭戈为什么这么生气?"男孩问。

"他向来习惯了做王子，"伊内斯说，"他习惯了按自己的方式做事。"

"那现在我是王子了?"

"是的，你是王子。"

"那你是王后，西蒙是国王?我们是一家人了?"

他和伊内斯交换一下眼神。"类似家庭吧，"他说，"我们这种状况在西班牙语里没有确切的语汇，这样，我们不妨把自己称作：大卫之家。"

男孩靠向后背，看起来很开心。

他开得很慢——因为每次换挡时都会有一阵撕扯的痛感——他离开了居留点寻找朝北去的大路。

"我们要去什么地方?"男孩问。

"北方。你有更好的主意吗?"

"没有，但我不想住在帐篷里，像我们住在别处那样。"

"贝尔斯塔?倒也是，这主意倒不坏。我们可以往贝尔斯塔方向开去，坐上船，回到原来的生活里。然后，我们烦心的事儿就结束了。"

"不!我不要过原来的生活，我要新的生活!"

"我只是开个玩笑，我的孩子。贝尔斯塔的港口总监不会让任何人登船返回原来的生活。他管得很严。没人能回头。所以，不是去寻找新的生活，就只能过着我们现在的生活。你有什么建议吗，伊内斯？去哪儿寻找新的生活？没有建议？那就让我们继续往前走吧，看看会走到什么地方。"

他们找到向北的干线公路，于是就顺着这条路向前开，先是穿过诺维拉郊外的工业区，然后穿过一些不规则的农田。公路开始弯弯曲曲地伸向山里。

"我要大便了。"男孩说。

"能等等吗？"伊内斯问。

"不能。"

这时他们发现没有带手纸。伊内斯仓促动身之际，还忘了别的什么。

"我们把《堂吉诃德》带上车了吗？"

男孩点点头。

"要不你从《堂吉诃德》书上撕下一页吧？"

男孩摇摇头。

"那你就只好留着脏屁股，真的像吉卜赛人了。"

"他可以用手帕。"伊内斯生硬地说。

他们停车解决问题。然后，他们继续往前。他开始喜欢上迭戈的车了。也许看上去不怎么样，操纵起来比较笨拙，但引擎非常强劲，相当给力。

他们从高处驶入一片起伏的灌木林地，那里有几幢零零散散的住房，这一带跟城市南部荒凉的沙漠地带有很大差异。在笔直延伸的长长的公路上，只有他们这一辆车在行驶。

他们来到了一个名叫绿潟湖①的小镇（为什么叫这个名字？这一带并没有潟湖），在那儿加满了油。一小时后，驶出整整五十公里，他们才到达下一个镇子。"天晚了，"他说，"我们该找个过夜的地方了。"

他们从主道上滑行下来。没看见一家旅馆。他们在一个加油站前停下。"什么地方能找到离这儿最近的旅馆？"他问那个加油工。

那人抓抓头皮说："如果想找旅馆，你们得去诺维拉。"

"我们刚从诺维拉过来。"

"那我就不知道了，"加油工说，"别人一般是在外面搭帐篷过夜。"

他们回到公路上，驶入夜幕。

"今晚我们要做吉卜赛人了？"男孩问。

"吉卜赛人有大篷车，"他回答，"我们又没有大篷车，只有这辆挤得要命的小车。"

"吉卜赛人在灌木丛里睡觉。"男孩说。

"好啊，你等会儿看见灌木丛告诉我一声。"

他们没有地图。他不知道这条路前方通向何处。他们在沉默中继续前行。

他回头看了一眼，男孩睡着了，胳膊搭在玻利瓦尔脖子上。他看着狗的眼睛。保护他，他说，可他没说出一个字。那双琥珀色冰冷的眼睛一眨不眨地盯着他。

---

① 原文为西班牙语，Laguna Verde。

他知道这条狗不喜欢他。但这狗也许谁都不喜欢。也许喜欢对它来说是次要的情感。不过，与忠诚相比，喜欢和爱又算什么？

"他睡着了。"他轻声对伊内斯说，接着又说，"我很抱歉是我跟你们在一起。你肯定希望你兄弟跟你们在一起的，不是吗？"

伊内斯耸耸肩，"我一直都知道他会让我失望的。他肯定是世界上最最自我中心的人。"

这是她第一次在他面前批评她兄弟，第一次站在他这一边。

"住在居留点，人就越发自我中心了。"

他等她说下去——关于居留点，关于她的兄弟们——可她没再多说。

"我从来都没敢问一下，"他说，"为什么你接受了这孩子？那天我们遇见时，你似乎很不喜欢我们。"

"那太突然了，太惊讶了。你们不知是从哪儿冒出来的。"

"所有最好的礼物都是不知从哪儿冒出来的。你应该知道这一点。"

真的吗？最好的礼物真的是不知从哪儿冒出来的？他有什么底气这样说？

"你真的觉得，"伊内斯说（他说不出什么，但能听出她话里的感觉），"你真的觉得我不想要一个自己的孩子？你觉得一直关在居留点里面是什么状况？"

现在他可以给那种感觉命名了：苦。

"我不知道那是个什么状况。我从来都不知道居留点的生活，也不知道你是怎么到那儿的。"

她没听见他的问题，抑或觉得这不值得回答。

"伊内斯，"他说，"让我最后再问一遍：你真的确定这是你要过的生活——从你熟悉的生活中跑开去——就因为孩子跟他的老师合不来？"

她不作声。

"这不是你的生活，这种跑来跑去的生活，"他加重语气说，"也不适合我。至于这孩子，他做逃亡者也不会太长久。他迟早要长大成人，要跟这个社会妥协的。"

她抿着嘴唇，目不转睛地盯着前方的夜幕。

"想想吧，"他最后说，"好好想想。但无论你怎么决定，我会——"他停一下，把冒出来的话咽了回去，"我会跟随你们到天涯海角。"

"我不想让他到头来像我兄弟那样。"伊内斯说，她声音非常轻，他要全神贯注才能听得见，"我不想让他成为一个职员或是学校老师，像里奥先生那样。我要他开辟自己的生活。"

"我肯定他能做到。他是个非常特别的孩子，会有独特的未来。我们两个都知道。"

车头灯照出路边一块油漆的标牌。出租小屋 5 公里。再往前开了一段，又出现一块标牌：出租小屋 1 公里。

从路上可以看见惦念中的出租小屋了，裹在一片漆黑之中。他们找到了办公室，他下车去敲门。一个穿着睡袍的女人拿着提灯来开门。她告诉他们，这儿断电三天了。

没有电，所以，也没房间可供出租。

伊内斯说："我们车上有个孩子。我们都累坏了。我们不能整个晚上一直开车。你不能让我们用蜡烛吗？"

他回到车上，叫醒孩子，"该醒醒了，我的宝贝。"

那条狗嗖地一下跃起，蹿出了车子，那沉重有力的肩胛像撞开一捆稻草似的将他顶到一边。

孩子睡意蒙眬地揉揉眼睛，"我们到了吗？"

"没有，还没有。我们要在这儿住一晚上。"

那女人借着提灯光亮带他们去近旁的一间小屋。房间里陈设简陋，倒是有两张床。"我们要这个房间了。"伊内斯说，"有什么地方能让我们解决晚餐吗？"

"这种出租屋是自己起火的，"那女人回答，"那里有个煤气炉。"她把提灯指向炉灶，"你们没有带吃的吗？"

"我们有一条面包，有一些果汁是给孩子喝的。"伊内斯说，"我们来不及去商店。可以在你这儿买点食物吗？就买点排骨或香肠。不要鱼。孩子不吃鱼。还要一些果汁。你这儿有什么吃剩的东西能喂狗吗？"

"果汁！"那女人说，"我们有好长时间没见到果汁了。不过来吧，让我们看看能找到点什么。"

两个女人离开了，把他们留在黑暗中。

"我不吃鱼，"男孩说，"只要有眼睛我就不吃。"

伊内斯回来时拿着一个青豆罐头，一个棕色标签上写着"杂拌香肠"的罐头，还有一个柠檬，外加火柴和蜡烛。

"玻利瓦尔吃什么？"男孩问。

"玻利瓦尔只好吃面包了。"

"它可以吃我的香肠，"男孩说，"我讨厌香肠。"

他们并排坐在床上，在烛光下吃了一顿简陋的晚餐。

"你去刷刷牙，该上床睡觉了。"伊内斯说。

"我不困。"男孩说，"我们能玩游戏吗？我们玩'真话连环问'吧？"

该他出来阻拦了，"谢谢你，大卫，今儿一整天我可累得够呛。我得歇息了。"

"那么我可以打开达加先生的礼物吗？"

"什么礼物？"

"达加先生给我一件礼物。他说我必须在需要的时候打开。现在是需要的时候了。"

"达加先生给他一件礼物带在路上。"伊内斯说，避开他的眼睛。

"现在是需要的时候了，我能打开吗？"

"这还不是真正需要的时候，真正需要的时候还没到。"他说，"不过，你打开也行。"

男孩跑到车上，回来时拿着一个纸板盒，他把盒子撕开。里面是一件黑色缎子长袍。他拎出来抖开。不是长袍，是一件斗篷。

"这儿有张纸条，"伊内斯说，"念一下。"

男孩把纸条凑近烛光念道：注意，这是一件魔法隐身衣。只要穿上它，就不会让人看见了。"我跟你说过的！"他兴奋得手舞足蹈，"我跟你说过达加先生懂魔法！"他把斗篷裹到身上。这玩意儿显得太大了。"你能看见我吗，西蒙？我是不是不见了？"

"没有不见。还没哪。你还没把纸条全都念完。你听。穿戴者操作指南：为了达到隐身效果，穿戴者必须在镜前披上，然后点燃魔粉，说出秘咒。于是凡胎肉身就能隐入镜中，只在身后留下神灵之迹。"

他转向伊内斯，"你觉得怎样，伊内斯？我们应该让小朋友穿上隐身衣，说出秘咒吗？如果他消失在镜子里，永远不回来了怎么办？"

"你可以明天再穿，"伊内斯说，"现在太晚了。"

"不！"男孩说，"我现在就要穿！魔粉在什么地方？"他在盒子里翻找着，拿出一个小玻璃罐，"这就是魔粉吗，西蒙？"

他打开罐子，闻了闻里边银色的粉末。没有气味。

小屋墙上有一面全身镜，上边沾着斑斑点点的蝇屎。他在镜子前给男孩穿戴起来，扣子一直扣到喉咙那儿。斗篷太长了，沉甸甸地垂绕在他脚下。"给，一只手拿蜡烛，另一只手拿好魔粉。你准备好念咒语了吗？"

男孩点点头。

"很好。把魔粉撒到蜡烛上，然后念出咒语。"

"阿巴拉克达巴拉。"男孩说着把粉末撒出去，粉末像是往地板上洒了一阵小雨，"我是不是看不见了？"

"还没哪，再多撒些粉末。"

男孩将蜡烛火苗伸进罐里。一阵刺眼的光亮喷发出来，然后是一片黑暗。伊内斯发出一声尖叫。他自己则缩着身子，一点都看不见了。那条狗像是着了魔似的狂吠不已。

"你能看见我吗，西蒙？"传来男孩的声音，轻轻地，试探地问，"我隐去了吗？"

他们没人说话。

"我看不见了。"男孩说，"救救我，西蒙。"

他摸索过去找到男孩，将他从地板上扶起来，把斗篷踢到一边。

"我看不见了，"男孩说，"我的手弄痛了。我死了吗？"

"没有，你没有隐身，也没有死掉。"他在地板上摸索着，找到了蜡烛，重新点亮，"给我看你的手。我看不出手上有什么问题呀。"

"手痛。"男孩吮着手指。

"你肯定是被烧了一下。我去看看那女人是不是还没睡，也许她能给我们一点黄油可敷在你手上灼伤的地方。"他把孩子塞进伊内斯怀里。她抱起他吻了一下，把他放在床上，轻轻地哼着歌儿安慰他。

"黑黑的，"男孩说，"我什么都看不见。我在镜子里面吗？"

"不，亲爱的，"伊内斯说，"你没在镜子里，你跟妈妈在一起，一切都没事了。"她转向他，西蒙，"去找个医生来！"她悄声说。

"这肯定是镁粉，"他说，"我真不明白你的朋友达加先生怎么会送给孩子这样一件危险的礼物。可是这会儿——"怨恨攫住了他，"我不明白你跟那家伙的交情的很多方面。让这狗别再叫了好吗？我受够了它那种神经错乱似的叫唤。"

"别再抱怨了！做点事情吧！达加先生跟你没关系。快去！"

他离开小屋，在月光下沿着小径走向那位太太的办公室。真像一对多年的夫妻，他暗自想道，我们从来没在一张床上睡过，甚至都没接过吻，可是我们吵起架来就像是结婚多年的老夫老妻！

第三十章

孩子睡得很香，醒来时很安详，但他的视力还是受到了损伤。他描述绿色的光线扫过眼前的田野，星星像瀑布似的。他似乎一点都不害怕，而是被这种景象迷住了。

他敲开罗贝尔太太的门。"我们昨晚出了点小事故，"他跟她说，"我们的儿子需要看医生。这里最近的医院在什么地方？"

"诺维拉。我们可以打电话喊救护车，可是救护车要从诺维拉开过来。还不如你自己开车带他去还快些。"

"诺维拉太远了。这附近有医生吗？"

"在新埃斯佩兰萨有一个诊所，离这里大约六十公里。我把地址找来给你。这可怜的孩子。他怎么啦？"

"他玩一种可燃性物质。被火烧到了，灼伤了他的眼睛。我们以为他睡过一夜视力会恢复的，可是没有好转。"

罗贝尔太太啧啧出声地表示同情。"让我去看看。"她说。

他们发现伊内斯心急火燎地就要上路。男孩坐在床上，穿着那件黑斗篷。他闭着眼睛，脸上挂着出神般的微笑。

"罗贝尔太太说这儿开车过去一个钟头，那儿有个医生。"他报告说。

罗贝尔太太直挺挺地跪在男孩面前，"好孩子，你父亲说你看不见了。真的吗？你看不见我吗？"

男孩睁开眼睛。"我能看见你。"他说，"你头发里冒出了星星。如果我闭上眼睛——"他闭上眼睛，"我就可以飞。我能看见整个世界。"

"那太棒了，能够看见整个世界。"罗贝尔太太说，"你能看见我妹妹吗？她住在马库尔斯，靠近诺维拉。她叫瑞塔。她长得很像我，只是比我年轻比我漂亮。"

男孩专注地皱起眉头。"我看不见她。"他最后说，"我的手太痛了。"

"他昨晚灼伤了手指。"他，西蒙解释道，"我本想找你要点黄油敷在他灼伤的地方，可是太晚了，我没来惊动你。"

"我去拿黄油。你们要用盐给他洗洗眼睛吗？"

"那是治疗被阳光灼伤眼睛的办法。盐对他没有用。伊内斯，我们准备走吗？太太，我们要付你多少钱？"

"五个雷埃尔是房钱，两个雷埃尔是昨晚的食物。你们走之前要不要来点咖啡？"

"谢谢，可我们没时间了。"

他拽起男孩的手，但男孩挣脱了。"我不想走，"他说，"我要留在这儿。"

"我们不能留在这儿，你要去看医生，罗贝尔太太要为下一位客人打扫房间。"

男孩执拗地抱起胳膊，不肯挪动。

"我跟你说，"罗贝尔太太说，"你看完医生，回来的路上和你父母一起过来，再住到我这儿来。"

"他们不是我的父母，我们也不会回来。我们要去寻找新的生活。你跟我们一起去寻找新的生活，好吗?"

"我?我想不行吧，好孩子，你邀请我真是太好了，可是我这儿还有许多事情要做，再说，我会晕车。你们要去哪儿寻找新的生活呢?"

"埃斯特……北方的埃斯特雷拉。"

罗贝尔太太怀疑地摇摇头，"我想你们不会在埃斯特雷拉找到什么新生活。我有些朋友搬到那儿去了，他们说那是世界上最乏味的地方。"

伊内斯插进来说:"快呀。"她喝令男孩，"如果你不走，我就抱上你走。我数到三。一，二，三。"

男孩一声不吭地站起来，拎起斗篷的边，无精打采地走向汽车。他噘着嘴坐在后座上，那条狗嗖地跟着他蹿上汽车。

"这是黄油，"罗贝尔太太说，"抹在你的疼痛的手指上，再用手帕裹起来。烧伤的地方很快就会好的。还有，这是一副墨镜，我丈夫从没用过。戴上它，等你眼睛好了再取下来。"

她给男孩戴上墨镜。那墨镜太大了，他倒就那么戴着了。

他们向罗贝尔太太挥手道别，然后就向北方驶去。

"你不应该跟别人说我们不是你的父母。"他说,"首先,这说得不对。其次,人家也许会以为我们拐带了你。"

"我不在乎。我不喜欢伊内斯。我不喜欢你。我只喜欢兄弟。我要有兄弟。"

"你今天情绪不好。"伊内斯说。

男孩不理睬她。透过那位太太给他的墨镜,他凝视着远处刚刚从蓝色山脉升起的太阳。

路旁出现标记牌:埃斯特雷拉向北 475 公里,新埃斯佩兰萨 50 公里。路牌旁边站着一个想搭车的人,一个年轻人,穿着橄榄绿的雨衣,脚下搁着一个帆布背包,在一片空旷中看上去非常孤独。他把车速放慢了。

"你干什么?"伊内斯说,"我们没时间捎带陌生人了。"

"捎带谁?"男孩问。

从后视镜里,他看见那搭车人疾走慢跑地朝他们的车子赶来。他心怀歉疚地加快车速离开了他。

"捎带谁?"男孩问,"你是说什么人?"

"有个人想搭车。"伊内斯说,"我们车上没地方了。而且我们也没时间。我们要给你看医生去。"

"不!如果你们不停车,我就跳下去!"他打开身旁的车门。

他,西蒙猛地一个刹车,关掉引擎,"以后不能再这么干!你会摔下去丢命的。"

"我不在乎!我要进入另一种生活!我不想跟你和伊

内斯在一起!"

一阵突然的沉默。伊内斯呆呆地看着路的前方。"你不知道你在说什么。"她低声说。

一阵踢踢踏踏的脚步声,然后一张胡子拉碴的面孔出现在驾驶座窗前。"谢谢!"那陌生人喘着气说,用力拉开后门,"嗨,小伙子!"这当儿,原来趴在男孩身旁一动不动的狗,抬头低沉地咆哮了一声。

"好大一条狗!"他说,"它叫什么名字?"

"玻利瓦尔。它是阿尔萨斯狗。安静点,玻利瓦尔!"他用胳膊搂住狗,把它从座位上挪开。那狗不情愿地趴到他脚下。陌生人坐进来,车内突然充满那种久未换洗衣服的酸臭味。伊内斯摇下她那边的车窗。

"玻利瓦尔,"这年轻人说,"这名字少有。你叫什么名字?"

"我没有名字。我要去寻找我的名字。"

"那我就叫你无名先生吧。"年轻人说,"你好,无名先生,我叫胡安。"他伸出手,男孩不理会,"你干吗穿着斗篷?"

"这是魔法。它会让我隐身。我是隐身人。"

他插进来说:"大卫刚出了一点事故,我们要带他去看医生。恐怕只能把你捎到新埃斯佩兰萨了。"

"那就很好了。"

"我烧伤了手,"男孩说,"我们要去医治。"

"痛吗?"

"痛啊。"

"我喜欢你的墨镜,我也想自己能有这样一副墨镜。"

"给你好了。"

他们的这位乘客,凌晨在运载木材的卡车后面坐了一段路,被冻得要死,这会儿坐在温暖舒适的小车里很是惬意。从他的闲聊中,他们渐渐听出他是干印刷那一行的,现在要去埃斯特雷拉,他在那儿有朋友,如果那些传闻可信,那儿的工作机会遍地都是。

在去新埃斯佩兰萨的岔路上,他停下来让搭乘的客人下车。

"我们到医生的地方了?"男孩问。

"还没到哩。这是我们要跟这位朋友分手的地方。他要从这儿再往北走。"

"不!他必须跟我们待在一起!"

他对胡安说:"我们要么在这儿把你放下,要么你也可以跟我们一起去镇上。看你方便。"

"我跟你们一起好了。"

他们毫不费事就找到了那家诊所。但护士告诉他们,加西亚医生出诊了,不过他们可以在这儿等候。

"我要走了,去看看有没有吃早餐的地儿。"胡安说。

"不!你不能走,"男孩说,"你会走失的。"

"我不会走失的。"胡安说,他把手放在车门拉手上。

"留下,我命令你!"男孩大声喊道。

"大卫!"他,西蒙责备男孩,"这一早上你中什么邪了?你不能这样对陌生人说话!"

"他不是陌生人。你别叫我大卫。"

"那我该叫你什么？"

"你得叫我真正的名字。"

"那是什么？"

男孩不作声。

他对胡安说："你想去哪儿就去哪儿。我们就在这儿跟你碰头。"

"算了，我想我还是留下吧。"胡安说。

医生来了，一个身板结实的小个子男人，满头银发，看上去精力旺盛。他两眼出神地盯着他们，警觉的目光里不无几分嘲意，"这是怎么回事？还有一条狗！我能为你们大家做些什么？"

"我的手烧伤了，"男孩说，"有位女士给我抹了些黄油，可还是痛。"

"让我看看……是啊，是啊……这肯定很痛。到手术室来。我们看看能做些什么。"

"医生，我们来这儿不是为了看手，"伊内斯说，"我们昨晚烛火出了意外，我儿子的视力现在出现了问题。你能为他检查一下眼睛吗？"

"不！"男孩朝着伊内斯喊叫，那条狗也醒过神来，轻轻穿过房间，来到男孩身旁，"我一直跟你说，我能看见，你看不见我只是因为魔法隐身衣的缘故，它让我看不见了。"

"让我看看好吗？"加西亚医生说，"你的保护者允许我看看吗？"

男孩用一只手挈住狗的颈圈。

医生从男孩鼻梁上取下墨镜。"你现在能看见我吗?"他问。

"你很小,很小,就像一只蚂蚁,你挥动胳膊说,你现在能看见我吗?"

"啊哈,我明白了。你隐身了,我们谁都看不见你了。可是你还有一只手在痛着,那只手可没法隐去。所以你还得跟我去手术室,你愿意让我看看手——看看你不能隐身的那部分,好吗?"

"没问题。"

"我也能进来吗?"伊内斯问。

"过一会儿,"医生说,"我和这位小病人私下里先聊几句。"

"玻利瓦尔必须跟我在一起。"男孩说。

"玻利瓦尔只要守规矩就可以跟你一起进来。"医生说。

剩下了他们几个。胡安问:"你们的儿子到底怎么啦?"

"他叫大卫。他昨天玩镁粉,火光一闪,把他的眼睛灼伤了。"

"他说他不叫大卫。"

"许多事儿他都是这么说的。他有丰富的想象力。大卫是他在贝尔斯塔时给取的名字。如果他想另取一个名字,那也随他了。"

"你们是从贝尔斯塔来的?我也是从贝尔斯塔来的。"

"那你就明白这套体制的运作方式了。我们用的名字都是那儿给我们取的，当然我们也许还得到了编号。编号，名字——这些同样都是任意给出，同样都是随机抽取，同样都是无足轻重的。"

"说实在的，那些东西并非随机编码。"胡安说，"你说'随便想一串数字'，而我报出'96513'，因为这是我脑子里首先想到的数字，但这真不是任意选取的，这是我的社会救济编号，或是我以前的电话号码，或是诸如此类的号码。一个数字背后总是有其存在的理由。"

"这么说，你是另一个数字神秘主义者！你应该和大卫一起开办一所学校。你可以讲授数字背后的隐秘动机，而他可以教人家从一个数字到下一个数字的空当里怎样避免掉进火山里。当然，在上帝的眼皮子底下没有随机抽取的数字。但我们并非生活在上帝的眼皮子底下。随机抽取的数字，随机拈出的名字，以及随机而来的种种事件，充满了我们生活于其间的这个世界，就像一辆车上的随机组合，一个男人一个女人和一个名叫大卫的孩子，还有一条狗。你觉得这事情背后有着什么秘密动机呢？"

胡安还没来得及回应他这番激昂的言谈，手术室门开了。"请进来。"加西亚医生说。

他和伊内斯进去了。胡安犹豫着要不要进去，但里边传出男孩清澈而稚气的声音："他是我兄弟，他也必须进来。"

男孩坐在医生的诊疗榻边上，唇间挂着安详而自信的微笑，那副墨镜架在脑门上。

"我们做了一番很不错的长谈，我们的小朋友和我，"

加西亚医生说，"他向我解释了他在我们面前隐身之后是怎么回事，我呢，向他解释了为什么他凌空飞起时我们在他眼里看起来就像触角在空中舞动的昆虫似的。我告诉他，我们希望他最好按照我们本来的样子来看我们，而不是把我们看作昆虫，作为回报，他告诉我，当他重新现身时，他希望我们也按照他原来的样子来看他。我们这样的谈话是不是很公平啊，小家伙？"

男孩点点头。

"我们的小朋友还深入地谈到你——"他意味深长地看着他，西蒙，"他说你不是他真正的父亲，而你——"他转向伊内斯，"不是他真正的母亲。我不想听你们为自己辩解。我有自己的家庭，我知道孩子会说一些疯话。不过，你们是不是有什么话要跟我说说？"

"我是他亲生母亲，"伊内斯说，"我们把他从少年管教学校救出来，因为他在那儿会变成一个罪犯的。"

说完了这话，她就紧紧闭上嘴，挑衅地怒视对方。

"那么他的眼睛，医生？"他，西蒙问道。

"他的眼睛没有什么问题。我给他做过检查了，测试了他的视力。就器官视觉而言，他的眼睛完全正常。至于他的手，我给他敷了药。灼伤并不严重，一两天就能见好。现在我想问一下，我是否应该关心一下这位小伙子跟我说起的事儿？"

他看着伊内斯。"你应该注意这孩子说的话。如果他说他想从我们身边被带走，回诺维拉去，把他送回诺维拉。他就是你的病人了，你就得留心了。"他转向男孩，

"你想要这样吗，大卫？"

男孩没有回答，但做了个手势让他走近些，然后用手拢成杯状，凑在他耳边悄声说了几句。

"医生，大卫告诉我，他不想回诺维拉去，不过他想知道你能不能跟我们一起走。"

"去什么地方？"

"北方，去埃斯特雷拉。"

"去过新的生活。"男孩说。

"那么，指望我给他们治病的埃斯佩兰萨那些患者怎么办呢？如果我把他们抛开，就为了照顾你们，那么谁来照顾他们呢？"

"你不需要照顾我。"

加西亚医生朝他，西蒙，疑惑地瞥了一眼。他深吸一口气。"大卫建议你放弃自己的事业，跟我们去北方开始新的生活。这也许是为你考虑，不是为了他。"

加西亚医生站起来，"噢，我明白了！你真是太大方了，小家伙，把我也搁进了你的计划里。可是我在埃斯佩兰萨的生活过得很幸福，也很自足。我没什么需要被拯救的，谢谢你。"

他们回到车上，朝北驶去。男孩兴高采烈，精神头十足，早就忘了手上的伤痛。他喋喋不休地跟胡安瞎聊，跟玻利瓦尔在后座上闹着玩儿。胡安也和他一起打打闹闹，虽然他还提防着那条狗，那狗对他已经温和多了。

"你喜欢加西亚医生吗？"他，西蒙问。

"他很棒，"男孩说，"他手指上有毛，很像是狼人。"

"为什么你要他一起去埃斯特雷拉？"

"就因为。"

"你不能见到一个陌生人就拉上人家跟我们一起走。"伊内斯说。

"为什么不能？"

"因为车上没地方了。"

"有地方，玻利瓦尔可以坐在我腿上，不是吗，玻利瓦尔？"停顿一下，"我们什么时候能到埃斯特雷拉？"

"去埃斯特雷拉的路还长着呢。耐心点。"

"可是我们到那儿以后做什么呢？"

"我们要去找安置中心，我们要向前台的人介绍自己，你，伊内斯，我，还有——"

"还有胡安。你没说胡安。还有玻利瓦尔。"

"你，伊内斯，胡安，玻利瓦尔，还有我，我们要去说，早上好，我们是新来的，我们想找个住的地方。"

"然后呢？"

"就这样。找一个住的地方，开始我们的新生活。"